庫

又蔵の火

藤沢周平

文藝春秋

目次

又蔵《またぞう》の火

又蔵《またぞう》の火

村の若い者が犬をからかっている。

遠目にハツはそうみた。犬は低く腹《はら》這《ば》った位置から、幾度か跳躍を試みようとするが、若者はそのたびにすばやく躰《からだ》を鼻先に寄せて威嚇《いかく》し、犬の動きを押えている。それが近づいてみて、若者がこの間から自分の家に滞在している又蔵だと解ったとき、ハツの円い顔に思わず微笑が浮かんだ。父親の源六が又蔵様と呼んでいるその若者は、寡黙で近寄り難いようなところがあり、犬をからかって喜んでいるような人柄には見えなかったのである。

犬はハツも知っている赤犬で、飼主もなく、村の中をうろついている野犬である。肋《あばら》の骨が数えられるほど痩《や》せていて、開いている背戸口から忍びこんで台所を荒したり、夜の間に鶏小屋を襲って、鶏を引き裂いたりする。手出しをしなければ、人間を襲うことはめったにないが、それでもこれまで何人かの村人が嚙《か》まれている。それでいていままで人に捉《つか》まったこともない。軽捷《けいしょう》で狂暴な野犬だった。

だが、五、六間の距離まで近づいたとき、ハツの顔から微笑が消え、かわりに恐怖のいろが浮かんだ。犬と人との間に、ただならない険しい空気が張りつめているのに気づいたのである。

赤犬は地に胸をこすりつけ、尻を高くした姿勢から、無気味な唸《うな》り声をあげている。唸るたびに、開いた口に赤らんだ日の光が射しこみ、赤い粘膜と鋭い牙が光った。低く地に沈めた躰は、思いきり後にひかれ、伸ばした肢は、時おり苛立《いらだ》たしく地面を搔《か》いて向きを変えたが、凄《すさ》まじい跳躍力を溜《た》めて、曲げられた鋼のように、前を塞《ふさ》いだ人間にとびかかる隙《すき》を探っていた。

又蔵も、赤犬をからかってはいない。やや腰を落とし、右拳は刀の柄《つか》を握っていた。軽く左足を後に退《ひ》いて、瞬きもしない眼を赤犬に注いでいる。又蔵の躰の中にも、曲げた鋼に似たしなやかなものが張りつめているようだった。

——やめて——

ハツは叫ぼうとしたが、声が出なかった。思わず大根を入れてある竹籠《たけかご》を地面におろして、近寄ろうとした。

その時、逆光の中の風景が激しく揺れた。遠い砂丘の背後に落ちようとする真赤な日の光の中で、人と獣の黒い影が交錯し、ぎゃっという犬の叫び声がした。赤犬の躰は、空中に飛び上ると、黒い噴水のようなものの迸《ほとばし》りを赤い空に残したまま、どっと地面に落ちた。瞬間、ハツは小さく叫び声をあげて、眼を掌で蔽《おお》うと、その場所に蹲《うずくま》ってしまった。

やがて足音がして、ハツの前で停った。

又蔵だと解ったが、ハツは顔から掌を引き離すことが出来なかった。新しい恐怖が、ハツを摑《つか》んでいる。

子供の頃、母親にせがんで聞いた昔話で、山姥《やまうば》というのがあった。何度聞いてもその話は怖《おそ》ろしかった。山姥は深夜、人肉を刻んで喰っている。その夜山姥の家に泊めてもらった旅の僧が、小用に起きてそれを見てしまう。怖ろしさに顫《ふる》えながら逃げ出そうとしたとき、運悪く物音を立てた。山姥が出てくる。日暮れに一夜の宿を頼んだときは、福相の老婆だったのが、いまは口は耳まで裂け、眼には燐光《りんこう》を燃やしている。「見たな」と山姥が言う。「人を喰っているところを見たな」――

だが、又蔵は、低い声で詫《わ》びただけだった。

「済まん」

ハツは眼をあけた。又蔵の浅黒い顔には、当惑したような表情が浮かんでいる。

「刀の斬れ味を試してみたのだ。人にもらったものでな。そなたがみていたのに気がつかなんだ。許せ」

足早に立ち去って行く又蔵の後姿を見送りながら、ハツはその若者がますます解らなくなった気がした。

ハツの家は、羽州十四万石鶴ヶ岡のご城下から、西に三十丁ほどの距離にある井《い》岡《おか》という村にある。背戸口のあたりの軒が、腐蝕して垂れ下っているその家に、又蔵が現われたのは五日ほど前である。

日が落ちれば、灯す油もない百姓家である。その夜ハツはいろりの火明りのそばで居眠りをしていた。十六のハツは昼の間は村の肝煎《きもいり》をしている家に雇われて、大人一人前の働きをするが、夜はすばやい睡気《ねむけ》が若い躰を襲うのである。父の源六が、炉端で草鞋《わらじ》をつくりながら、時どき「早く寝ろ」と叱る。そのたびにハツは驚いて顔を挙げるが、すぐにまた快い眠りに引きずり込まれる。榾火《ほたび》のぬくもりが、血管を刺戟《しげき》し、筋肉の間に溜った疲れを解きほぐしているのを感じる。

又蔵が来たのはそんな時刻だった。異様な恰好《かっこう》をしていた。首から汚れた風呂敷包みを背負い、手拭《てぬぐ》いで顔を包み、菰包《こもづつ》みを脇に抱えて、まるで乞食の風体だったのである。その夜から、又蔵はハツの家の客になった。

次の日の朝ハツは、源六から、又蔵がご城下の土屋様という御家中《ごかちゅう》の人間で、いま中風で寝ているハツの母親がむかし乳をさし上げた人であることを聞いた。

「村の人には、触れるな」

と源六はハツの口を封じた。

それが、又蔵が乞食のなりをして来たことや、朝になって菰包みからいかめしい刀の鐺《こじり》がのぞいていたことなどと関係があることを、ハツはおぼろに理解した。しかし源六はそれ以上詳しい話をしなかった。

又蔵は一日中家の中にごろごろしていた。時折り、暗い寝間に寝たきりで、口も利《き》けないハツの母親のそばに黙って坐り込んだり、庭の隅の鈴なりに実が熟れている柿の木の下に立って、じっと城下の方を眺めていることもある。異臭に包まれて寝ている母親を、又蔵に見られるのが、ハツは恥ずかしかったが、あるとき又蔵が低い声で母親に何か話しかけているのをみてから、恥ずかしさは消えた。ハツは又蔵を優しい人間だと思った。

それでもハツが又蔵から受ける近寄り難い感じは変らなかった。又蔵はひどく寡黙で、いつも何かを思いつめている顔をしていたからである。

ある夕方、ハツは又蔵がまた柿の木の下に立っているのをみた。

穫り入れを終わった黒っぽい野面をへだてて、北の方に鶴ヶ岡の町の屋並みが遠く扁平《へんぺい》にひろがっている。又蔵は、足音をしのばせて後を通ったハツを振り返りもせず、腕組みをしたまま鶴ヶ岡の方を眺めていた。暗く険しい横顔をしていた。

――この人は、誰かを待っているのでないだろうか――

ハツはその時ふとそう思った。

その夜、又蔵は珍しく「鶴ヶ岡に行ってくる」と言って出て行った。源六の襦袢《じゅばん》と股引《ももひき》を借りて、百姓姿だった。

「だだ（父さん）」

その後でハツは声をひそめて父親に言った。

「あの人は誰かに会いに行ったなだろか」

「さあな。わかんねえな」

「だってここさいるのは、誰かを待っているなだろ。その人が来ないさけ会いに行ったんでねえだろか」

「違うで」

源六は煩《うるさ》げに否定した。

「女子《おなご》はさべっちょ（お喋り）ださけ、余計なことを覚えねえでもええ」

だがハツが膨れ面をしたので、源六は舌打ちして言った。

「又蔵様は江戸で剣術の修行をして来たなだど。今度仕官の話が決まっての。秋田の亀田のご城下に行かれるので立ち寄っただけだ」

「んだば、どうして鶴ヶ岡のお家さ行かねなだろ？」

源六はまた舌打ちして、少し事情があるのだと言った。

又蔵は数年前に兄の万次郎と一緒に荘内藩を脱藩した。その後その万次郎という身持ちの悪い兄が人に殺されたりしたので、家にも顔を出せない身分になっている。今夜はよそながら家を見に行ったのである。

「立ち帰り者は罪になる。そういう人どご家さ置いたことが解っど、組の衆さも迷惑かけることとえなる。村の衆さに又蔵様のことを一切触れるんでねえぞ」

源六は極《き》めつけるように言った。

赤犬を斬った日から三日目の寒い朝。又蔵は起きるとすぐ庭に出て、井戸の脇で下帯ひとつになると水を浴びた。それから家の中に戻り、ひとりで髪を梳《くしけず》った。

襦袢と股引できっちり身支度をすませ、朝仕事から源六が戻ると、炉端に呼んで長い間話し込んだ。又蔵のすることを、ハツは眼を瞠《みは》ってひとつひとつ見ている。又蔵は、今日秋田に発《た》つのだ、と思った。

又蔵が家を出たとき、鶴ヶ岡のご城下一帯は、薄い霧に包まれ、霧の向うに赤茶けた日輪がのぼりつつあった。

黒っぽい野面の隅に雑木林があり、鶴ヶ岡に行く道は、葉の落ちつくしたその雑木林に突き当ってから、まっすぐ野面を北に横切ってのびている。小脇に風呂敷包みと刀を包んだ菰を抱えた又蔵の姿は、その道をひとりの百姓の若者が行くように、次第に遠ざかって行った。

柿の木の下で、ハツは源六と並んでその姿を見送った。

「秋田さ行けば、もうおら家《え》さはくることもあんめえの」

とハツは呟《つぶや》くように言った。源六が振り向いた。その顔が蒼《あお》ざめているのにハツは驚いた。

「秋田さ行ったなでね」

と源六は意外なことを言った。

「又蔵様は鶴ヶ岡に仇討に行ったなだぞ」

「………」

「万次郎という兄様《あんさま》を殺された恨みがわしぇらえね(忘れられない)ど」

ハツは眼を瞠った。ハツの胸の中で、このときはっきりと理解できたものがある。

――あの人が待っていたのは、この日だったのだ――

ハツはそう思った。仇討ということに恐怖はなく、それでは又蔵と二度と会うことはあるまい、という思いが不意に胸をしめつけた。

ハツの眼に涙が溢《あふ》れた。

「なにを泣く」

見咎《みとが》めた源六が叱った。

「ええか、ハツ。村の衆さひと言でも言うんでねえぞ。いままでおら家《え》さ又蔵様がいたこともな」

「………」

「ご城下で今日何が起きても、その騒ぎさおら達《だ》はかかわりねえぞ。ええか、そう思っていれ」

ハツは眼に涙をためたまま、のび上って街道をみた。小さな、黒い人影が野を横切り、ご城下の端《はず》れにかかるところだった。

文化八年九月二十二日の朝だった。

一

座敷牢を破って逃げ、そのまま荘内藩を脱藩していた土屋万次郎が、二年後に領内無音村《よばらず》に立ち戻ったところを捕えられ、鶴ヶ岡城下に連行される途中斬殺されたのは、文化三年五月である。弟の土屋又蔵が、井岡村の百姓源六の家に現われる五年前のことである。又蔵はその頃虎松と名乗っていた。

斬ったのは、同族の土屋丑蔵久富と土屋三蔵記明である。万次郎は放蕩《ほうとう》の果てに座敷牢に入れられた人間であるが、しかしこの二人にその時、土屋家のもて余し者を始末するつもりがあったわけではない。無音村で首尾よく万次郎をつかまえると、二人はこのあと、むしろ穏やかに鶴ヶ岡新屋敷町の家に連れ戻るべく、鶴ヶ岡城下の東端れ、赤川の渡し場まで来たのである。

斬り合いは一瞬にして起こった。

土屋丑蔵は万次郎の甥《おい》であり、三蔵記明はもっとも近い親族の者である。甥とはいっても丑蔵は万次郎の姪《めい》年衛の婿であり、この叔父、姪の間にも血の繋《つなが》りはない複雑な家系である。だが義理の間柄とはいえ、叔父が甥にあたる者に殺されたのは異常で、この事件は城下で評判になった。

事件があったとき万次郎は二十三、丑蔵は三蔵と同年の二十六で、甥の方が年上である。叔父の方が半ば武士を捨てた無頼《ぶらい》な人間であるのに対し、甥は描いたように謹直な武士であった。二人はその日の朝、同じ土屋家の者として初めて顔を合わせ、夕刻には斬り合って、ひとりは死者となった。宿命的な出会いというしかない。

百五十石取りの荘内藩士土屋久右衛門久明は、安永二年にすでに二十二歳になっていた八三郎久吉という跡取りを病気で失った。妻女見代野は八三郎を生んだ直後に死歿しており、子は八三郎一人だけだった。そのままにしておけば家系が絶える。久右衛門は八三郎の死後八年経《た》った天明元年に、同藩の堀彦太夫三誠の三男才蔵と土屋家の西隣に住む藩医久米家の娘九十尾を夫婦養子とした。

才蔵久綱は養子になると同時に、近習役《きんじゆう》として出仕し、久右衛門は隠居して妾《めかけ》を持った。妾が万次郎を生んだのは、その二年後である。この妾腹からさらに五年後に虎松が生まれ、次いで妹の松代が生まれた。

才蔵は律儀な人物だった。万次郎、虎松をそれぞれ土屋家に引き取り、やがて年月が経つと、成長した兄弟を手習、剣術の稽古所に通わせている。のみならず才蔵はその頃、ゆくゆくは万次郎を自分の子の年衛と娶《めあわ》せ、土屋家の跡を継がせたいと、養父の久右衛門に申し出ている。万次郎は手習所での成績も悪くなく、剣術の腕も次第に上ってきていた。才蔵と九十尾の間には、万次郎より五ツ年下の年衛という女子がひとりいたが、その後子供が生まれる気配はなく、いずれ養子をしなければならないという事情がある。この話は久右衛門を喜ばせた。妻子をすべて失い、一時は底知れない孤独を視た久右衛門だったが、律儀で心も温かい養子の心遣いで、再び光をみる思いもしたのである。土屋家には、もはや危惧《きぐ》する何もののもないようにみえた。

ところが、万次郎の素行が突然乱れた。

この頃万次郎は十六、七だったが、部屋住みの身分で八間町、七日町あたりの遊女屋に出入りするばかりでなく、組を作って喧嘩《けんか》口論に明け暮れ、深夜酒気を帯びて漸《ようや》く帰るという有様だった。剣の修行もとっくに放棄していた。

万次郎の放蕩に気づいて、久右衛門、才蔵が驚愕《きょうがく》して意見を加えたときはすでに遅かった。万次郎の心身に沁《し》み込んでいる、放蕩の愉悦の並みなみでない深さに気づいて、暗然としただけである。意見などが通じない、一種のふてぶてしさを、すでに万次郎は身につけていた。久右衛門は激怒し、才蔵は生真面目に叱責《しっせき》したが、すべて徒労に終わった。

万次郎がなぜ放蕩に走ったか、久右衛門にも才蔵にも心あたりがなかった。後日才蔵が、万次郎には同門の稽古所の悪い仲間がいるようだ、と聞き込んできたが、そういう仲間に悪い遊びを吹き込まれたに違いない、と身贔屓《みびいき》な推測を語り合うしかなかった。

剣の道場、手習所には、藩士の次、三男が多く集まった。勿論《もちろん》長男もいたが、稽古は次、三男の方がはるかに熱心にやった。藩では、みだりに分家することを許していない。長男は家を継ぐが、次、三男は、学問、武芸に精進して認められ、召し出されて新規に家名を立てるか、でなければどこかに婿養子に入るしか道がなかったためである。どちらにしても腕をみがいておく必要があった。

しかし学問、武芸を認められて藩に取り立てられるというのは、ごく少数の例外で、それだけの器量もなく、婿入りの幸運にも恵まれない次、三男は、実家の部屋住みとして一生を送るしかない。そういう一群の日の当らない若ものたちがいた。

彼等は正式に妻帯することも認められず、百姓、町人の出である床上《とこあ》げと呼ぶ身分の低い女をあてがわれるが、生まれた子供は即座に間引かれた。

長男に生まれるか、次男に生まれるかが、彼等の運命の岐《わか》れ道だった。長男と次、三男は食事のおかずまで厳しく差別され、兄弟喧嘩があれば、理由を問わずに弟が叱られた。

稽古所に通い、年月を経る間に、彼等はそういう差別の不当さに気づいて行く。そういう境遇に反発し、離藩、脱藩して領外に新しい道を探ろうとする者もいたし、修行に打ち込むことで、次、三男の境遇から脱け出そうとする者もいた。だが、暗い部屋住み暮らしを予見しながら無気力に日を過す者、希望のあてのなさに苛立って、酒や女に走る者の方が遥かに多かったのである。

当時の城下一帯の風俗の乱れも、若者たちを堕落に誘う一因となっていた。寛政年代の藩には、これより先の田沼時代の江戸の風俗が遅れて流行し、武士も縮緬《ちりめん》、八丈縞《はちじょうじま》、上田縞などの華美な衣服を着、派手な造りの大小を腰にして、茶屋、遊廓に出入りし、芝居見物に行くというふうだった。武家でありながら、博奕《ばくち》を打つ者が出た時代である。

こうした懦弱《だじゃく》な風潮を憤る一派もあった。徒党を組んで天狗の身なりを真似《まね》、気に入らない家の門扉を打ち壊して、魚の臓物や糞尿を家に投げ込む天狗風というものが横行したし、わけもなく百姓町人に喧嘩を売る者もいた。

万次郎は部屋住みとは言いながら、久右衛門の実子であり、義理の姪の年衛と縁組みして、いずれは土屋家を継ぐ身である。自棄《やけ》を起こして無頼に走る理由はない。周囲の仲間に誘われて女遊びや喧嘩に足を踏み込み、そこで動きがとれなくなったと考えるしかなかった。万次郎は背丈もあり、容貌《ようぼう》もきりっとした若者だった。だがその顔に、恐らくは酒と女の日日が刻みつけた、一種卑しい崩れを認めたある日、土屋久右衛門は不意に叱責の言葉を途中でおさめ、顔を背けると、

「もう、よい」

と言った。その時久右衛門は突然眼の前にいる放蕩息子を見限ったのである。沈黙した父親の内部を吹き荒れる暗い憤りに気づいたのかどうか、万次郎はそれまでうつむいていた顔をあげて、にやりと笑ったが、そのまま黙って席を立った。

寛政が享和と改まった年、久右衛門は病死した。死ぬときに久右衛門は、才蔵に万次郎に家督を譲るべきでないと遺言している。それは土屋家の今後を顧慮した言葉だったが、また出来る限り土屋家の血筋を立てようとする実直な養子に対する労《いたわ》りのようでもあった。

父親が死ぬと、万次郎の素行はさらに乱れた。金を持ち出し、家人が金を隠すと、家財を持ち出し、金に換えて遊んだ。家の中に盗賊をひとり飼って置くようだった

のである。才蔵はお供目付を勤めており、役目柄頻繁に江戸に出府しなければならない。頭を押える者がいないので、万次郎の放蕩は羽根が生えたようになった。義姉の九十尾は気が弱くおとなしい性格で、見兼ねて口を出すことがあっても、万次郎のひと恫《おど》しで蒼ざめてしまうのである。

才蔵は、帰国するたびに万次郎を呼んで、厳しく意見を加えたが、文化元年の六月に帰国したとき、初めて土屋家の当主として、強硬な手段をとった。屋内に座敷牢を造り、万次郎を閉じこめたのである。万次郎は、土屋家の重い軛《くびき》となった。

才蔵は出来るだけのことをして来た。しかし万次郎の乱行は、放置すれば土屋家の家名が傷つくというところまできていた。ことに才蔵は、江戸出府後に突発事が起こることを恐れた。座敷牢は止《や》むを得ない処置だった。

土屋本家、分家さらには実家の堀家にも相談したが、遅いぐらいだという意見があっただけで、万次郎に同情を示した者は、ひとりもいなかった。土屋一族にとっても、万次郎は危険な腫物《はれもの》でしかなかったのである。

その年の十月六日、激しい風雨が荘内の野を吹き荒れた夜に、土屋万次郎は座敷牢を破って出奔した。手びきしたのは弟の虎松である。

二人が明方赤川の渡しを東に渡り、田川郡無音《よばらず》村に立ち寄って、そこで旅支度を調え、清川に向ったことが確認された。清川口は江戸に向う道筋である。無音村の茂右衛門というものの女房が万次郎の乳母であり、また同じ村で肝煎を勤める庄助という家が、土屋家に長年出入りしていた。二人は肝煎の家と、同じく土屋家出入りの七右衛門の家に、十日ばかりかくまってもらい、その間に、乳母が身支度と路銀三分、関所札を用意するのを待って出発した。

土屋一族の追手が確認したのはここまでである。脱藩者といっても、二人とも部屋住みの身分であり、正式の藩士ではない。追手は諦《あきら》めてここから引返した。以来二人の足跡は杳《よう》として絶えた。

翌文化二年、土屋才蔵は娘年衛に、買物方役黒谷太四郎吉行の次男、丑蔵富重(後に久富と名乗る)を婿に迎えた。

年衛に、初めは万次郎を、万次郎を見限ってからは弟の虎松を配したい、と才蔵は考えていた。しかし二人が出奔してしまい、年衛もすでに十七である。婿を迎える時期だと判断した。

黒谷丑蔵富重はこのとき二十五歳。骨格すぐれ、性格も胆太く、それでいて生真面目な侍だった。鷹匠町の真陰《しんかげ》流道場助川伊八正行に剣を学んで、助川門の達人と呼ばれていた。力の籠《こも》った強い太刀筋で、その頃助川道場に通っていた者は、道場の入口に黒谷丑蔵の特大の下駄が脱いであるのをみると、家に逃げ帰った。力にまかせた荒い稽古を敬遠したのである。土屋の家ではよい婿をとったと噂《うわさ》された。

久しぶりに土屋家は笑いを取り戻したようだった。八三郎が死歿し、いままた万次郎、虎松が、宿命のように家を捨て、久右衛門の血筋を欠いた家は異様といえば異様だったが、他人の手によって土屋家はむしろ堅固に守られていた。才蔵久綱は、もはや紛れもない土屋家の当主であり、丑蔵はすぐれた後継者に見えた。

無音村の肝煎庄助に万次郎が姿を現わしたと聞いたとき、土屋家の者たちは一瞬当惑したが、即座に捕えて家に連れ戻すことを決めた。途中で斬り合いが起こり、万次郎が死ぬとは、誰ひとり思わなかったのである。

事件は城下で評判になったが、斬った二人を非難する声はなかった。万次郎が酒と女に身を持ち崩して、長年土屋家のもて余し者だった事実は、ひろく家中に知れわたっていた。まして万次郎は先年座敷牢を破って、領外に逃亡していた立ち帰り者である。死者に対する同情は薄かった。どことなくけりがついた感じの中で、人人はやがて万次郎を忘れた。

勿論土屋家の人人の感情は、もっと複雑である。才蔵、九十尾の夫婦は、当主とは言いながら、外から夫婦養子に入ったという立場があり、またそれだけでなく、血は繋らないにせよ、万次郎は長年紛れもない家族の一人だったのである。義兄、義姉ではあるが、親子ほど年が違い、万次郎も虎松も夫婦で育てあげたという実感がある。

親族の中には、才蔵夫婦に面と向って万次郎は死んでよかったのだ、という者もいたが、たとえそれが丑蔵がしたことを庇《かば》う意味を含んでいたとしても、やはり当惑しないわけにはいかなかった。しかし、周囲のそういう考え方が、必ずしも慎みを欠くと思えない気持も、土屋家の人人の中に潜んでいた。

仮りに家に連れ戻っても、万次郎には座敷牢が待っていただけであった。そして当主の才蔵をはじめ、土屋家の者は誰ひとり、その座敷牢の中で、ある日万次郎が無頼から目覚め、蘇《よみがえ》るとは信じなかったのである。壁と格子《こうし》で囲んだ四角な空間は、ごく単純に獣を飼う檻《おり》に似ていた。そのほかに使いようがなく、壁は固く、格子の木組みは頑丈で、堅固に外気を遮断している。内部は薄暗く、異臭が立ち籠《こ》めていた。万次郎が帰ってくることは、一度檻を破った獣が、捕えられてまた檻に戻されるだけのようだった。

万次郎を鍛冶町総穏寺の墓地の西端に埋め、用いることがなくなった座敷牢を解体したあと、やがて土屋家の人人も万次郎を忘れていった。

二

土屋虎松が、上ノ山松平藩の石田丈右衛門を訪ねたのは、六月に入ってからだった。

石田は脚気《かつけ》で勤めを休んでいた。簾《すだれ》をおろした風通しのいい部屋に寝ていたが、虎松を迎えると妻女に手伝わせて床の上に起き上った。大儀そうな身動きで、起き上ったあと、うつむいて荒い息をついているのを、妻女が背をさすった。

「お加減が悪いのですか」

気の毒そうに虎松が言うと、石田は漸く顔を挙げた。眉《まゆ》が太く、眼も口も大きい顔に生気がない。長い間日に当っていない肌の色だった。

「脚気だ。大したことはないのだが、なにしろ暑いのに参る」

「構わずに横になって下さい」

「なに、起き上ってしまえば、この方が楽なのだ」

石田はふうと大きな息をついた。

「あの節はお世話になりました」

虎松は改めて挨拶した。荘内領を出奔した後で、虎松は兄と一緒に半年ほど石田の家に厄介《やっかい》になっている。

「いや、世話も出来なんだ」

「ところで」

虎松は性急に言った。

「兄から何か消息がありませんでしたか」

「おまえ……」

石田は、日焼けして真黒になっている虎松の顔をじっとみた。

「どちらから来たのだ？」

「宇都宮から参りました」

「……」

虎松は小さい声で言った。

「じつは先月、兄は金策のために荘内に戻りました。それっきりで何の音沙汰《おとさた》もありません。待っておれと言われましたが、かれこれひと月になりますので、心配になって様子を見に帰ろうかと……」

「よし、もういいぞ」

石田の言葉は、背中をさすっている妻女に言ったのだった。

「虎は、昼飯がまだだろう」

虎松はうつむいて、「はあ」と言った。

「あのな、何かあり合わせでいいから、虎に飯を喰わせろ」

無口な妻女が部屋を出て行くと、石田は「もうちょっとこっちへ来い」と言った。

そばへ寄ると、石田の躰から薬の香と汗が匂った。

「あのな、びっくりするなよ」

石田は言って、思案するようにちょっとうつむいたが、顔を挙げるといきなり、

「万次郎は死んだぞ」

と言った。

「……」

「本気に出来んか。無理もないが、間違いのない話だ」

茫然《ぼうぜん》と顔を見つめている虎松に、石田は念を押すように言った。

それっきり言葉を奪われたように、二人は黙って向い合った。軒に風鈴が吊《つる》してあって、時どき風を受けて鳴っているのに、虎松は初めて気づいていた。台所で石田の妻女が水の音をさせている。ひとつひとつの物音が急にはっきり聞こえ出したようだった。

「かわいそうなことをした」

やがて、石田がぽつりと言った。

石田は旧名を田中小吉と言い、万次郎と一緒に鶴ヶ岡城下で放蕩の限りを尽した末、逐電《ちくてん》して上ノ山に来た。ここで縁があって石田家に婿入りし、十六人扶持《ぶち》という微禄ながら上ノ山藩に仕えている。舅《しゅうと》も死に、夫婦の間に子供もいないが、妻女はおとなしい女で石田に尽しているようだった。

二年前、荘内を出奔した万次郎、虎松の兄弟は、江戸に出るつもりでいったんは福島まで行ったが、そこで路銀が尽きて引返している。縋《すが》る人もない他領の中で、餓えと寒気に苦しみながら戻る途中、小吉を思い出して頼った。石田は二人を自分の家に置き、日雇い人足の口を世話したりして面倒をみている。二人は石田の家に翌年の五月までいた。

「悪党ぶっていたが、なに、芯はそう悪くないのよ。俺と同じでな」

石田は昔の小吉に戻ったように言い、投げ出した足をさすった。足は蒼白くむくんで、髭が伸びた顔も艶《つや》がない。大きな眼の下に、皮膚がたるんで、まだ三十前の筈《はず》なのに、石田の顔には、放蕩を尽した中年男の疲労のようなものが滲んでいる。

「兄は……」

虎松は言いかけて咳払《せきばら》いをした。声がかすれたのである。

「死んだというのは、誰かに殺されたのですか」

「そうだ」

「殺したのは、土屋の義兄ですか」

「いや三蔵と年衛の婿だ」

「年衛の婿？」

虎松は眼を光らせた。その人物の存在を初めて知ったのである。

「おまえは知らんか。黒谷丑蔵といって、助川の道場で鳴らした男だ。それが年衛の婿になっている」

いや、そのことは、じつは俺も初めて聞いたのだ、と石田は言った。昔の悪友で、今度江戸勤めになった男がいて、出府の途中立ち寄って万次郎が死んだことを話して行ったのである。

土屋万次郎が、庄助という屋号で呼ばれている無音村の肝煎の家に姿を現わしたのは、五月十五日だった。

来るとすぐに金を無心した。大小を腰にしているものの、言葉は武士のようではなく、身装《みなり》も薄汚れ、容貌は痩せて眼つきが悪い。金を無心する口調には、ほとんど強請《ゆすり》がましい響きがあった。

当主の庄吉はむっとした。先年座敷牢を破って駆け込んできたときには五、六日かくまっている。その時は家を捨て、他国に逃げようとする兄弟に対する同情があった。それに長年土屋家に出入りしている。理由はともあれ、土屋家の人間を粗末に出来ないという気持があった。

だがその後で、万次郎の行状がどういうものであったかを詳しく聞くと、同情だけで兄弟を逃がしてやったものの、土屋家のためにならないことをしたのではないかとも思ったのである。そのことについて、土屋家では格別庄吉を咎めなかったが、それがかえって庄吉の側に土屋家に対する負い目をつくった。

そういう気持のところに来て、いきなり金の無心である。しかも万次郎はあの時かくまってやったことに対して、ひと言の礼らしいことも言っていない。

「突然に言われても困ります」

庄吉は怒りを押えて、穏やかに言った。

「百姓というものは、米は持っておりますが、金は当座に使うぐらいしか持っていないものですよ。必要なときは、米を売って金を作りますので」

「金がないだと？　お前の家にかい」

万次郎は胡坐《あぐら》を組んで、高い上背から庄吉を見おろすように眺めながら、薄い唇を曲げた。

「嘘はもっと上手につくもんだぜ。それぐらいの金はあると解っているから、遥遥《はるばる》宇都宮から引返してきたのだ。空手では帰れないぞ。困ったから頼ってきている。妙な断わり方をして、俺を怒らせるなよ、庄吉」

「………」

「冷たいもんだな、なあ？　金はないで済ますつもりかい。それでは後で後悔することになるぜ」

「ではこうしましょう」

庄吉はいそいで言った。

「私が申し上げましたのは嘘ではございません。しかしほんとにお困りなら、米を売って金をこしらえます。今夜はお疲れでしょうから、一晩ゆっくりお泊り下さい。ご用の金は明日までに用意しましょう」

「俺は金を呉《く》れとは言ってないぞ。借りるんだぜ。そのあたりを間違えるなよ」

「わかっておりまする」

しかしその夜、庄吉は息子を土屋家に走らせた。

土屋家では、才蔵が帰国中だった。夜の中《うち》に、すぐに親戚《しんせき》が寄り集まって相談をまとめ、夜明けを待って丑蔵久富と、同じ土屋家の三蔵記明が無音村に急行した。

土間を入ってきた二人をみると、万次郎は持っていた盃《さかずき》を囲炉裏の灰の中に叩きつけた。立ち上る灰の中から、膝《ひざ》を立てて逃げ腰になった庄吉をじろりとみて、

「ふん、こういうことか」

と言った。庄吉の顔は真蒼《まっさお》だった。自分ではからったことだったが、いざその場に立ち会ってみると、恐ろしいことが運ばれている気がしたのである。

「しばらくだったな、万次郎」

と三蔵が言った。三蔵も丑蔵も、土間に入るとすぐに草鞋を脱ぎ捨て、声を掛けたときには茶の間に上り込んでいた。いざといえば刀を抜ける位置に詰め寄ってい

る。

万次郎は、胡坐のままじろじろと二人を見比べた。刀は昨夜寝た奥座敷に置いたままで、無腰である。

「そいつは誰だい」

と万次郎が言った。万次郎は丑蔵を識《し》らない。同じ藩で、年恰好も似通っているものの、お互いに部屋住みで、会うこともなければ名前を知ることもなかったのである。

「年衛どのの夫だ。去年土屋の家の人になられた」

「初めてお目にかかり申すが、丑蔵と申すもの。本日はお迎えに参ってござる」

蓆《むしろ》敷の上に坐って、刀を腰からはずすと、丑蔵が丁寧に言った。

「ふーん、年衛の婿か」

万次郎は瞬きもしない目で、嘗《な》めるように丑蔵をみた。少し、酒が入っているのに、顔色は蒼白く無表情で、こういうときの万次郎は無気味である。

「でけえ体《なり》をして」

やがて顔を背けると、万次郎は吐き出すように言った。

「尋常な口を利きやがるじゃねえか」

「おい、口を慎め」

三蔵が強い口調でたしなめた。三蔵はまだ立ったままである。

「それで俺を捕めえに来たってわけだ」

「いや」

丑蔵は顔色も変えず、太い声で律儀に答えた。

「あとのご相談はとも角、穏やかにお迎えして参れと義父の言いつけでござる。ご同行願いとうござる」

不意に万次郎が立ち上った。丑蔵も弾かれたように躰を起こした。大きな左掌が刀を摑み上げている。

「びくびくすることはないぜ」

万次郎の頰《ほお》に嘲笑《ちょうしょう》が走った。

「お迎えが来ちゃ、行かねえわけにはいかねえだろ。おとなしく一緒に行くぜ。餓鬼じゃあるめえし、ここで駄駄こねるつもりはねえよ」

丑蔵と三蔵は顔を見合わせた。

鶴ヶ岡に向った三人が、赤川の渡し場まで来たのは七ツ（午後四時）頃だった。

「日が落ちるまで待とう」

と三蔵が言った。三蔵の言う意味を、丑蔵はすぐに理解した。万次郎の両手は懐に押し込み、中で手拭いできつく縛りあげてある。大小は下げ緒で、栗形《くりかた》と鍔《つば》の透かしを結んで腰に差させた。見た目には、懐手で歩いているようにしか見えない。しかし城下に入れば、万次郎の顔を知っている者は沢山いる。

あれは土屋の立ち帰り者と指さされては、家の恥だし、家中の者に見つかれば、内密に処置するつもりのものも出来なくなる懼《おそ》れがある。

丑蔵はうなずくと、道を逸《そ》れて松林の中に入った。

松の幹の間から、赤川の流れが見えた。水深は深く、音もない水量が、ところどころ渦を巻いて流れ下るだけである。上流の山塊が押し出してくる雪解水のために、水はふだんは寄りつかない岸まで押し寄せ、緑色の草の葉をその下に沈めていた。

川面に、いっとき紅みを帯びた日暮れの空が映り、やがて青白く醒《さ》めて行くのを、三人は松の根瘤《ねこぶ》に腰をおろしながら眺めた。万次郎は無気味なほど静かである。

「そろそろ行くか」

三蔵が立ち上り、欠伸《あくび》まじりにそう言ったのをしおに、あとの二人も腰を上げた。歩きだそうとして、丑蔵は草鞋の紐《ひも》が緩んでいるのに気づいた。

「待ってくれんか。草鞋をなおす」

手を挙げて三蔵に合図すると、丑蔵は片膝を地面について蹲り、紐を締めなおした。その一瞬の無防備な姿勢が、恐らくは万次郎の殺意を引き出したのである。

丑蔵は背後に異様な音を聞いた。乾いた枝を折ったような、鋭く高い物音だった。

咄嗟《とっさ》に後を振り返った丑蔵の視界いっぱいに、刀を振りかぶった万次郎の姿が殺到してきた。手首を縛った手拭いは、いつの間にか懐の中ではずしたらしい。物音は、下げ緒がらみ栗形を鞘《さや》から引き剝《は》がした音だったのである。

刀を抜き合わせるひまはない。立ち上って身を躱《かわ》したのが精一杯だった。万次郎の太刀筋は意外に鋭い。瘦せているが、丑蔵に見劣りしない長身から振り下ろした刃先は、唸りを生じて丑蔵の袖《そで》を切り裂いた。二撃目に移ろうと振りかぶった胸もとに、丑蔵は辛うじて飛びこむとそのまま組みついた。三蔵が何か叫んだが、丑蔵には聞こえない。

揉《も》み合う間に万次郎の手から刀が落ち、二人は地面に転んだが、万次郎は膂力《りょりょく》もある。しなやかな躰を巧みに動かして、丑蔵を組み敷くとすばやく脇差《わきざし》を抜いた。その掌を握って、丑蔵は渾身《こんしん》の力を絞って躰を入れ替えようとするが、かぶっている笠が邪魔になって思うように躰が動かない。丑蔵の方が後手後手に廻っているのは、争いながら、どこかにまだ事態が十分に呑みこめない気持があるからだった。

眼が吊り上り、歯をむいた万次郎の顔が視野に迫ってくる。丑蔵は兇暴な野獣と素手で組み合っている気がした。これは、手を縛って連れ戻れるような、生やさしい人間でないという気が初めてした。

「離れろ」

三蔵の怒号が聞こえた。三蔵の声は焦っている。目まぐるしく二人の躰が動き、躰が入れ替るので斬りつけることができないのである。一度はね返したが、丑蔵の躰はまた万次郎の下になった。万次郎が握っている脇差の切先が頸《くび》をついてきたのを、顔を振って避けながら、丑蔵はまた死力を尽して万次郎の腕を絞り上げた。万次郎の唇が歪《ゆが》んだ。それが苦痛のためではなく、笑ったのだと感じたとき、丑蔵は叫んだ。

「もはや手取りは出来ん」

丑蔵は、右手一本だけで万次郎の腕を支えると、左手でいそがしく腰を探った。

「三蔵、俺もろとも斬れ」

右腕の力が萎《な》えると感じたとき、左手が背中の方に廻っている脇差の柄にとどいた。抜くと、のしかかって来る万次郎の脇腹を刺した。

同時に背後から、三蔵の刀が万次郎の肩を斬り下げた。

三

「すると兄を斬ったのは二人ですか」

虎松は蒼ざめた顔を挙げて言った。

「丑蔵が腹を刺した。万次郎に組み伏せられて危なかったので、止むを得ず刺したということらしいな。丑蔵が腹を刺すのと、三蔵が背中から斬ったのと、大体一緒だったらしい」

「………」

「万次郎は大胆すぎたのだ。国元の連中を嘗めたのがいかん」

石田は「おい、飯の支度はまだか」と台所に声を掛け、疲れたようにごろりと床に横になった。

「ただいま」という妻女の声が聞こえた。

「向うは網を張っていたのだ、多分な」

石田は頭に手をつっかい棒にして、虎松に顔を向けながら言った。

「去年の三月だったかい。万次郎がこの土地の嬶《かかあ》連中を案内して、羽黒詣《まい》りに連れて行ったことがあっただろう。あの時も、俺はやめろと言ったのだが、きかなかった」

妻女は素麺《そうめん》を運んできた。

「遅くなりました。冷やしていたもので。沢山召し上れ」

妻女はちらと虎松をみてすすめたが、虎松の異様な様子に驚いたように、夫の顔をみた。

「あの話をしていたのだ」

と石田が言った。石田の妻女は律儀に坐り直し、

「お気の毒なことをしました。あの元気のよい人が、死んだなどとは思われないと、いまも時時話しているんですよ」

と言って頭を下げた。

「もう少し用心すべきだったのだ」

石田は言っていよいよ疲れたらしく、仰向けに寝ると、「うちわをくれ」と言った。

簾《すだれ》を動かして、時折力ない風が入ってくるが、部屋の中は暑い。虎松は、簾越しに青青とひろがっている野面に照りつける日の色を見つめた。万次郎が死んだことは間違いのない事実だと思った。だが、虎松の気持の中で、それに同意することを頑なに拒んでいる部分があった。石田は冗談好きの男である。実は久しぶりにお前をかついだのだ、と不意に言い出さないものだろうか。

「あのときは、羽黒山をおりると、万次郎の奴は七日町まで女達を案内して行ったそうだ。自分は自分でちゃっかり昔馴染《なじみ》の女に会ってきている。そういうことではいかんのだ」

「………」

「俺のように、一旦捨てた国へは二度と帰らんことだな。な、おい」

石田は妻女に言った。

「丑蔵という人を、小吉さんは知っているんですか」

「知らんさ。だが名前だけは聞いたことがある。助川の道場は真陰流だが、あそこで有名だった。助川は知ってるだろう。鷹匠町の助川伊八だ」

「名前は知っております」

「そこで免許取りだった。糞真面目な男らしいな。ま、いいから喰え」

言いながら、小吉は首をもたげて、じろじろと虎松をみた。

「どうした」

「折角の馳走《ちそう》ですが、腹は空いていません」

「ばか言え。さっき家へ入ってきた時は、やっと辿《たど》りついたという顔をしていたぞ。兄貴のことを聞いて、胸がいっぱいになったか」

「………」

「無理もないが、男だろ、おまえ。しっかりせんかい」

「………」

「何だ、その眼は」

不意に石田はむっくりと半身を起こした。妻女がいそいで後に廻って、助け起こした。

「虎松」

石田はしばらく俯《うつむ》いて息切れをこらえてから、弱弱しい口調で言った。

「おまえがなにを考えているかぐらい、俺にも解る」

「………」

「だが仇を討とうなどという思案はやめておけ」

石田は探るような視線で、虎松の小柄な躰をじっとみた。

「あれは禁じられている。それにな、お前のその躰では、黒谷丑蔵には立ち向かえん。つまらぬことは考えぬことだ。第一死んだものは、もう生き返りはせんぞ」

「………」

「もともと万次郎も悪いのだ。土屋の家では手に余ったろう。俺の家で俺をもて余したようにな」

「解っております。しかし殺さなくとも——よいと存じます」

虎松は石田から視線をはずした。底深いところから、隙をみて噴き上げて来ようとする乱れた感情があって、それをこらえようとすると唇が顫《ふる》えた。

「だがな、本当は殺してやりたいぐらいは思うものよ。みんなきちんとして、それでもって世間体をつくろって生きている。辛《つら》いことがあってもこらえてだ。ところが一人だけ勝手なのがいて、思うまま、し放題のことをする。世間に後指をさされまいと気張っている家の者のことなど、お構いなしだ。これは殺したいほどのものだ。世間体をつくろうのも限りがあってな。そのうちくたびれてくる」

「………」

「もっとも俺もそれに気づいたのは、遊びをやめてからだがな。才蔵殿は器量人だから、よく我慢したと俺はみている」

「しかし、兄には兄の考えがあったと思いますが」

「バカ言え」

石田は力なく笑った。

「お前はおくてだから何も知らんようだが、遊んでいるときは、ただ面白いだけよ。考えもへちまもあるかい。家の体面も、親父の顰《しか》め面も忘れて、ひたすらに酒と女が恋しいだけだ。そのひと晩のためには、明日どうなってもいいと、虫けら同様の心根で遊び呆《ほう》けるだけよ」

否、と首を振る思いが虎松の心の中にある。放蕩に日を送っていた頃の万次郎に、遊びを楽しんでいる様子はみえなかった。むしろ苦しんでいるように見え、表情はいつも荒《すさ》み、暗かった。だが、それは遊びを知らないものの見方だろうか。

「ところで……」

口調を変えて、石田は言った。

「これからどうする積りだ」

「……」

「ここで暮らすつもりなら力になるが、一番いいのは国へ帰ることだな。おまえは別に悪事を働いて国を捨てたというわけではない。才蔵殿はものの解った人だから、強くは咎めまい。どうだ？　その気持があれば、口添えするぞ」

「いえ」

虎松は顔を挙げた。

「私は江戸へ参ります」

「江戸へ？　何しに行く」

疑わしそうに、石田は虎松をみた。

「兄が行きたがっていましたゆえ」

咄嗟に言ったが、それは嘘だった。万次郎が江戸へなど行きたがらなかったことを、虎松はよく知っている。

国元を脱け出し、福島まで来てそこで路銀を使い果たしたとき、ひとまず国へ帰ろうと言い出したのも万次郎だったし、宇都宮まで来ていながら、国元に金策に帰ると言い出したのも万次郎の方からだった。なぜかは解らないが、万次郎の顔がいつも遥かな荘内領の方を向いているのを虎松は感じていた。

——その荘内で、殺された。

不意に衝《つ》きあげてきた、憤怒とも悲しみともつかない眼が眩《くら》むような激越なものを、石田の眼から隠すために、この無口な少年は、生まれてはじめてともいえる意識的な嘘をついた。

「見たいと言っていた江戸を、兄のかわりに一度は見ないと気が済みません。自分のことは、そのあとでゆっくり考えることにします」

「万次郎がいつか言ったが……」

石田は諦めた口調になって言った。

「おまえはおとなしそうにみえて、強情なところがあるからな。国に帰るのが無難だと思うが、無理に言っても聞かんだろうな。だが長居は無用だぞ。江戸は人が多く、油断がならん土地柄だ。なにしろ気をつけることだな」

四

金山《かねやま》峠に立つと、虎松は肩から背に斜めに背負っていた荷を解いて道端におき、腰に下げていた手拭いを抜きとって、額の汗を拭《ふ》いた。小さな荷の中身は、浴衣《ゆかた》、肌着、下帯が一枚ずつと扇子一本、胡麻塩で握った握り飯数個である。

くたびれた藍《あい》無地の浴衣、色が変わった手甲《てっこう》、脚絆《きゃはん》に草鞋ばきで、髷《まげ》は町人風である。脇差を一本腰に差しているものの、それもひと眼で鈍刀と知れるような野暮ったい造りで、虎松の旅姿は年若い百姓のように映えない。

衣類と扇子は、粗末な衣裳を憐れんで、石田が餞別《せんべつ》に呉れ、握り飯は妻女が握ってくれた。

六月の荒い日射しが、眼の下に続くぶ厚い緑の樹林を照らし、時おり吹き過ぎる風が密集する葉を翻《ひるがえ》した。風は峠の東に聳《そび》える蓬沢山の肩のあたりから吹きおろし、波のうねりに似た動きを、遥かな麓《ふもと》まで送りとどける。そのあたりに、微《かす》かに楢下《ならげ》、小笹《おざさ》、須田《すだ》板辺《いた》と思われる集落の黒っぽい影と、耕地の断片が見えるが、いま登り過ぎてきた金山、赤山の集落は樹林の下に沈んで見えない。

虎松の視線は、北に伸びて遥かな天涯を探ると、そこで動かなくなった。南から北に飯豊《いいで》山、朝日岳、月山《がっさん》、鳥海山と縦走する山脈があり、飯豊、朝日の峯は近くの山山に遮られて見えず、鳥海山の美しい山容はあまりに遠かったが、障壁のようにそそり立つ月山の尾根は、蒼い空を区切って瞭《あき》らかに見えた。

子供の時から眼に馴染んだ故郷の山だった。荘内領はその尾根の陰にひろがる。限りなく野はひろがり、可憐《かれん》に白い稲の花が、その野を埋め、穂は孕《はら》みつつあるだろう。

　その想像は、虎松の心を一瞬感傷に誘った。金山峠を南に降ればそこは仙台領である。干蒲《ひかば》、湯ノ原、峠田《とうげた》、滑津《なめづ》と白石川に沿う渓谷の村落を過ぎ、関、渡瀬《わたらせ》から下戸沢に至って川と別れ、上戸沢、小坂峠を経て桑折《こおり》宿に出る。そこからさらに、見たことのない江戸まで、長い異郷の旅が続くのである。それはあてどない旅のようであった。

　ほとんど衝動的に、上ノ山の松平藩城下から南に金山峠まできた。その時虎松を動かしたのは、一刻も早く、少しでも遠く故郷から遠ざかりたいという衝動だった。衝動は暗い憎しみをともなっていた。無造作に兄を抹殺した故郷に対する赦《ゆる》し難い憤りが、虎松の足どりをはやめたのである。

　虎松の心が僅《わず》かに湿ったのは、これが故郷の山の見おさめかも知れないと思ったからである。同時に、眩しく鋭角的な稜線を連ねる尾根の向う側。そこに確かに存在する美しい幾条かの水流、城下の賑《にぎ》わい、家家のたたずまい、そして優しい言葉遣いをする人人の中に、いまならまだ戻ることが出来るという想いも、ちらと心を掠《かす》めたのである。

　石田も、お前のことは強くは咎めないだろうと言った。だが石田は万次郎のことはこう言ったのだ。――いったん捨てた故郷へは二度と帰らんことだ、と。故郷もまた、兄は立ち帰り者として拒否し、斬殺し、自分だけを寛大に赦そうとするのだろうか。

この想像ほど、虎松をやりきれなくするものはない。

人は万次郎を放蕩者と呼び、土屋の家の面汚しだと罵《ののし》った。そう呼ばれるような行状の数数を、虎松も確かにみた。だが虎松は、人人がいう極道者がその顔の後に貼《は》りつけていた、もの憂い悲しみの表情を幾度か見ている。

虎松の眼が映したのは、あるときから虎松には理解し難い奇妙なものに囚《とら》えられ、いつか引返すことの出来ない世界に、ひとり運ばれて行った孤独な男の姿だった。少なくとも、虎松の眼は万次郎が放蕩を楽しんで満ち足りているのを見なかったのである。それでもやはり、兄は斬られなければならなかったのだろうか。

あれが罪とされ、非難されるものなのだろうか、と虎松は思う。それは虎松が十三か、四の頃であった。

その頃虎松は、家中新町の道場に通っていた。道場主は田宮流の陶山《すやま》臼太である。陶山道場は大山街道沿いにあって、虎松は新屋敷町の家に帰るのに、時時町端れまで出て、青竜寺《しょうりゅうじ》川の川端を歩いて帰ることがあった。稽古で汗ばんだ躰に、町の外の澄んだ空気が快いからである。三ノ丸を出ると、すぐに川に突き当る。橋の向うに禅竜寺の広大な甍《いらか》が聳えているが、橋を渡らずに川岸を右に折れ、雑木林が残る川岸を万年橋までゆっくり歩き、橋から右に曲って三ノ丸内に入るのがそのときの道筋である。

ある日暮れ虎松は、万年橋に近い雑木林の端れに、思いがけなく兄の姿をみた。稽古が長びいて、いつもより遅くなっていた。日は落ちて、遠く砂丘の上に赤みが醒めかけた空が残っていたが、足もとには薄闇《うすやみ》がまつわりはじめている。淡い光の中だったが、虎松にはそれが兄だとすぐに解った。長身の着流し姿で、形よく伸びた背筋、やや怒った肩が兄に紛れもなかった。

万次郎の方は、立竦《たちすく》んだ虎松に気づいた様子はない。連れがいた。虎松からは白い横顔が見えているだけだったが、髪形と着ているものから町家の妻女ふうに思える女が一緒だった。女は万次郎より年上のようだったが、美貌だった。

女が何か言った。声は聞こえなかったが、いきなり手を挙げて万次郎が女の頰を打った音が小さく聞こえた。思わず虎松は息を詰めたが、次に起こったことが虎松の胸を息苦しいほどとどろかせた。

女の躰が不意に力を失ったように万次郎の胸に倒れ込み、万次郎がその肩を抱くと、二人は縺《もつ》れ合う足どりで林の奥に入って行ったのである。

川が小さく流れの音をたて、新芽の匂いが溢れていた。その川沿いの小さな道を、虎松は足音を忍んで引返したのだった。

息苦しく甘酸っぱく胸を圧してきたその時の感情は、少年の虎松にはむしろ不快だったが、そのために兄を軽蔑《けいべつ》しようとは思わなかった。

万次郎は頭も切れ、腕力が強く、いつも同年輩の少年たちの頭株だった。一群の少年たちと連れ立って商家の間をのし歩いたり、深夜城下端れで、別の組の少年たちと乱闘したりした。そういう日日の中で、仲間たちに一目おかれている兄を、虎松はひそかに誇らしく思っていたのである。

女のことは、虎松には解らなかった。胸が息苦しくなるような感情の奥に、窺《うかが》い知れない甘美なものが潜む気配がしたが、それを知りたいとは思わなかった。微かな恐怖が知りたい気持を阻んでいる。無造作に女を殴ったり、抱いたり出来る兄が、虎松にはやはり誇らしかった。

近頃父の久右衛門が、兄を引き据えて激怒したり、義兄の才蔵がやはり膝詰めで意見を加えたりしているのを虎松はみている。町家の妻女ふうの女が、それにかかわりがあるのかどうかはわからなかった。

だが虎松が、川端で万次郎と女を見た頃には、万次郎にはまだ颯爽《さっそう》とした面影があったのである。その表情が暗く荒み、身のこなしにもの憂い懈怠《けたい》がみえるようになったのが、いつからだったか虎松には明瞭な記憶がない。気づいたときに、兄はそういうふうになっていたのである。万次郎の変貌はすみやかだった。

五

忘れ難い記憶がある。

虎松はその日、父の言いつけで七日町の花町に万次郎を探しに行った。父の久右衛門はその年病気がちで度度床についたが、その時も寝込んで三日目に、火がつくような性急さで万次郎を探して来い、と言いはじめたのであった。

その三日間、万次郎は家に帰っていない。花町の遊女屋に出入りするようになってから、万次郎はよく家を明けた。というよりも家にいることが珍しいぐらいになっていた。帰ってきても寝ているか、茫然と縁側で膝を抱いて時を過しているかのどちらかであり、出て行くときは、父や義姉の九十尾の眼を掠《かす》めて金目のものを持ち出した。見つかって意見されれば、町のろくでなし同様の汚い言葉を遣って居直った。

七日町に十七軒の旅籠屋《はたごや》があって、それぞれ遊女を置いていただけでなく、裏町に隠《かくし》遊女屋がひそかに繁昌している。そこで兄を探すことは難しいだろうと思い、虎松は心が重かった。そこがどういう場所であるかは少年の虎松にもわかっていて、初めてそういう場所に踏み込む気後れもあった。

仕方なく一軒ずつ訊《たず》ねて行ったが、兄の居場所は意外にもすぐに解った。三軒目で応対した女が教えてくれたのである。万次郎が、この界隈《かいわい》ですでに顔であることを知って、虎松は顔を赤くした。

教えられた七日町裏町の、一軒の隠遊女屋で、虎松は兄を見つけた。

万次郎は浴衣《ゆかた》の胸をだらしなくひろげて、女と酒を飲んでいた。女も赤い長襦袢《ながじゅばん》のままで、虎松が部屋に入っても立て膝を改めようともせず、万次郎に寄り添うようにして酌をしている。

「よう、よう」

虎松をみると、万次郎はおどけて言った。

「これはどうも、お珍しい」

「このひと、だあれ?」

と女が言った。痩《や》せて眼に険のある女だったが、面長《おもなが》でやや受け口の唇のあたりに、可愛い感じがある。

「これか?　俺の舎弟だ」

「あら」

女はびっくりしたように坐り直した。

「よう、ようだって。ばかだね」

女はけたたましく笑い出した。

「そういうわけで、ちょっと遠慮してくれんか」

と万次郎は女に言った。女は案外素直にうなずいて立ち上ったが、部屋を出るときに、「今夜は帰っちゃ、だめ」と言って万次郎を睨《にら》む真似《まね》をした。

女がだらしなく五寸ほど閉め残して行った襖《ふすま》を、立って行って閉めなおすと、万次郎は太い吐息をつき胡坐《あぐら》をかくと言った。

「ま、坐らんか」

虎松はうなずいて漸く坐ったが、居心地悪くうつむいた。北側と東向きに、格子が嵌《はま》った小窓が二つ穿《うが》たれているだけで、壁も襖も薄汚れた仄暗《ほのぐら》い部屋だった。暮れ刻《どき》の、八月のもの憂い光が小窓から射し込み、その中に寝乱れた跡がそのままの、色のどぎつい夜具の形が浮かび上っている。

脂粉の香とも、汗とも、酒の匂いともつかない濃密な匂いが部屋にたち籠《こ》め、虎松はその匂いに軽い吐気を感じた。兄が住んでいる異様な世界を覗《のぞ》いた気がした。

「父上が呼んでいる」

うつむいたまま虎松は言った。

「わかっている。それはそれとして、お前酒を飲むか」

徳利を傾けて盃《さかずき》を満たしながら、万次郎は言った。

「いや」

「そうか。そうだな、飲まん方がいいだろう。俺のようになっても困る」

万次郎は声を立てないで笑った。

「お前、医者になるのか」

万次郎がぽつりと言った。虎松は春頃から、藩医久米益庵に弟子入りして、本道を修業している。

「そのつもりだ」

「俺に遠慮はいらんのだぜ」

不意に万次郎が言った。虎松は顔を挙げた。盃を口に運ぶ手をとめて、万次郎がその視線を受けとめている。虎松はすぐに兄が何を言ったのかが解った。虎松に家督をつがせようか、という話が去年の暮に出ている。土屋の親族は万次郎を見限ったのだった。

「年衛は悪くない娘だ。俺はこのとおりで、もはやどうにもならんが、お前は真面目だ。義兄たちともうまくやっていけるだろう」

「べつに遠慮はしていない」

「その気はないのか。義兄たちはそうしたがっているようだし、俺も悪くない話だと思うぜ」

「俺にはそういう気持はない」

虎松は硬い口調で言った。それは確かに悪い話ではなかった。だが、どこかにそれを受けるのを潔《いさぎよ》しとしない部分があった。妾腹の子が労《いたわ》られているという感じがあった。あるいは兄も、その感じを口に出せないままにぐれたのかも知れない、とふと思った。とすれば兄が哀れだった。

「迷惑な話だ」

「そういうものかな。ま、それじゃこの話はこれだけにしておくか」

「今夜は家に帰る方がいいな」

「父上か。なに、探したがいなかったといえばいいのだ」

短い沈黙のあとで、虎松は「では、そうする」と言った。

「こういう暮らしをやめる積りはないのか」

不意に虎松は言った。いつか一度は言わなければならないと思っていたことを言った気がした。

短く笑って、やがて、

「そりゃあ無理だ」

と万次郎が言った。

「もう引返しが利かんなあ」

虎松は眼を挙げて兄をみた。盃を置き、膝を抱いて万次郎はぼんやり小窓を眺めている。鼻筋が隆《たか》く、眼尻が切れ、見馴れた男前の横顔だったが、皮膚は青白く生気がない。視線は虚《うつ》ろで、その眼のまわりから頬のあたりに、まるで中年男のような気懈《けだる》さが沈んでいる。兄の容貌を蔽《おお》っている、まぎれもない一種の荒廃が、虎松の胸を傷ましくしめつけた。

兄がいま、出口のない異様な場所にいることを感じたのはこのときである。眼の前に坐っている兄が、実は手のとどかない遠い場所にいるのを虎松は感じた。

衝《つ》きあげてきた焦燥感に動かされて、虎松の声は鋭くなった。

「しかし、このままではどうにもならんぞ」

「説教か」

「………」

「いや悪かった。そんな眼でみるな。お前が言いたい気持は解っている」

「………」

「どうにかしなきゃならんとは思っているさ。だがそう思いながら、流されているだけだなあ。何もかも面倒でな」

万次郎の暗い声がひびいた。

「行末はわからん」

——結局兄は——

虎松は落葉松《からまつ》の日陰に移りながら思った。日が動いていて、いままで立っていた場所は、いつの間にか灼《や》ける光に曝《さら》されている。

——土屋の面汚しとして死んだ——

荷を解いて、虎松は握り飯をとり出した。飯はひとつずつ丁寧に朴《ほお》の葉にくるんであって、嚙《か》むと葉の匂いが微《かす》かにした。黙黙と虎松は握り飯を嚙んだ。腹が空いている。

峠を登ってくる者の気配はなく、思い出したように吹き過ぎる風が、落葉松の葉を洩《も》れる光を乱した。さっきから虫の羽音が聞こえているが、姿は見えない。

不意に虎松が鋭く眉《まゆ》を顰《しか》め、握り飯から顔を離した。

——兄の死を、悲しんだものは誰もいなかっただろう——

この思いが胸を抉《えぐ》ったのである。土屋家の放蕩《ほうとう》者が死んだことで、人人はむしろ安堵《あんど》し、その死はすばやく忘れ去られつつあるだろう。兄が落ちた地獄の深みを測るものもなく、ましてその中で兄が傷つき、罰されていたなどと僅《わず》かでも思わず、たまに思い出しても、つまみどころもない遊び者だったと顔を顰めて噂をするだけなのだ。

だがもうひとつの鮮明な記憶が甦《よみがえ》る。

二年前の秋の嵐の夜。虎松は兄を閉じこめた座敷牢の錠を、懸命にはずそうとしていた。錠は大きく頑丈で、脚を埋めこんだ格子《こうし》を削るしか方法がなかった。暗がりの中で、困難な作業が長い時間続いた。そのとき、虎松がしていることに気付いて、格子に寄ってきた万次郎がこう言ったのである。

「よしな。お前も同罪だぞ」

「……………」

「俺はこの方が気楽なのだ。外へ出るとまたろくなことはせん。こうしていれば何も出来ん。つまらぬ真似はよせ」

虎松はそのとき兄の言葉に腹を立てただけだった。音を立ててはならない気遣いと、手もとが暗く、意外に作業が長びくのに苛立《いらだ》っていたからである。だが、そのときの兄の言葉はいま、傷ましく胸に甦る。自分が引返す道を失った一個の極道者であることを、万次郎は承知していた。

石田から兄の死を聞いた時から、心をゆさぶっている暗い衝動が、少しずつ明確な形を整えてきているのを虎松は感じた。

——兄にかわって、ひと言言うべきことがある——

その気持が強くした。一矢酬《むく》いたい、と言い直してもいいと思った。兄がしたことを、いいことだとは思わない。だが、放蕩の悦楽の中に首まで浸って満ち足りていたという人人の見方も、正鵠《せいこく》を射てはいないのだ。兄は時に悲惨で、傷ましくさえみえた。人人はそのことに気づこうともしなかったのである。

——盗人にも三分の理か——

それでもいい。その三分の理を言わずに済ますことは出来ないと虎松は思った。仇を討とうなどという思案はやめろ、と言った石田の声が甦ってきた。そう言われたとき、虎松は復讐《ふくしゅう》を考えていたわけではない。だがいま押えようもなく募ってきているのは、紛れもなく復讐の意志だった。

初めて虎松は仇敵の姿を見た。土屋三蔵は知り過ぎるほど知っている。だが、丑蔵という人物を虎松は知らない。ただ容易ならぬ強敵だという感じはした。石田の言葉がそのすぐれた体軀と、剣の腕前を語っていた。お前には立ち向かえん相手だと石田は言ったのである。

握り飯を捨てて、虎松は立ち上った。一瞬火のようなものが躰を貫いた感覚に、思わず胸が喘《あえ》いだのである。かつて感じたことがないほど烈《はげ》しい闘争心が、内部をひたひたと満たすのを虎松は感じた。眼が眩《くら》むようなその感覚に、虎松はしばらくの間放心したように身を委《ゆだ》ねた。

やがて虎松は荷をまとめ、草鞋《わらじ》の紐をしめなおすと、ゆっくり峠を南に降りはじめた。躰を貫いて過ぎた火は、一度収縮したが、そのまま小さな炎を虎松の内部に噴きあげている。道が新たな意味を持って、江戸まで続いているのを感じた。江戸には高名な剣客が集まっている。そこで修行して仇を討つ。一度立ち止り虎松は来た道をふり返ったが、すでに故郷の山は見えなかった。

六

しかし虎松が実際に江戸についたのは、翌年二月末だった。金山《かねやま》峠から宇都宮までくると、そこに滞在して江戸に上る機会を待ったのである。江戸までの路銀、入門の費用など、何ほどかの金を蓄える必要もあった。宇都宮には、兄と一緒の頃からの知り合いである茶屋の主人喜惣治、戸田家に仕える足軽瓶増伝之助などがいて、虎松が働く便宜をはからってくれた。上池町の茶屋久五郎で帳付けに雇われたのは喜惣治の世話によった。この頃虎松は倉尾又蔵という変名を使っている。宇都宮は酒井藩が参観《さんきん》交代で往復する筋道であるだけでなく、鶴ヶ岡城下の人達が頻繁に往来するため用心したのである。

二月末に江戸に出るときも、瓶増伝之助が便宜をはからった。出府する戸田藩の行列に、雇として虎松を入れ同道したのである。江戸に着くと、瓶増は虎松を浅草七間町の戸田家長屋に入れた。

三月に入って、虎松は噂に聞く浅草観音を見物に行った。戸田家の長屋に住んでから、少しずつ周囲の事情も呑み込め、浅草寺が近いことも聞いていた。

境内には折柄桜が咲きはじめ、夥《おびただ》しい人が境内から広小路の路上まで溢《あふ》れていた。物売、辻講釈、茶屋女の呼び込みなどが、異様な喧騒《けんそう》となって虎松の耳を刺してくる。声音も低く、ゆるやかにものを言う故郷の人人にくらべると、江戸の人間は、争いごとでもあるかのように、短く鋭い言葉を投げ合い、身のこなしもはしっこく見えた。

上気して人混みに揉まれながら、虎松はふと途方に暮れる思いだった。江戸に来たのは、しかるべき剣術の師について修行するためである。国元で聞いていた高名な剣客の名前を、しっかりと脳裏に納めていた。

しかし、右も左も、異国に来たように意味も分明でない言葉を喋る人の群に囲まれていると、剣の修行などということも、どこから手がかりをつけたらいいのか、夢のように不確かなものに縋《すが》りついている心細さを感じた。瓶増にも仇討の素志があることは打明けていない。言えば止めるだろうし、温厚で小心な瓶増は、戸田家に累《るい》がおよぶのを恐れて、長屋に置けないと言い出すかも知れない。

こういうことがあるものだろうか。その人混みの中で、虎松は不意に名前を呼ばれた。

「土屋ではないか」

と、その声は言っていた。仮面のようにひしめき合う無数の見知らぬ顔の中から、虎松は漸く声をかけてきた人間を見つけた。

「珍しいな。待て、いまそこへ行く」

と男は言った。成瀬多次郎という男だった。久米益庵について本道を修業していた頃に一緒だった男である。

抜手を切るように人混みを分けて近寄ると、成瀬は、

「ふう、ひどい混みようだな」

と言って笑った。

成瀬は虎松を仁王門前の茶屋に誘った。手早く渋茶と串団子を注文してから、

「お互い、まだ昼酒という身分でもないからな」

と言った。江戸弁をつかい、世馴れた感じだった。

「いつ江戸に来た?」

注文したものが運ばれてくると、成瀬はそれを虎松にすすめて言った。

「十日ほど前だ」

虎松は周囲を気にしながら言った。口にものを含んだような重い喋り方をする者は、あたりにひとりもいない。

「ぽっと出だな。ほやほやだ」

成瀬は声を出して笑った。しばらく苦しそうに笑い続けた。茫然と人混みに運ばれていた虎松を思い出したらしい。虎松はむっつりした顔で団子を齧《かじ》った。成瀬が国元にいる頃よりも軽薄な人間になった気がした。

成瀬は自分のことを話した。

五年前に江戸詰めになって出府したが、脱藩して、いまは湯島下の松浦という屋敷に奉公している、と言った。

「名前も変わってな。喜平と呼ばれている」

虎松の眼が光った。

「江戸では、簡単に奉公が叶《かな》うのか」

「口入れ屋というのがあってな。頼んでおけば若党や下男の口はちょいちょいある」

「どこかに奉公したいのだが……」

虎松は言った。

「どういうところが望みなんだ?」

「出来れば、剣術の道場がいいが、難しいか」

「道場?　変わったことを言うのう」

成瀬は虎松に釣られて、国言葉になって言うと腕を組んだ。

「習いたいのか。これを」

片掌を顔の前に立てて振ってみせた。

「うむ」

「しかし、近頃の世の中は、剣術では身を立て難いぞ。とくに江戸ではな。みるところ文筆の才に恵まれたのが立身してるな。そういうふうに変わってきている」

「そうかも知れん」

虎松は押した。

「だが俺は剣術を習いたい」

「何か志でもあるのか」

「いや、別に理由はない。しいて言えば性分だな」

「そうはみえなかったがな」

成瀬はじろじろと虎松を眺めたが、やがて無造作に言った。

「それなら六番町の小笠原の道場がいいかも知れん。お旗本だし、若党か下男で住み込めば、おいおい教えてもらえるんじゃないかな。評判のいい道場だ。流儀は忘れたがな。そうだなあ、四ツ谷伊賀町に近江屋という口入れ屋があるから、そこに頼んでみたらどうだ」

成瀬多次郎に会った僥倖《ぎょうこう》を、虎松はひそかに神に感謝した。成瀬が言った町の名と人の名を、虎松は胸の中深くに畳み込んだ。

六番町の小笠原重左衛門は、御徒頭《おかちがしら》を勤める旗本で、かたわら開いている心形刀流の道場は、当時門弟五百人と称され、殷賑《いんしん》を極めていた。

この道場で、虎松は三年間修行した。初めは成瀬に教えられた近江屋伊兵衛を通して、若党として住み込んだが、一年ほど後に中小姓に取立てられ、さらに半年後には正式の門人として稽古を受けるようになったのである。幸運だった。この幸運をもたらしたのは、ある小さな事件だった。

その頃大名、旗本の間に闘鶏が流行していた。小笠原重左衛門も、数羽の鍛え抜いた軍鶏《しゃも》を飼い、時時六番町の屋敷に客を招いて軍鶏を闘わせた。虎松は自分でも軍鶏の世話もしていたので、集まりがあるたびに立ち会った。重左衛門の供をして、よその屋敷に鶏を抱いて行くこともある。孤独で、太く鋭い蹴爪《けづめ》を持ち、戦うことしか興味を示さないこの鶏に、虎松はいつの間にか愛情に近い感情を抱くようになっていた。

その日、小笠原家の庭で行われた闘鶏を、虎松は胸が固くなるような緊張で見守っていた。松波という旗本が持っている項羽と名付けた軍鶏が強く、この前の闘鶏で、それまで負けを知らなかった小笠原家の胡笳《こか》と呼ぶ鶏が無残に敗れている。胡笳は眼を抉られ、胸を引き裂かれて死んだ。今日の闘鶏で、重左衛門は項羽に雪影と命名した軍鶏を合わせようとしていた。胡笳の弔合戦だった。

「雪影は大丈夫だろうか」

虎松はそばにいる銀平という老人に言った。銀平は軍鶏を世話するために小笠原家に雇われている。老人は黙黙と籠《かご》の中の雪影を見ていた眼を、ちらと虎松に流し、伝法な口調で言った。

「わかりゃしねえさ。こいつ次第よ」

二羽の軍鶏の争闘は凄《すさま》じかった。項羽は雪影の一撃、二撃を頸《くび》をかしげるようにして見送った。だがやがて反撃に移ると、重重しい打撃を雪影の上に加えはじめた。ひるまずに雪影は闘っていたが、羽毛が飛び、胸から血が滴《したた》った。ついに雪影がひょろりとよろめいたのを見たとき、虎松は思わず眼をつぶった。そのとき、どっと人の声が上った。

眼を開いた虎松は、雪影の羽根が宙を打ち、その下に項羽のがっしりした躰がたたらを踏んでいるのを見た。項羽の眼から血が迸《ほとばし》っている。恐らく雪影は捨て身の攻撃をかけたのだろう。勝敗は決まったようだった。

虎松の胸を熱いものが満たし、それは眼に溢れて次次と滴った。(雪影は、胡笳の仇を討ったのだ)と思った。同時にいつ訪れるというあてもない自分の復讐の遥かさを思ったのである。小笠原家に住み込んで一年近くなる。しかし時おり人眼を盗んで道場の稽古をのぞくぐらいで、ひまのない若党勤めに追われていた。

「見苦しいぞ、又蔵」

声がした。厳しい声は重左衛門の嫡子内膳のものだった。虎松はここでは又蔵と名乗り、朋輩《ほうばい》からは出羽という通称で呼ばれている。一礼して虎松は庭を抜け出した。

部屋に帰ると、誰もいなかった。虎松は赤茶けた畳に坐ると、首を垂れて涙を流しつづけた。己れの孤独と不甲斐《ふがい》なさに、身も心も打ち拉《ひし》がれていた。

重左衛門に呼ばれたのは、翌日になってからだった。面長で鬢《びん》の毛が白く、ふだんは温厚な重左衛門が、厳しい眼をして坐っていた。

「昨日の取り乱しようは何だ」

虎松が坐ると、重左衛門はすぐに言った。

「申し訳ございませぬ」

虎松は平伏して謝った。

「何だと聞いておる」

「は。雪影が勝って、あまりの嬉《うれ》しさに」

「それだけではあるまい。正直に言え。わしをたばかろうとしても無駄だぞ」

「は」

「大体貴様には日頃不審なことがある。仕事は一所懸命だが、ただの雇い人のようでない。元は侍か。道場をのぞいていたことも知っておるぞ」

「申し訳ありませぬ」

「貴様、流儀を盗みにでも入ったか」

「違います」

虎松は叫んだ。

「お願いでござります。お教え下さい。仇を持つ者でござります。何とぞ刀の遣いようをお教え下さい」

胸の底の火が、いま火焔《かえん》を噴き上げているのを虎松は感じた。この機会を逃せば、兄の仇を討つ日は来ないと思った。

「本名土屋虎松。羽州荘内藩の者でござります。兄の仇を討ちたく、御当家を頼りました。仕事の合間にひと手なりとお教えを」

「仇持ちかい」

重左衛門はぽつんと言った。

「そういえば、そんなところがある」

重左衛門は翌日から虎松を中小姓にし、内稽古をつけた。稽古は厳しかったが、虎松はそれに堪《た》え、地味ながら着実に腕を上げて行った。

文化八年七月十五日、虎松は小笠原家の奥座敷で免状を受けていた。虎松は二十三になっていた。

「いま少しという気がしないでもないが」

簾《すだれ》をおろした奥座敷に虎松を呼んで、免状を渡すと、重左衛門は温和な表情を厳しくつくって言った。

「貴様にはいそぐ理由がある。このあたりで止むを得まい。しかし儂《わし》がそう思っていたことを忘れるな。勝負にあたっては、やや控え目に、隙間なく剣を遣うことだ」

虎松は黙って平伏した。

「いつ発つ？」

「月末にお暇《いとま》を頂きたいと考えておりまする」

「暇願いには、津軽藩で蝦夷地《えぞち》に人数を出すについて剣術者を召抱える。そこに友達から推挙されたとあった。当家ではその積りで暇をやる。それでいいな」

「重ね重ねご配慮を煩わし、有難く存じまする」

虎松はもう一度平伏した。

虎松が小笠原家を出たのは二十七日である。小笠原家では、重左衛門が久道の大刀と無銘の脇差、長男の内膳が袷《あわせ》上下、次男の弥三郎が目録と鼻紙袋、奥方が道中支度ひと揃いとたんな（下帯）を呉れた。門弟達からも餞別《せんべつ》がおくられ、また虎松も朋輩に形見分けをしている。仇討の事情を知っているのは、重左衛門ひとりだった。

小笠原家を出ると、虎松は室町の旅籠屋に宿をとり、浅草寺へ参詣《さんけい》に行った。戻ると、同門の吉尾という男がきていた。宿で落ち合うように打ち合わせて置いたのである。ここで吉尾にも事情を打明けた。吉尾は黙って聞いたが、聞き終わると顔を紅潮させて「よく打明けてくれた」と言った。

二人は口上書を作りにかかった。

「初めに何と書くものかな」

墨を磨りながら、吉尾が言った。

「恐れながら、だな。恐れながら願い奉り候口上の覚、かな」

壁に背をつけ、膝を抱いた姿勢で虎松は言った。虎松の胸には、微かな緊張がある。

ひと筋の道が見えていた。長く、一度踏み出せば戻ることのない道である。その道を行く日が来ていた。

「先生に怒られてなあ」

　と虎松は言った。

「何をだ」

「許しには少し早いと言うのだ」

「しかし貴公の腕なら、もうよかろうに」

「いや、早いのかも知れん」

　と虎松は言った。

「しかしもう待てないのだ。神並殿がいつか話していた向坂六郎五郎の話な。あれが妙に気になるのだ」

「神並の話？　え、あれは一年も前のことじゃないか」

　慶長の頃向坂という武士がいた。兄の仇を探していた。ある日友達が来て、敵の居所が知れた、助太刀するから行こうと言った。向坂は狷介《けんかい》な気性だったのだろう。不意に激怒して「催促がましい言い方かな。仇はひとりで討つ。助太刀欲しさに貴様と交わっているのでないわ」と罵《のの》って、友達に絶交を言い渡した。それだけでなく、人に知らせをうけた場所に、乗り込んで行くのは胸くそ悪いと、せっかくの通報を黙殺した。

　仇は居所を移し、やがて病死した。世間は向坂が偏狭さから仇を討ち洩らしたことを嘲笑《ちょうしょう》し、嘲笑の中で向坂は気鬱《きうつ》の病いにかかり、死んだ。

　これを家康がこう批評したという。

　仇討に名聞《みょうもん》はいらぬものだ。女子供をたのんでも、手早く討取ることが大切である。向坂は一人で高名しようとして時を失い、あたら武士まで失った。君父、兄の仇は一太刀討っても手柄とされるものだ。

　道場の稽古が終わってからの雑談の間に、神並という年輩の門人がしたその話に、虎松は異様に胸が騒いだのだった。その後印可の許しを、虎松は二度自分から願い出ている。

「ひと太刀討っても手柄か」

「おい、心細いことを言うなよ」

　吉尾は聞き咎《とが》めて笑った。

「さてと、墨が出来た。どう書き出す？」

「私儀だ、初めはな。亡父土屋久右衛門三男にて、と書いてくれ。待て、灯を入れよう」

　行燈《あんどん》の光に頭を寄せ合うようにして、二人は長い間口上書を作るのに熱中した。

吉尾が来たのは七ツ（午後四時）頃だったが、一応出来上ったとき時刻は六ツ（午後六時）を廻っていた。窓の外は夜になっていた。

「ご城下松原辺にて喧嘩致し、万次郎を殺害に及び候段承知仕り候、か。両人の儀に候えば致し方もこれあるべきところ、殺害に及び候段私において無念骨髄に徹し、片時も忘れがたく。このあたりが急所だが、これでいいかな」

「うん、よく出来た」

「それではよし、と。文化八年未九月だな。名前はどうする？」

「土屋久右衛門三男、だな。虎松改名土屋又蔵、だ」

土屋又蔵が江戸を発ったのは、八月初めだった。

王子、岩槻《いわつき》、桐生《きりゅう》を経て草津に行き、そこで顔見知りになった越後縮緬《ちりめん》商人と連れ立って信州路に入った。国元の人間に会う危険がある奥州路を避け、越後路から荘内に入るつもりだったが、用心を重ねてさらに大きく信州を迂回《うかい》したのである。

上田で連れと別れ、長野から柏崎に出、村上を経て葡萄《ぶどう》峠に入った。小俣《こまた》、小鍋《おなべ》、小国、木ノ俣、温海《あつみ》川と山中を北上する小国街道をいそぎ、井岡《いのおか》の百姓源六の家にきた時は、九月の半ばになっていた。故郷の山野は深い秋に蔽われていた。

源六はがっしりした躰つきは変わらなかったが、髪が白くなっていた。又蔵の乳母だった源六の女房は、中気を病んでいて口もきけなかったが、又蔵の顔をみると黙って涙を流した。十何年ぶりにみる又蔵に、子供の頃の幼な顔をみたのである。

又蔵はひとりの娘をみた。娘は円い顔をし、肥っていた。輝くような白い肌を持ち、黒い眼が遠くから羞《は》じらって又蔵をみた。

「娘のハツでがんす」

と源六は言った。

七つか八つの頃、又蔵は友達と二人で岡山の丘に鳥刺しに来たことがある。帰りに源六の家に寄った。

「小坊ちゃ、刀など差して」

源六の女房は笑って、二人を縁側に坐らせ、庭の樹から捥《も》いだ柿を剝《む》いてくれた。その時女房が背にくくりつけていた赤児がこの娘だったのか、と又蔵は思った。

荘内の娘をみた、と又蔵は思った。深い安堵が又蔵をとらえていたが、それがひとときのものでしかないことも解っていた。

七

鶴ヶ岡の町の西端をなぞる青竜寺川《しょうりゅうじ》は、番田村《ばんで》を過ぎたところで水流は三つに裂け、本流も水深が浅く、人工的な優しさを両岸に加える。土地の人はこのあたりを番田川と呼ぶのである。

短い橋を又蔵は渡った。

川を渡ったところから八日町の町並みが続くが、左側にぎっしり軒をならべる足軽屋敷にくらべ、道の右側は村八日町と呼ばれる百姓家の集落で、ところどころ庭とも畑ともつかない空地が目立った。空地に黄色く新藁《しんわら》を積んだにおがあるのは、稲の収穫がすすんでいるのである。

だが突き当りの鍛冶町の木戸口まで、ほぼ真直ぐに見通せる道の上に、まだ人影は見えない。日射しが耀《かがや》きを加えはじめた路上に、微かな炊飯の匂いが流れているだけで、町はある場所で眼覚め、ある場所はまだ眠っていた。

又蔵は、草鞋の裏に湿った夜気の名残りを感じながら、ややいそぎ足に歩いた。目指す総穏寺の門は、間もなく見えて来るだろう。いそぐ必要はなかったが、日の射す道を、ひとり歩いていることが不安だったのである。人に見咎められてはならなかった。人の眼から、いつでも身を隠すことが出来る場所か、そうでなければ、そこにいることが目立たないような場所に、はやく身を落ちつけたかったのである。

町並みは、やがて両側とも足軽屋敷になり、左側に極楽寺の黒塀が見えてきた。八日町はそこで終わる。

又蔵は足を緩め、極楽寺とその隣の光学寺の間にある町木戸の気配を窺《うかが》った。人の気配はない。勤めている町方の番人はすでに引き揚げたようだった。その奥にある鍛冶町の木戸は、曲輪《くるわ》内への出入りを監視するために、昼夜番所役人を置き、少数の例外をのぞいて、厳しく出入りを制限する。よそ者は、まず曲輪内に入れないと思わなければならない。しかし八日町の町木戸は夜だけのもので、明ければ番人は家に帰るのである。

木戸を入ったところから、町は鍛冶町で左側に光学寺、総穏寺と寺門が続き、右側は御坊主衆の家に続いて町家が軒を並べていた。又蔵は総穏寺の門前にある菓子屋の軒下に立った。

店は菓子のほかに、寺参りの客のために花や線香も売る。薄暗い店の中には縁台が三本ほど並べてあって、そこで在郷に帰る百姓や、寺参りに来た老人などが、茶をもらって菓子を喰べているのを、先日雨の日に忍んで来た時に確かめている。

この店の中で、又蔵は土屋丑蔵が姿を現わすのを待つつもりだった。だが店も、眼の前の総穏寺の門もまだ開かれていない。又蔵は脇の下の菰《こも》包《づつ》みと風呂敷包みを抱え直した。菰包みには、小笠原重左衛門が餞別にくれた二尺二寸四分の久道銘の刀と、無銘の小刀が入っている。風呂敷の中身は、黒羽《は》二重《ぶたえ》の袷、浅黄の小袖《こそで》、藤色縮緬のたんな、矢立、それに縮緬袱紗《ふくさ》に包んだ心形刀流の目録巻物、武術免状書などである。

四半刻《しはんとき》（三十分）ほど、又蔵は店の前に立って、店と寺の門が開くのを待った。その間に、路上に少しずつ人影が現われ、背を向けた又蔵の後を、足音が通り過ぎた。声高に三、四人連れで鍛冶町木戸の方に向って行ったのは、話の内容から城勤めの足軽たちと解った。

襦袢《じゅばん》に股引《ももひき》に草鞋ばきで、百姓がかぶる菅笠《すげがさ》をかぶった又蔵の姿を、怪しむ者はいないようだった。荷物を抱えている様子から、菓子屋に用のある村方の百姓が、戸が開くのを待っているふうにも見えるからである。

菓子屋が店を開けたのは、六ツ半（午前七時）頃と思われた。ほとんど間を置かずに、総穏寺も、並びの光学寺も寺門を開いた。

中年の菓子屋の女房は、雨戸を繰った外に又蔵が立っているのを見て驚いたようだったが、又蔵が花と線香をくれ、というと、

「お早いお参りで」

と世辞を言った。

荷物を預ってくれるように、その女房に頼んで、又蔵は花と線香をもって総穏寺の門をくぐった。黒木の総門と朱塗りの山門を抜けると、本堂の左手、光学寺裏が広広とした総穏寺の墓地である。

墓地に入って行く又蔵の姿を、さっき寺門を開けた寺小姓が、箒《ほうき》の手をやすめて見送った。

興林山総穏寺は元禄初年に曹洞《そうとう》宗が全国三十六カ所に置いた録所《ろくしょ》の中の一寺で、

荘内四百八カ寺の同宗寺院を監督する寺格の高い寺である。山門、客殿、仏殿、書院、衆寮、庫裡《くり》、東司《とうす》の七堂伽藍《がらん》が具《そな》わり、檀家には家中の上士も多い。当然ながら墓も大方家中の家柄のもので、百姓姿にしか見えない男が入って行くような墓地ではない。しかも早朝である。

又蔵が亡父土屋久右衛門の墓に花をそなえ、燧《ひうち》で線香に火を移している間に、寺小姓は同僚を呼んで墓地の外から又蔵を覗いた。後に解ったことだが、このとき又蔵は墓参りを装った鼠賊《そぞく》の類ではないかと疑われたのである。

又蔵はそのことに全く気付いていない。短い祈念を終わって、墓地を出ると菓子屋にもどった。墓地を出たところで、仏殿の前の石畳みから、寺小姓が三人ほどこちらを見ているのに気付いたが、軽く一瞥《いちべつ》しただけである。その何気ない視線が、小姓たちの肝《きも》を冷やしたことも知らない。又蔵の眼は百姓笠に似つかわしくない鋭い光を宿していたのである。

幸いに菓子屋の女房は、又蔵の風体に無頓着《むとんちゃく》だった。待ち合わせる者が来るまで、休ませてくれという言葉に、愛想よく腰かけをすすめ、又蔵が注文した菓子に、渋茶を添えて出した。

又蔵は菓子を口に運んだが、その甘味は舌を素通りした。視線は木戸のある鍛冶町口にぴったりと吸いついたままである。

――土屋丑蔵は来るだろうか――

それはひとつの賭けだった。

この日九月二十二日は亡父の忌日である。当主の土屋才蔵は出府しているから、婿の丑蔵が代参するに違いない、というのが又蔵の考えだった。

根拠は二つある。亡父の久右衛門が、生前養父の久兵衛定侯の忌日に墓参を欠いたことがなかったということ。久右衛門が止むを得ない事情があるときは、義兄の才蔵が代りを勤めた。もうひとつの手掛りは、上ノ山の石田丈右衛門が言った言葉である。丑蔵は糞真面目《くそまじめ》な男らしい、と石田は言ったのだ。

だが丑蔵も生身の人間である。病気で来られない、という場合もあり得る。

鍛冶町から、通りは木戸を通って真直ぐ北に三ノ丸、いわゆる曲輪うちに入る。木戸のある場所で、この道は東から西へ上肴町、大工町と続く温海街道と交叉《こうさ》する。上肴町から大工町、鍛冶町へかけて、土地は緩やかに勾配《こうばい》を盛りあげ、木戸口から も僅かながら坂道になる。このために木戸口の番所も、角にある広大な酒井家の菩《ぼ》提寺《だいじ》の大督寺の塀も、腰から下は坂の下に沈んでいる。

坂をのぼってくる人人を見つめる又蔵の眼は、疲れて熱を持った。ひとりだけ、坂を上ってきた武家があったが、老人だった。老人は総穏寺にも入らず、もちろん又蔵にも眼もくれず菓子屋の前を八日町の方に通り過ぎた。

長い刻が経ったように感じたが、実際には腰をおろしてから、まだ四半刻《しはんとき》余りを経過しただけである。

「まだ見えませんか」

一度茶の間に引込んだ菓子屋の女房が、障子を開けて声を掛けた。声がやや愛想を欠いている。長っ尻の客に、漸《ようや》く不審を持ったふうだった。

答えずに又蔵は、冷えた茶を飲み干した。茶が喉《のど》を滑り落ちたとき、又蔵は焦燥が喉をいがらっぽく焼いているのに気付いた。

不意に又蔵は茶碗を捨てて立ち上った。

坂道をいま、ひとりの武士が上ってくる。縞木綿の綿入れに小倉の馬乗り袴《ばかま》をはき、青梅縞《おうめじま》の袷羽織を着ている。羽織の下に浅黄色がのぞいているのは、下に肩衣《かたぎぬ》をつけているのだと解った。そのせいばかりでなく、上背があり、恰幅《かっぷく》すぐれた武士である。年は三十前後にみえた。

「………」

又蔵は思わず何者とも知れぬものの前に頭を垂れて感謝した。

又蔵は丑蔵を知らない。だが射るような視線が、土屋家の家紋である三ツ石の紋所を、その武士の羽織の胸にとらえたのである。

坂を上って来たのは、土屋丑蔵であった。だが、このとき又蔵は確かに武運に恵まれていたのである。

丑蔵は、この日の墓参に土屋惣助伊友を同道する筈《はず》だった。惣助は土屋渡留親安の実子で、万次郎を斬った三蔵記明の義弟である。このときはまだ二十一歳で修行中の身分だったが、後に無辺無極流の槍の達人と呼ばれ、とくに取立てられて、一家を成した才能はこの頃すでに明らかで、もしこの日丑蔵と同道していれば、又蔵の悲願の前に大きな障害となった筈だった。

又蔵はゆっくり軒先に出、丑蔵が総穏寺の小門を入るのを見届けると、小走りに道を横切って後を追った。無腰だった。十中八、九長身のその武士が丑蔵であることを信じたが、又蔵は丑蔵の顔を見知らない。間違えたでは済まない場合だけに、万が一を慮《おもんぱか》って確かめようとしたのである。

「お訊ね申しまする」

追い縋って又蔵は声を掛けた。

山門の前で、丑蔵はゆっくり振り返った。濃い眉毛の下に、眼尻の切れた眼が沈着に光り、やや口が大きいが、中高で精悍《せいかん》な表情だった。無言で又蔵を見つめた。

「あなた様は土屋丑蔵様でしょうか」

「いかにも土屋だが。それがいかが致したかな？」

初めて聞いた仇敵の肉声だった。太く落着いた声だったが、その声は又蔵の耳の中で雷鳴のようにとどろいた。

又蔵は、一瞬細い眼をいっぱいに瞠《みは》って丑蔵を見たが、二、三歩後ずさると、不意に身を翻《ひるがえ》して門の外に走り去った。

丑蔵は怪訝《けげん》そうにその姿を見送ったが、僅かに首をひねっただけで、何事もなかったようにゆっくりした足どりで山門を潜《くぐ》った。

八

墓参を終わって、大玄関前の広庭から山門にかかった土屋丑蔵は、黒木の総門の向うに人が立っているのをみた。

男は両刀を腰に帯び、やや両足を開き気味にし、行手を阻むような形で真直ぐこちらを向いている。その男が、さっき寺に入ったとき声をかけてきた、小柄な若い男だと解ったとき、丑蔵は微かに異常な気配を嗅《か》いだ気がした。男の衣裳、髪かたちから、さっきは近くの村の百姓でもあるかと思ったのである。名前を訊ねたあと、辞儀もなく男が引返して行ったときも、無礼な男だとは思ったが、深くは気にかけなかった。

だがいま、総門を潜った場所に、こちら向きに立っている男は、百姓ではない。

ゆるく両腕を垂れ、開いた足幅に無理がないのは、いつでも刀を抜くことが出来る武士の体配りであった。

——どういうつもりだ、あの男——

丑蔵はゆっくり歩いた。

総穏寺の建物は、広い寺域に、客殿、仏殿、大伽藍を真中にはさみ、墓地側の左に衆寮、中玄関をはさんで右に庫裡、その奥に茶室、書院と棟を連ねる。客殿に上る大玄関から直線に山門、総門が続き、通りに出る小門に達する。広庭から男が立っている総門の外まではかなりの距離がある。

総門を抜けると否応《いやおう》なしに男と顔を合わせた。そういう位置に男が立っていたのである。丑蔵は僅かに眉をひそめた。

男の細い眼に、さっきは気づかなかった尋常でない鋭い光をみたからである。男の凝視は粘っこく自分に注がれている。男が自分を待っていたことを丑蔵は理解した。しかも待ち伏せというしかない、触れれば切れそうな険しい空気を、男は身にまとっている。

心あたりは、まったくなかった。

——これは、どういうつもりだ——

丑蔵がもう一度思ったとき、丑蔵が近づいただけの距離を、するすると小門の方

にしりぞいた男が、

「土屋丑蔵どの」

と言った。

その武家言葉を、丑蔵はもう意外に思わなかった。立ち止って足を踏みしめた。

「それがし土屋万次郎の弟又蔵、旧名虎松でござる。多年……」

男はごくりと唾《つば》を嚥下《えんか》して、やや落着いた声で言い直した。

「多年貴殿を兄の仇と心がけて参ったものでござる。尋常の勝負をお願いしたい」

意外なことを聞いたように丑蔵は感じた。万次郎に虎松という弟がいることは知っている。年は己れより八ツぐらい下だが、血のつながりはないものの義理の叔父《おじ》にあたる。万次郎の破牢を助けて荘内を脱藩したまま、消息は絶えて、江戸に行ったという噂があっただけである。叔父とは言いながら、もっともかかわり合いの薄い縁者だと思っていた。そういう人物がいたことを、近頃は思い出すこともなかったのである。

この申し込みを受けてはならない——。咄嗟《とっさ》に丑蔵は判断した。叔父、甥の闘争も異常であるが、万次郎を斬った経緯は、仇呼ばわりされるようなものではない。

「意外なことを承る」

丑蔵は丁重に言った。

「なるほどそれがし、万次郎どのを斬り申した。しかしあの場の仔細《しさい》を、貴殿はご存じない。斬らなければ、恐らくそれがしが斬られていた。危急の場合、やむを得なかったとご承知願いとうござる。気の毒な次第でござったが、仇呼ばわりは穏当でござるまい」

「待て」

又蔵は掌を挙げて遮った。

「ここで言い訳を聞くつもりはござらん。事情がどのようであれ、兄が死んだ事実は変わりがない。それがしの心も変わらぬ。かれこれ言うのは無駄でござる」

「万次郎どのを斬るつもりはなかったと言っている。斬りかかって来たのは先方。いま少し仔細を確かめてから事を運ばれたらよかろう」

「言い遁《のが》れは卑怯《ひきよう》だ。この勝負逃げることは出来んぞ」

「言い遁れはしておらぬ」

丑蔵は又蔵を睨んだ。

「なにが卑怯。土屋丑蔵逃げも隠れもせぬ。しかしながら貴殿とそれがしは叔父と甥。同族相撃つこともまた世間に憚《はばか》りがある。そのあたりも、しかと考慮の上か」

「考えることはない。貴殿は仇敵、それだけだ」

「なるほど」

又蔵の抱いている憎しみの、異常な硬さに突き当った気が、丑蔵はした。家名も、世間体も、武士の体面といったものさえ捨てた場所から、この男は闘争を挑んできている。そのことに気付いたとき、丑蔵は慄然《りつぜん》とし、いっとき頭を熱くしていた血がすみやかにひいて行くのを感じた。この理不尽な挑戦につき合う必要はない。

「なるほど」

用心深く横に廻り込みながら、丑蔵は言った。

「貴殿は立ち帰り者。土屋の家の者と思ったのは間違いのようだ。しかしそれがしはそうはいかん。藩の禄を喰《は》むものが、許しもなく勝手な勝負はできん」

「待たれい、逃げるつもりか」

「逃げはせん。お上の許しをもらって後、立派に勝負しようと言っている」

「待たっしゃれ」

丑蔵は構わずに又蔵を押しのけるようにして小門を出た。小門の際に溝があり、石造りの小さな橋を渡してある。橋を渡って丑蔵は通りに出た。

「卑怯だぞ、丑蔵」

追いかけて表に出た又蔵の声が背後でした。道には人通りがある。一斉に二人をみた。立ち止った者もいる。

「待たっしゃれ、丑蔵、勝負しろ」

丑蔵は立ち止った。振り返って又蔵を睨んだ。鍛冶町の木戸まで百歩である。曲輪内に入れば、又蔵はその中まで追ってくることは出来ない。そう思いながらも、丑蔵の足は止った。卑怯者呼ばわりをされて、このまま人通りの中を立ち去ることは出来ないと思ったのである。

近づくと、身構えている又蔵の着物の襟《えり》を無造作に摑《つか》み、小門の中に引きずり込んだ。腰を入れて引き倒そうとしたが、又蔵は巧みに躰を捩《よじ》ってはずした。丑蔵はぴったりと躰を寄せ、又蔵の腕を摑むと、片手で又蔵の大小を鞘《さや》がらみ腰から抜き取り、いきなり総門の方に投げた。こうして又蔵の戦意を挫《くじ》いて、その場を遁れようとしたのである。

丑蔵は又蔵の躰を突き離し、踵《くびす》を返した。だが又蔵の行動は執拗《しつよう》だった。突き離されて一度はよろめいたが、すぐに背後から組みついた。

丑蔵の脳裏を、火の棒のようなものが貫いたのはこのときである。それは憤怒のようでもあり、又蔵の執拗な挑戦についに引き出された男の闘争心のようでもあった。

躰をひねって刀を抜こうとしたが、このとき又蔵が俊敏な動き方をした。丑蔵の腰から脇差を抜き、飛び下りながら鞘がらみだったが、すばやく丑蔵の肩先を撃ったのである。

熱いものに触れたように、二人は飛び離れた。丑蔵の内部から、世間的な分別が不意に脱落した。眼の前に、鞘がらみの小刀を構えた敵の姿がある。その小柄な躰から、丑蔵は思いがけない強敵の匂いを嗅いでいる。もはやこの相手を斃《たお》すしか、この場を遁れる途《みち》はない。

「勝負！」

大声に告げると、丑蔵は羽織を脱ぎ捨て、すばやく袴《はかま》の股立《ももだ》ちをとった。又蔵を鋭く注視しながら、ゆっくり刀を抜いた。丑蔵の刀は藤原貞行銘の二尺五寸もので、又蔵の刀より二寸余り長い。

この間に又蔵も、走ってさっき丑蔵が投げた自分の刀を拾い上げ、抜き放っていた。敏捷《びんしょう》な身ごなしだった。又蔵は南の方、光学寺側の塀を背にして立ち、丑蔵は総穏寺脇の蕎麦《そば》屋の側を背にして向き合った。丑蔵は大上段に構えをとっている。肩幅が広く、長身の丑蔵がその位置に構えると、威嚇的な迫力を生む。これに対して、又蔵は青眼に構えた。

二人の男が、生死を賭けた争闘の内側に入って行ったこの一瞬を、偶然に目撃した者がある。この朝、内部を修繕するために、山門の階上に登っていた宮大工である。すぐ眼の下で始まった争いを、息をひそめて透見《すきみ》する羽目になったが、勝負と思い決めて向き合った時の二人の眼の光が、じつに物凄《ものすご》かったと後に人に話している。

九

睨み合った位置から、最初に斬り込んだのは又蔵である。するすると近づくと丑蔵の肩口を撃ったが、丑蔵は鍔元《つばもと》で受けとめると、すぐに反撃に移った。高い位取りから、唸《うな》りを生むような豪快な剣が振りおろされる。だが又蔵は巧みに剣を合わせて受け流した。この時、切先はずれが又蔵の肩にあたって、浅い傷になった。

このあと丑蔵はしきりに撃ち込みをかけたが、思ったほどの効果はなく、又蔵の眉間《みけん》に、浅く二太刀ほど当っただけである。又蔵の青眼の構えは、堅固で容易に崩れない。丑蔵が撃ち込むたびに、青眼の剣先が丑蔵の右腕にあたり、このため剣の伸びが十分でない。丑蔵の右腕から血が滴った。

「誰かおらんか。立ち会いはおらんか」

不意に丑蔵が大声で叫んだ。刀を構えたまま、又蔵も声をしぼるようにして叫んだ。

「土屋万次郎の弟が、兄の仇討をするぞ。見届ける者はいないか」

相互に相手の顔面に、腕に血が流れはじめたのを見たとき、二人は勝負の決着が近づきつつあることを直感したのである。私闘ではなく、名分のある斬り合いであることを認める見届人が欲しかった。

声は三度、悽愴《せいそう》に表通りにとどいたが、鍛冶町通りに人影はない。組み合ったまま、二人が総穏寺の門内に縺《もつ》れ合うように入ったのと同時に、通行人は一斉に逃げ走り、あるいは物陰に隠れ、商家ははたはたと表戸を閉めてしまった。人人は物陰で、息をひそめて撃ち合う剣のひびきを聞いた。二人の叫び声を聞いても、誰も動くものはいなかった。その叫びを、ある者は身の毛がよだつものと聞き、ある者は悲痛なものに聞いた。

通りはひっそりとして、ものの影もない地面を、白白と午前の日が照らしているだけである。

再開されると、斬り合いは激しさを加えた。又蔵が七、八間も追い込まれると、今度は逆に丑蔵が斬りまくられて塀際に追いつめられる。

この間にも、丑蔵の剣は終始上段から真直ぐに又蔵の眉間をねらって振りおろされる。又蔵は受け流しながら、切先の伸びをそのたびに顔を傾けてはずしたが、はずしきれずに、丑蔵の剣先が左の中鬢《びん》から頰のあたりの皮膚を削る回数がふえる。そのために又蔵の顔面の左半分が次第に朱をかぶったように血に染まって行った。

しかし、斬られながら、又蔵は丑蔵が撃ち込んでくる一瞬をとらえて、青眼の構えから鋭く丑蔵の右腕を撃つ。又蔵のその撃ち込みの鋭さに丑蔵は気付いているが、避けることが出来ないのである。

右腕が石のように重いのを、丑蔵は感じた。激しい痛みと一緒に懈《だる》い感じがある。一瞬走らせた眼の隅に、丑蔵は半ば斬り放された己れの腕をみた。創口《きずぐち》はざっくり口を開き、白い骨と溢れ出る血が視野を掠《かす》めた。又蔵という若者を、強敵だと感じたのは間違っていなかったのである。

右腕から次第に力が脱落して行く感触を、丑蔵は心が冷える思いで受けとめた。

左半面を血に染めながら、又蔵は喰い入るような眼で丑蔵を見つめていた。相手の動きが鈍い。その眼が、不意に思いがけないものを映した。上段に構えたまま、丑蔵がぽろりと刀を落としたのである。なぜかひどく緩慢な動作で、相手はその刀を拾い上げようとしている。

「仕とめた」

又蔵は叫んだ。狂喜して又蔵は走った。

「兄の仇、討ちとったぞ」

叫びながら、又蔵は腰をかがめている丑蔵の首を抱くと、刀をあてて一気に首を掻《か》き落とそうとした。だがなぜか、刃は丑蔵の首にあたらず、肩口をすべって背筋をこすっただけである。又蔵ははっとした。自分もまた、酒に酔い痴《し》れた者のように、緩慢な動きをしていることに、又蔵は気づいていない。丑蔵は又蔵の腕から首をはずすと、左手一本で倒れかかるように又蔵に組みついた。よろけながら、又蔵は素手で思わず刀を握ってしまったので、左掌の指二本を落としてしまった。

争闘の果ての、かつて経験したことのない深い疲労が二人を襲っている。その中で二人はとりとめない動きを繰りひろげていた。

丑蔵はもう一度又蔵の躰の下にもぐり込んで、落とした刀を拾った。その刀を振り廻したのは、そこに又蔵の脚が見えたからである。その斬ったともいえない片手なぐりの刀が、又蔵の右脚の腓《こむら》をしたたかに斬った。意外な深傷《ふかで》になった。

跳びはねるようにして離れると、又蔵は振り向いて刀を構えたが、胸は大きく喘ぎ、前に出ることが出来ない。丑蔵も左手で刀を構えたが、荒い呼吸音をひびかせているだけで踏み込もうとはしなかった。灼けるような痛みに包まれたまま、二人は長い間睨み合った。

「もはやどうにもならんな」

不意に丑蔵が呻《うめ》くように言った。

「どうだ、虎松。おぬしはまだやれるか」

又蔵は答えなかった。ほとんど片足立ちで刀を構え、大きく胸を喘がせているばかりである。

「始末をつけねばならん。土屋の家の体面を傷つけず、おぬしの意趣も通るような始末をな」

丑蔵はごくりと唾をのみ込んだ。

その頃番頭《ばんがしら》の竹内修理茂林は、鍛冶町の木戸口にさしかかっていた。修理は千五百石の家老竹内八郎右衛門の嫡男で、その年七月の政変で父の八郎右衛門が失脚し、御役ご免隠居を命ぜられたあと、家督を継いでいた。

この日、修理は井岡の寺に、祖母の墓参に行く途中だった。木戸口に来ると黒山の人だかりで異様な気配である。坂上の総穏寺の境内で、武士が二人斬り合っているという。修理は訊《き》いた。

「まだやっているのか」

「さっきまで刀を撃ち合う音がしましたが、いまや熄《や》んだようです」

と木戸役人が答えた。中年の役人は蒼《あお》い顔をしている。

「見届けに行った者はおらんのか」

「はあ、まだ誰も」

よしと言って、修理はそのまま鍛冶町通りに進んだ。

やがて総穏寺の塀が見え、小門の際に人影を認めたが、修理は構わずに歩いて行った。近づくと様子がはっきりした。人影は二人で助け合うようにより添って立ち、二人とも血だらけである。手に下げている刀の先からも血が滴っている。

「御家中の方とお見受けし、お願いの儀がございます」

恰幅がよく、肩衣をつけた武家姿の男が呼びかけてきた。喉のあたり、肩のあたりに血が噴き出し、ことに右腕の傷は無残である。修理は無言で立ち止った。

「それがしは御徒目付土屋才蔵の伜《せがれ》丑蔵と申す者でござる。またこれは……」

丑蔵は、修理の眼には百姓の若者としか見えない小柄な男を振り向いて言った。

「先年それがしが手にかけた土屋万次郎の弟虎松と申す者……」

仇討を言いかけられて勝負したが、勝敗いずれも決しないままに、ご覧のとおり両人ともやがて絶命するかと思われる。ついては虎松は数年仇討を心がけ、遥遥《はるばる》江戸から来たものであり、志哀れであるので差し違えを申し合わせた、と丑蔵は言った。

丑蔵の声は低く、聞きとりにくい。ただ眼だけが必死に修理の顔を探ってくる。

「ご迷惑でありましょうが、お見届けの儀、なにとぞお願い申し上げたい」

「わかった。頼みごとは承ろう。しかし血刀のままの応対は無礼だぞ」

修理は叱りつけるように言った。これはご無礼、と呟いて丑蔵が刀を背後に隠すと、又蔵もそれにならった。

支えあうようにして、二人は寺内に戻った。「話漸く分り候程にて、甚《はなは》だ危急の様子にて候え共、不思議に寺内に入り」と、後に大目付に差出した修理の覚書にある。

視界が時時日が翳《かげ》るように暗くなる中で、又蔵は、やがて差し違えるのだな、と思い続けていた。

さっき門前に現われた武家が、寺の者を叱りつけている声が聞こえる。迷惑に思っている寺の者がくどくどと言い訳しているのに違いなかったが、武家は高飛車にそれを押えている気配だった。多分高禄の上士なのだろうと又蔵は想像した。「儂が見届けを引き受けた以上、寺の迷惑にはならんと申しておる。その方たちは、終わったあと支配元へ届け出たらよかろう」という武家の声がした。その声も、戸を一枚隔てて聞くようで、遠い含み声に聞こえる。

「さ、行くか」

耳もとで囁《ささや》く丑蔵の声がする。又蔵は腕を支えているものに縋って歩き出した。

――間もなくだな――

と思った。足もとに草の枯れ音がするのは墓地に入ったのである。丑蔵に躰をあずけ、ゆっくり足を運びながら、又蔵は丑蔵の袴の襞《ひだ》のあたりを握っていた。

そうしていると、ついに罠《わな》にかかった巨大な獲物に触っている気がした。丑蔵を勝負に引きずりこんだとき、半ば勝ったのだと又蔵は思った。極道者の万次郎のために、死を賭けて仇討を仕かけた者がいるという事実は、城下に喧伝されるだろう。万次郎の一分が立ったのである。晴れがましいことをやってくれたじゃねえか、と兄が苦笑いしている気がした。三蔵のことをチラと考えたが、すぐに諦《あきら》めた。

——あと、少しだ——

刺し違えて、一人は討ったことになる、と又蔵は粘っこく思った。丑蔵が逃げる気遣いはもうない。武士の進退という縄で、丑蔵は自らを縛ってしまっている。そう思いながらも、又蔵はきつく摑んだ袴を離そうとはしなかった。

その指が一本ずつ離され、囁くような丑蔵の声がした。

「解るか。万次郎の墓の前だ。さ、坐れ」

丑蔵の声も弱って、ほとんどやさしい響きを帯びている。坐ると又蔵は眼を一杯に開いて丑蔵の顔を探したが、黒いおぼろな人影を認めただけである。又蔵は握りしめていた刀を構えた。ひどく重かった。しかし案じることはなく、その刀はゆっくり前に導かれ、柔らかい感じのものに突き当って止った。

丑蔵の声がした。

「ここだ。やれ」

残っていた力の最後の一滴をしぼり出すように、又蔵は低く気合いをかけると、握りしめている柄《つか》に体重をかけて刀を押し出した。ほとんど同時に、冷たいものが腹の中に深く入り込んできた感触があった。その硬く冷たいものを拒んで、全身に痙攣《けいれん》が走るなかで、又蔵はとめどなく躰が傾いて行くのを感じた。

長い間小さく燃え続けてきた躰の中の火がふっと消え、その後を闇がすばやく満たすのを又蔵はみた。

鍛冶町の市之助というものが、路で風呂敷包み一個と、笠一蓋《いっかい》を拾ったと役人に届け出た。市之助が、総穏寺門前の菓子屋の者だったのか、それとも又蔵が店の中に残した風呂敷包みと笠を、係り合いを恐れて菓子屋が路上に捨てたのを拾った町内の者だったのかははっきりしない。

風呂敷包みには、衣類、目録などと一緒に願書が入っていた。又蔵が江戸室町の旅籠屋で同門の吉尾と一緒に書き上げたものである。

願書は二通あって、ほぼ同文だったが、一通の方は、末尾が異なって、次のように結ばれていた。

――此度罷下《まかりくだ》り、今日此処《ここ》において年来の本望相遂げ申候。未だ一人土屋三蔵尋常に勝負仰付下し置かれたく願い奉り候。其後《そのご》何様のご刑罰を蒙《こうむ》り候とも、聊《いささか》苦しからず存じ奉り候以上――

又蔵は、丑蔵を仆《たお》したあと、さらに土屋三蔵と勝負するつもりだったのである。

その日の日暮れ、ハツは家に戻ると入口に慌しくばんどり（荷を背負うときの背当て）をおろし、

「だだ」

と呼んだ。源六はまだ戻っていなかった。家の奥で母親の不明瞭な声が聞こえただけである。身をひるがえして庭に出ると、ハツは柿の木の下に立った。

視界は薄暗く、鶴ヶ岡に行く道は、ほの白い一本の帯のように、その底を這《は》っている。ハツは眼を瞠ってその道をみつめた。仇討があったという知らせを、ハツは聞いていない。一日中その心配で胸を騒がしただけである。

「ハツ、お庚申《こうしん》さまみでえ、つっ立って」

垣根の外を通りかかった村の者が声をかけた。声で作兵衛の爺だと解った。

「さてはええ人がどご待いでいるどごだの」

ハツは首を振ったが、作兵衛の爺は自分の軽口に満足したらしく、しゃがれた笑い声をひびかせて通り過ぎた。

その曲った背が、垣根の隅に消えるのを見送ると、ハツはまた眼を野面に戻した。ハツはいまにもあの若者が、少しうつむき加減にすたすたと道を戻ってくる気がした。だが足音はいつまでたっても聞こえず、やがて道は闇にかくれた。

「ハツ、飯《まま》ざめ（飯の支度）もさねで、何してけつかる」

背戸口のあたりで、源六の喚《わめ》き声がする。ハツは答えず、なおも闇に眼を見ひらいて立ち続けた。

帰郷

一

木曾路を落日が灼《や》いていた。

六月の荒荒しい光は、御嶽《おんたけ》の黒い肩口を滑って、その前面にひしめく山山の頂きを斜めに掠《かす》め、谷をへだてて東の空にそびえる木曾駒ヶ岳に突き刺さっていた。だが谷の底を這《は》う街道には、すでに力ない反射光が落ちかかるだけで、繁りあう樹の葉、道に押し出した巨大な岩かげのあたりは、もう暮色が漂いはじめている。

宮ノ越から木曾福島の宿に向って、ひとりの無職渡世姿の旅人が歩いていた。男の歩みは遅く、同じ道筋をたどる旅の者に、幾度か追い抜かれた。追い抜いて行く者は、男のそばを通り過ぎるとき、ほとんど例外なく偸《ぬす》み視《み》るように、男の顔を一瞥《いちべつ》して行くのだった。

土地者でない限り、街道を行く旅人は、普通寸刻を惜しんで先をいそぐのである。

仮りに福島泊りのつもりとしても、福島の関所が門を閉じる暮六ツ（午後六時）まで四半刻《しはんとき》（三十分）もない。振り返って行く者の眼には、男の足の運びが、異様に遅いのを訝《いぶか》しむいろがある。

それと、男の身なりが人眼をひくほど粗末だったこともある。尻を端折《はしょ》った白地の浴衣《ゆかた》は、汗と埃《ほこり》を吸ってほとんど茶色で、肩から背中にかけて汗の痕《あと》が縞《しま》をつくっていた。脚絆《きゃはん》からはほつれた糸が垂れ下り、肩にかけた合羽は地色の紺が白っぽく変色している。ひろげればおそらくあちこち継ぎあてだらけだろうと思わせるしろものだった。

男は変わった三度笠をかぶっている。笠は黒かったが、それは染めたのではなく、骨組みも露《あら》わに傷んだ笠の上から、すっぽりと黒い布をかぶせたものだった。そのため男の笠は、時おり街道を走り抜ける風に、膨らんだり凹《へこ》んだりした。

渡世人は、中背でがっしりした躰《からだ》つきをしていたが、笠の下の髪は真白だった。そのため五十過ぎにもみえ、六十近い年輩にもみえた。だが男を振り向いた者が、そのあとはまるで関わり合いを避けるように、固い背を向けて足早に遠ざかるのは、多分その老いた渡世人の容貌《ようぼう》のせいだった。

額はひろく鼻は高く秀で、唇は薄くひき緊《し》められている。眼窩《がんか》は深く凹み、頬《ほお》は抉《えぐ》ったように肉が殺《そ》げ落ちていた。無数の皺《しわ》が、樹皮に刻まれた亀裂のように顔面を走っていたが、右の眼の下から頬骨にかけて一カ所、右の頸根《くびね》に一カ所、皮膚を抉った線は、あきらかに古い刀傷とわかるものだった。皮膚は無残に日焼けしていた。しかもただ黒いだけでなく、長い年月、日に晒《さら》し、風雨に打たせたあとの一種の荒廃が皮膚を覆っている。

もと木曾福島宿の漆塗《うるしぬ》り職人宇之吉が、老いて故郷に帰る姿だった。だがこの老いた渡世人が、人別の上に塗師《ぬし》と記された時期は、遠い昔、それも片手の指で数えられるほどの年月でしかない。故郷への道を辿《たど》る男の背後には、荒涼とした長い道が続いていた。

故郷を出たのは二十六の時である。その頃宇之吉はすでに堅気でなかった。表向きは塗物問屋で、裏は木曾福島から上松《あげまつ》、須原の宿まで縄張りを持つ土地の博奕打《ばくちう》ち、高麗屋忠兵衛の子分だったのである。激しい気性だけが取得で、がさつで深い思慮に欠ける忠兵衛が、上松の材木役所の役人と諍《いさか》い、八沢の牢にぶちこまれそうになったとき、親分の罪をかぶって江戸に逃げたのである。三年経《た》ったら、こっそり帰って来いと忠兵衛は言い、宇之吉もそのつもりだった。だが、その三年の間に江戸で知ったひとりの女が、宇之吉が木曾福島に帰る道を断ち切った。おとしというその女のために、人を殺したのである。死んだのはおとしの亭主だった。

江戸を逃げ出し、八州廻りの手附、手代の眼を遁《のが》れて、江戸周辺の賭場《とば》がある土地を転転とした。旅先までついてきた女は、二年目に癆痎《ろうがい》で死んだ。上州勢多《せた》郡の月田村という場所だった。宇之吉の放浪が本物になったのはそれからである。

巧みな賽子《さいころ》の扱い、喧嘩《けんか》のときの凄腕《すごうで》を見込んで身内に欲しがる親分もいたが、そういう誘いに対して、宇之吉はうっすらと苦笑をみせるだけで黙殺した。喧嘩出入りがある場所にいち早く姿を現わし、諍いのもとの理非を問わず、双方の人数の多寡にも関係なしに、手当ての金嵩《かねがさ》の多い方に助《すけ》っ人《と》としてついた。だが金のために働くというのでもなかった。斬り合いが始まると、異様なほど粘っこく働き、勝ち負けの決着がつくまで斬りまくった。

金は、どちらにつくかを決めるための、単純な物指に過ぎなかった。みすみす負けると解っている側についたこともある。

眼の下の傷痕はその時のものである。人数に問題にならないほど差があった。生憎《あいにく》仲裁も入らず、斬り合いが始まってから半刻後には、味方で立って動いているのは宇之吉ひとりになっていた。だが、そのときにも二十人近くいた相手方は、ついに、宇之吉ひとりを斬りあぐねて引揚げて行った。斬りかかるたびに、誰かがやられる。宇之吉はひと言も声を出さず、眼が人間のようでなく青光りしていた、と相手方で評判になった。

弔いの宇之という異名がついた。喧嘩出入りのあるところに、まるで遠くから死臭を嗅《か》ぎつけたように、必ず宇之吉が姿を現わしたからである。不吉な黒っぽいその姿が、どこからきて、どこへ行くのか誰も知らなかった。無気味な一匹狼として、宇之吉は名を知られた。歳月が、その上に音もなく降り積った。

長い間思い出すこともなかった、故郷の木曾福島が、不意に心に甦《よみがえ》ってきたのは、去年の秋のことである。

そのとき宇之吉は、日光街道筋の小さな宿場町にいた。宿場端れの、美濃屋というその木賃宿に、ひと月余りも病気で寝ていたのである。

その日宇之吉は、初めて起き上って外に出たのだった。宿の裏手に出ると、狭い裏庭からすぐに田圃《たんぼ》が続いている。宇之吉の姿をみて、唄まじりに濯《すす》ぎものをしていた小女が、慌てて裏口に駈け込んだ。まだ子供っぽいその女の顔に浮かんだ怯《おび》えを、眼の隅で見送りながら、宇之吉はそこに立っている柿の樹に縋《すが》った。

とり入れが終わった田の、空虚なひろがりが視界を埋めた。杭《くい》を集めているらしい人影が二つ、はるか遠いところに豆粒のようにみえ、音もなく動いているほかは、傾いて黄ばんだ日の光が、斜めに黒い田面《たのも》を嘗《な》めているだけである。そしてその風景全体が、水に濡《ぬ》れたように澄明に潤んでみえた。もの音は聞こえず、ひどく静かだった。

前触れもなしに、不意に悲傷が宇之吉を鷲《わし》づかみにしたのはこの時である。鉈《なた》のように斬れ味の鈍いものが、心をゆっくり切り裂き、気分が限りもなく落込んで行くのを、宇之吉は感じていた。金縛りにあったように、宇之吉は動くことが出来なかった。

彫りあげたようにくっきりと、これまでの生きざまが頭を横切る。記憶のどの部分を截《き》りとっても血が匂い、救いようがなく灰色で空《むな》しかった。無駄な人生が続いていた。ただそのはるか先、人生のはじまりのあたりに、眼の前の風景のように澄明な部分があった。自分がそこにいたと信じられないほど、澄明な場所が。いきなり心を砕いてきた悲しみが、その記憶のためか、眼の前の風景のためか、あるいは病気で倒れてから、心につきまとっている死の予感のせいか宇之吉には解らなかった。

やがて宇之吉は樹の下を離れ、風景に背をむけた。痩《や》せ細った脚が力なく顫《ふる》え、躰全体が宙に浮いたように軽く心もとなかった。それでいて胃のあたりに重く嵩《かさ》ばる異物感と、鈍い痛みだけがはっきりしている。道中で夥《おびただ》しい血を吐き、美濃屋に倒れ込んでからも、毎日血を吐いた。

死病を背負い込んだ、とはっきり覚《さと》った。だがその恐怖は間もなく薄らいだ。いずれは虫のように野垂れ死ぬ運命と思っていたからである。

その日宇之吉を襲った悲哀が、とっくに投げ出した筈《はず》の人生に、まだもう一度撫《な》でさすってみたい部分が残っていたことに気付いたためだったことを、老いた渡世人はその時まだ知らなかった。辛《つら》い冬を過した春先、二度目に血を吐いて倒れた後で、宇之吉は木曾路に向ったのである。

またひとり、旅人が宇之吉を追い抜いた。三度笠も、脇差《わきざし》の鞘《さや》のいろも黒い、いかにも旅馴《な》れた感じの若い渡世人だった。追い抜きざまに、斬りつけるような一瞥を宇之吉に流し、追い抜くとみるみる遠ざかった。

宇之吉の表情が微《かす》かに動き、眼をあげてその姿を追った。思わずそうさせる殺気のようなものを、その若い渡世人は身にまとっていたのである。

二

贄《にえ》川——この宿場町から中山道は木曾路に入る。贄《にえ》川から奈良井、藪《やぶ》原《はら》、宮ノ越、木曾福島を経て、美濃との国境馬籠《まごめ》の宿まで十一宿、木曾路は谷間を縫う。奈良井と藪原をへだてる鳥居峠に立てば、視界を埋めるのは、緑いろの波に似た山また山の重なりである。その果てに御嶽、東に木曾駒ヶ岳が残雪を山巓《さんてん》に光らせて立つが、深い谷間を行く街道から、その姿をみることは稀《まれ》である。両側から押しよせる山山の重圧に耐えかねるかのように、木曾谷は身をよじってその間を南北に走るのである。

木曾路十一宿の、いわば要《かなめ》の位置に木曾福島がある。そこに木曾谷を支配する代官山村甚兵衛良祺《よしやす》が陣屋を置き、関所を構えている。中山道を往来する旅人の泊りも、十一宿中もっとも多く、名物の馬市、木曾踊には諸国から人が集まる。木曾駒を競《せ》る半夏《はんげ》市は、山陰の大山《だいせん》、奥州白河と並んで寛文の昔から諸国に知られた大馬市であるが、この間終わった。木曾踊にも、近郷近在の者はもとより、遠く尾張、美濃、信濃から、この谷間の宿に見物が押しよせるのである。

当然宿屋が多い。宿中の客商売六十軒のうち、旅籠《はたご》に、木賃宿、馬宿、茶屋を含めると半数に近い二十五軒の宿屋が通りをはさんで並んだ。本陣白木十郎左衛門、脇本陣亀子孫太夫の両家がこの中に含まれる。

暮六ツの僅《わず》か前に、宇之吉は木曾福島宿に入った。街道の途中で一度見上げた夕映えは、宇之吉が宿に入るまでの間に、大きな掌がひと撫でしたように華やかな色を消してしまい、がらんとした水色の空がひろがっているばかりだった。鉛いろの動かない雲の塊りが浮かんでいる。

絶え間なく人が擦れ違ったが、足どりは忙《せわ》しげで、誰も宇之吉をみようとはしなかった。路には、これから泊る旅籠を物色している旅人の姿があったし、なかには宇之吉と同じ恰好《かっこう》に、腰に長脇差をぶち込んだ渡世人姿の者もいて、宇之吉の姿が目立つことはなかった。両側の商家はまだ灯をともしていなかったが、町を半分ほど過ぎたあたりから、目立って多くなる旅籠屋の前だけは、ぽつりぽつり軒行燈《のきあんどん》や、行燈看板に灯が入っている。灯のいろはまだ白っぽく見えた。昼と夜が混り合った、けだるいような光が町を覆っていた。

宇之吉は、やはりゆっくりした足どりで歩いて行った。宿の中通りには、左右に二十数年前と変わったともみえない屋並みがあった。若い頃通った友七という髪結床もあったし、古手物《ふるて》、小間物を商う木村屋のそばには、蓑《みの》、草鞋《わらじ》を売る小店《こだな》がそのままあった。伝馬請負の越後屋の隣はいまも豆腐屋で、その店先には昔のように小笊《こざる》を抱えた女たちが四、五人塊《かたま》って、声高に喋ったり笑ったりしている。

ただすれ違う人間だけが、すべて見知らぬ顔だった。宇之吉には、どの顔もひどく若く見えた。

本陣の前を通り過ぎ、脇本陣に突き当って、角の太物屋《ふともの》を左に折れると、またしばらく商家が続き、やがて道は上りになり、右手に高札場が見えてきた。宿の支配はここまでで、高札場の先からさらに上《うえ》の段《だん》、八沢と屋並みは続くが、これは宿外である。

上の段の家中屋敷の前を通り、八沢橋に曲る角まで来たとき、宇之吉は背後に乱れた足音を聞いた。足音は四、五人ですぐ後に迫ってきた。

「おゥ、どけ、どけ」

喚《わめ》き声がして、先頭の男が宇之吉に腕を伸ばしてきたが、宇之吉がすっと躰を引いたので、男はつんのめるような恰好になった。しかし振り返りもせずに一散に駈け抜けたのは、よほどいそぐ用があるらしかった。長脇差を腰にぶち込み、浴衣の裾《すそ》を尻からげにした、ひと目でやくざ者とわかる男たちだった。

男たちがいそいだわけはすぐに解った。

八沢橋の手前の空地で、派手な斬り合いが行なわれているのだった。薄闇《うすやみ》の中に、刃と刃が触れ合う硬い音がひびき、火花が眼を射た。

橋際で、宇之吉は立ち止った。その斬り合いが、どうやら男一人を十人程の人数が取囲んでいるらしいことが見えてきたのである。だが囲まれている男の動きは、驚くほど敏捷《びんしょう》で、みていると囲んでいる男たちの方が、右に左に一団になって引き廻されているようにみえた。「うしろに廻れ」「助、踏んごめ、踏んごめ」、男たちは口々に喚いたが、多分助と呼ばれた男だろう、いきなり男の前から斬り込んで行った男が、すぐに腕を押えて、火傷《やけど》でもしたように飛び上って退いた。

野獣のように、隙《すき》がなく獰猛《どうもう》な動きを示している男が、宿の手前で自分を追い越したあの若い男らしいことに、宇之吉は気づいていた。紺無地の黒っぽくみえる浴衣、脇差の黒鞘《くろざや》、黒の手甲、脚絆という、黒ずくめの衣装が、薄闇の中でも目立っている。

斬り合いながら、男がじりじりと川岸に退いて行くのを宇之吉はみた。（飛び込むつもりだな）そう思ったとき、わッと声が挙った。脇差を抱えたまま、男が川の上に飛んだのだった。激しい水音がした。水面には、薄い霧のようなものが漂っていて、男の姿はすぐに見えなくなった。「向うに廻れ」「上ってきたところを叩っ斬るんだ」、口口に叫びながら、男たちは空地を横切って橋に殺到してきたが、そこに宇之吉が立っているのをみてぎょっとしたように立ち止った。

「なんだおめえは」

と一人が言った。

「おう、そこをどきやがれ」

また、一人が言ったが、宇之吉は橋の中央に立ちはだかったままでいた。

「かまうことはねえ、通れ、通れ」
二、三人が抜身を提げたまま、宇之吉のそばを走り抜けようとした。擦れ違ったと思った瞬間、宇之吉の躰がすばやく動いた。すると、駈け抜けたままの姿勢で、二人の男が橋板の上にのめるように倒れ、一人は脇腹を押えてよろよろと後ずさると、腹を抱えこむようにして橋際に蹲《うずくま》ってしまった。宇之吉の脇差の柄《つか》が、男たちの急所を選んで鋭く突いたのだが、誰の眼もそれを見ていなかった。

おう、とどよめいて、残った男たちは一せいに刀を構えた。

「おめえ、源太のだちかい」

詰め寄った一人が叫んだとき、男たちの後から太い声がした。

「どうしたい、おめえたちの手には負えなかろう」

「あ、代貸し」

救われたように、男たちは道を開いた。代貸しと呼ばれた上背のある小肥《こぶと》りの男は、ゆっくり前に出て来たが、宇之吉をみると首をかしげた。

「どなたさんで？」

「邪魔しやがったんでさ。源太の野郎が川に飛び込んで逃げやがったから、こっちへ廻ったら、野郎がここにいて通さねえんで」

「言葉に気をつけな」

肥った四十がらみの男は言って、また宇之吉をじっとみた。

「旅の人のようだが、ここで何をしていなさる」

「涼んでましたのさ。ここは風がある」

宇之吉は言って笠をとった。男たちがざわめいた。宇之吉が案外な年寄りだったからだろう。肥った男だけは、心もち眼を鋭くして宇之吉を見つめた。

「なるほど」

暫《しばら》くして肥った男が言った。

「すると邪魔しなすったわけじゃない、とおっしゃる？」

「邪魔する？　それは何かの考え違えでござんしょう。あたしは、たったいまこの宿に来たばかりだ」

「しかし……」

代貸しと呼ばれた男は、橋の上に倒れている男たちを顎《あご》で数えた。

「こうして三人もぶっ倒れているのは、どうしたわけで」

「涼んでいるところを、抜き身で通ろうとした」

「なるほど」

肥った男はあっさり言った。

「これはご無礼したようだ。あっしらはついこの先の野馬の九蔵の身内で、あっしは浅吉と申しやす。ま、今晩のところはこちらの不行届きのようでござんすが、ごかんべん願いましょう」

宇之吉は黙って笠をかぶると、男たちに背を向けた。

男たちが追ってくる様子はなく、浅吉の太い声だけが聞こえた。

「だから出しゃばるんじゃねえって言ったろう。源太のことは俺にまかせろ。今夜からおくみの家と、飲み屋の方を見張れ。間違っても斬ろうなんて思うんじゃねえぜ。斬られねえようにしろ。野郎が現われたら俺に知らせるんだ。話は俺がつける」

宇之吉は橋を渡り、八沢の屋並みの間にゆっくり歩み入った。ようやく夜のいろが部厚くなり、家家の窓が路にこぼす灯のいろが鮮明になってきたようだった。

山村家の家中屋敷の隣に、塗物問屋の看板を掲げた店が二軒続いている。その一軒の格子戸の前に宇之吉は足を停めた。「よろず塗物問屋高麗屋忠兵衛」と記した看板は、夜目にも昔と変わりなかったが、格子戸の奥はひどく静かだった。

やがて、宇之吉の姿は格子戸の内に消えた。江戸浅草の無職渡世弥平と、宇之吉は名乗った。

三

「言っちゃなんだが、ここの二代目は覇気のない人でね。野馬の一家にずるずる押されっ放しで、残っている賭場は、年に一度の水無《すいむ》神社の山博奕だけになっちまった。うん、俺《おい》らよく知ってるんだ。この家に厄介《やっかい》になるのは、これで三度目だからな。来るたんびによ、人数がごっそり減って、家の中が陰気になって行くようだなあ」

男はだらしなく寝がえりを打つと、腹這いになって煙管《きせる》を引き寄せた。三十にまだ間がありそうな年恰好で、丸顔に眼が大きく、厚い唇でよく喋る男だった。

「野馬の九蔵てえのは、もとここの代貸しをした男でね。十二、三年前というと、だいぶ昔の話だが、ここの先代が死ぬとすぐに、息のかかった奴を十人ばかり連れ出して、別に世帯を持っちまった。そういう話だ。それだけならいいが、上松からはじめて、片っ端から高麗屋の賭場を奪っちまったというから、可愛気のねえおっさんらしいね」

「……………」

「爺さんよ、あんたいい時に来たぜ」

男は、燧《ひうち》を鳴らして一服吸いつけると、煙の中から宇之吉に笑いかけた。

「今年あたり、水無様の祭りに、野馬の連中が賭場荒しをかけるんじゃねえかという噂《うわさ》があってね。ここの家じゃ人手がいるのよ」

男はまた煙を吐き出した。

「当分喰うには困らねえ」

「お前さん、だいぶくわしいようだが……」

宇之吉は壁に凭《もた》れて胡坐《あぐら》を組んだまま言った。

「源太てえ男は何者だい」

「源太？」

「年はそうさな、お前さんぐらいか。同じ稼業《かぎよう》のようにみえたが」

「知らねえな。聞いたことがねえ名だ。そいつがどうかしたかい？」

「いや、知らなきゃいいのさ」

言い捨てて宇之吉は立ち上った。

「どっか出かけるのかい？」

「外を見物してくる」

「俺も行こうか。こうしているのも退屈だ」

「連れは断わる」

ぴしゃりと宇之吉が言った。振り向いた顔が、味もそっけもなく突き放しているのをみて、男は鼻白んだ表情になったが、

「ま、いいや。それじゃ暗くなってから、飲み屋に案内しようじゃねえか」

と言った。金は持ってるぜ、と言った声に、媚《こび》があるのに気づかないふりで、宇之吉は外に出た。

外に出ると、熱い光がすぐに宇之吉を頭上から灼いた。日はまだ台ヶ峯の上あたりにあって、白く乾いた路上には人の姿もまばらだった。時おり力ない風が宇之吉を後から追い越し、そのたびに通りに立籠《たちこ》めている檜材《ひのき》の香が強く鼻を打った。八

沢は、軒なみ曲物師《まげもの》、塗師、指物師《さしもの》が並ぶ漆器の町である。博奕に身を持ち崩す前に、宇之吉はこの町で職人だった。

だが、宇之吉は町に背を向け、橋を渡ると上の段に向った。

昨日斬り合いがあった空地のそばを通り、鉤《かぎ》の手に曲っている道を曲ると、上の段の真直ぐな通りが見通せた。宇之吉は昨日と同じ足どりでゆっくり歩いて行ったが、途中で一度足を止めそうになった。線香屋とそば屋にはさまれて、伝馬請負野馬屋九蔵の看板をみたからである。戸が開いていて、暗い帳場が見えたが、人の姿は見えなかった。

宇之吉はわずかに眼を細めただけで、その前を通りすぎた。九蔵は、宇之吉が忠兵衛の子分になったとき、すでに高麗屋で兄貴株だった。一度激しく殴り合ったことがある。急速に頭角をあらわしてきた宇之吉を妬《ねた》んで、九蔵が喧嘩を売ったのである。壺振りの佐一が立ち会って、月の明るい夜を選んで対決した。（ここだった）と宇之吉は思った。人気のない高札場で向い合うと、二人はすぐに殴り合った。無腰という約束だった。敏捷な宇之吉は、組みついてくる九蔵の相撲取りのような巨軀を躱《かわ》すと、脇に首をはさみ込んで、拳《こぶし》で頭を殴った。九蔵は殴られながら、牛のように吼《ほ》えて高高と宇之吉の躰を吊上《つりあ》げ、振り廻したが、宇之吉は首に絡んだ手を緩めなかった。宇之吉の拳からも、腫《は》れ上った九蔵の頭からも血が流れ、凄惨《せいさん》な喧嘩になった。喧嘩は引分けたが、後で宇之吉も九蔵も二、三日寝込んだのだった。

人間だけが変わる、と高札を仰ぎながらふと思った。墨が薄れた高札の文字も昔と変わっていないようにみえた。高札は七枚ある。ばてれんの訴人銀五百枚、いるまんの訴人銀三百枚、立かえり者の訴人銀三百枚とあるきりしたん宗門札、親子兄弟札と呼ばれる定め、毒薬、朱印、駄賃、火附けなどの定めだった。

博奕の類一切禁制のこと、とある親子兄弟札を読んで、宇之吉はふっと苦笑したが、表情はすぐに暗くなった。

宇之吉が多少文字を読めるのは、江戸で仕込まれたのである。宇之吉を江戸に逃がすとき、忠兵衛は浅草六軒町の人入れ稼業相州屋に添え状を書いた。親分の浜七が藪原宿の出で、その頃も忠兵衛とつき合いがあった。浜七は忠兵衛の手紙を読むと、帳場を預かっていた清五郎という男に、宇之吉の身柄を預けたのだった。二年後に、清五郎を刺し、女房のおとしと悲惨な駈け落ちをすることになるとは、宇之吉はそのとき夢にも思わなかったのである。

読み書きは、清五郎に習ったのである。だが、その記憶は、たちまち地獄の記憶を呼びさますのだ。「死んでおくれ、あたしと一緒に死んで」暗い行燈の灯が、力なくまたたく部屋で、おとしが這い廻って叫んでいる。痩せ細ったその掌には、宇之吉の頸を刺した簪《かんざし》が、血に塗《まみ》れて光っている。這い寄ってくる顔は、肉が落ち、幽鬼そのものだった。

首を振って、宇之吉は汗を拭《ぬぐ》った。

来た道を、宇之吉はゆっくり戻った。時おり思い出したように人が擦れ違ったが、知らない顔ばかりだった。九蔵の家の前を通ったが、やはり人影は見えず、戸が開いたままだった。九蔵に会おうとは思わなかった。あくどいやり方で縄張りをひろげているらしかったが、宇之吉にはどうでもいいことだった。高麗屋の二代目にも同情は薄い。強いものが勝つ例《ため》しを腐るほど見てきている。

八沢に戻り、高麗屋の前も通り過ぎた。左右がぎっしり曲物師、塗師、指物師が軒をならべ、その中に宇之吉がいた甲州屋も昔のままの店構えであった。甲州屋は木地、塗りの後の沈金《ちんきん》、蒔絵《まきえ》の仕事を外に出すだけで、ほかは全部自分の店でやり、品物は卸したり、店で売ったりした。宇之吉が二十の時に死んだ父親の利助は、甲州屋で年季の入った曲物師で、宇之吉は塗り職人だったのである。母親は、宇之吉が子供の頃に死んでいた。

八沢の端れに茶屋があって、町は一応そこで終わっている。宇之吉はなおも歩き続けた。その先は屋並みも揃わない百姓家がぽつりぽつりあるだけである。百姓家の手前に、道端に長屋があった。家の前に小さな庭があり、合歓《ねむ》の樹の下に井戸が昔のままに青い苔《こけ》をつけているのが見えてきた。

宇之吉は、道端の柏《かしわ》の葉陰に日射しを避けて立つと、長屋を見つめた。西日を避けてか、長屋は三軒とも表戸を閉め、無人の家のようにみえた。その左端の一軒に、二十数年前ひとりの女がいたのである。女の父親は木地師で、女を綱取りにして轆《ろ》轤《く》を廻していた。父親とその女だけの世帯だった。女の父親は、やくざ者の宇之吉を嫌っていたが、女は宇之吉を愛していた。何ごともなく江戸から戻れたら、多分その女と夫婦になっただろう。そういう仲だった。

不意に戸が開き、若い女が外に出て来ると、井戸水を汲《く》んで洗い物を始めた。一瞬宇之吉の胸は大きく波立った。昔の女が、不意に戸を開けて出てきたような錯覚に囚《とら》えられたのである。

しかし間もなく若い女が宇之吉の姿に気付いて、咎《とが》めるような視線で見つめたとき、宇之吉の幻想は砕けた。その若い女は、眼鼻立ちの派手な、目立つほどの美貌だったが、昔の女に似たところはなかったからである。

宇之吉は柏の葉陰を離れ、背を向けた。いまの若い女が、昔の女とかかわり合いがあるかどうかということは考えなかった。ただ女の家を見たことで、宇之吉の胸は久しぶりに満たされていた。

四

噎《む》せるような酒の香、煮魚の匂いに、百目蠟燭《ひゃくめろうそく》の油煙がいり混じって、息苦しいほどだった。

腹掛姿の馬方、町の職人たち、宿についたばかりの旅姿の男など、雑多な人間が、酔いの廻った声高な声を張りあげ、手を拍《う》って唱っている。その間を酌女が徳利や皿を運び、腕や腰に伸びる男たちの腕を、巧みに擦り抜けて動きまわっていた。客のそばに坐り込んで酌をしている女もいて、女たちは大方酔いに頰を染め、その酔いのために、一層生き生きとしてみえた。

「あれがおくみという女でね」

長い腰掛の端に漸《よう》や く尻を落着けると、栄次という高麗屋で一緒の渡世人がすぐに言った。

小女が寄ってくると、酒と宇之吉の肴《さかな》まで勝手に注文してから、栄次はまた言った。

「あそこに肥った男がいるだろ。この町の指物師といった柄かな。その脇で酌をしているのがおくみでね。この店の看板だ」

宇之吉は眼を細めてその女を見つめたが、その視線は不意に動かなくなった。昼八沢の端れでみた若い女に、おくみという女が似て見えたからである。ただ昼の女は遠目に見ただけだし、おくみは濃い化粧をしている。はっきりしなかった。そしてはっきりしないことが妙に気になった。昼にみたあの女は一体何者だったのだろう、と思ったのはその時である。八沢の女お秋とのつながりは、宇之吉の内部で昔とどうつなぎようもない形で切れている。昼にお秋の家を見に行ったのは、過去を見に行ったに過ぎない。そしてそれが確かにそこにあったことで、宇之吉は慰められたのである。お秋があれからどうなったろうかという思いは、いつも宇之吉から遠かった。それを詮索《せんさく》する気持を、宇之吉は遠い昔に失っている。

だが、いまおくみを眺めながら、昼お秋の家から出てきた女を思い出しているうちに、宇之吉は過去が生の形で立ち上ってくる感じにとまどった。

小女が酒と焼いた川魚を運んでくると、栄次はすばやく宇之吉の盃《さかずき》に酒を満たし、ともかく一杯、と言った。

「今夜の酒は、高麗屋の親分の奢《おご》りでね」

栄次は宇之吉に片眼をつぶってみせた。

「おくみという女がどうかしたかい。お前さんが惚れてるとでもいうつもりか」

「ま、ま、そう人をなぶるような言い方はしてもらいたくねえな。面白い話があるんだな、あの女にはよ」

栄次はせわしなく酒を注いで盃を呷《あお》った。

「惚れてるか、などと爺さんは気軽に言うけどな、あっしは別に惚れちゃいません よ。そう言わないと具合が悪いんだな。というのは、おくみを妾《めかけ》にしようてんで、長年口説いてるのがいる。それが九蔵だよ、爺さん」

「………」

「ところが、それを知らねえ旅鴉《たびがらす》が、この宿に住みついておくみとできちまった。それが三年前のことだそうだ。今日爺さんが外に出た後で、高麗屋の若いのから仕入れた話だがね。その旅鴉というのが、爺さんが知ってるらしい源太だとよ」

「………」

「どうだい、満更あの女に縁がないわけでもねえだろ」

信州飯田生れの博奕打ち源太は、おくみと一緒になるとあっさり賽子を捨てた。その頃まだ生きていたおくみの祖父について、木地師の修業をはじめたのである。おくみは酒場で働いたが、源太が一人前の木地師になれば、それもやめる約束だった。だが穏やかな日は、長く続かなかった。一度はおくみを諦《あきら》めたようにみえた九蔵が、また執拗《しつよう》に手を伸ばしてきたのである。

やり方があくどくなった。おくみの家で品物を納めていた塗師を恫《おど》して、注文を止めた。次次にそうした。しまいにはおくみが働いている酒場にきて、客に因縁をつけて皿、小鉢を割った。

源太が単身九蔵の家に斬り込んだのは、そうしたことがひと月も続いた後である。死人は出なかったが、九蔵と子分三人が手傷を負い、源太もかなりの傷を負った筈だが遁れ、その後行方が知れない。おくみが深酒を呑むようになったのはそれからである。

「誰が呑んだくれだってさ？」

不意に艶《つや》のある声が頭の上でした。おくみが立っていた。黒眼の大きい眼に、小さくまとまった唇。その唇が酒に濡れて光り、上気した滑らかな頰に、鬢《びん》の毛が二、三本垂れている。浴衣の襟がしどけなく開いて、そこから白い膚《はだ》がのぞき、凄艶《せんえん》な年増《としま》ぶりだった。おくみの躰は、酔いのために揺れて、白粉《おしろい》の香が漂った。

「あたしに、一杯おくれな」

おくみは栄次の脇に腰をおろすと、注がれた盃を一息に呷った。

「このこわい顔をしたお爺さんはだれ？　あんたはよく来る人ね、宿の人じゃないようだけど」

「俺たちは、その、高麗屋の居候《いそうろう》さ」

痴呆のように口を開けて見とれていた栄次が、慌てて答えた。

「気取ることはないよ、あんた。行方さだめぬ旅鴉って身分だろ。あたいの亭主と同業だ」

おくみは不意に白い喉《のど》を仰向けて、けたたましく笑い出した。すかさず栄次が言った。

「そうだってな。おくみ源太の泣き別れってね。いまおめえたちの話をしてたところさ」

「なにを話したって？」

おくみは胸を引いて、栄次の顔を見据えた。躰がふらつくほど酔っている。

「だからよ、ご亭主はここに居られねえ事情があって、旅に出てるんだろ」

「それがどうしたえ、あんたには関係のないことさ」

「関係はねえよ」

鼻白んだ表情で、栄次が言った
「ただ気の毒だって話してたんだ。なあ弥平さん」

おくみの眼が癇性《かんしよう》に光った。

「有難うと言いたいけど、気にいらないね。気安く酒の肴になんぞ、してもらいたくないよ、兄さん」

「こりゃ、からみ上戸《じようご》かい」

もてあましたように、栄次は宇之吉に救いをもとめた。

「姐さんは八沢のお人かね」

と宇之吉が言った。

「なんだい、この人たちは。今度は人別調べかい」

おくみは宇之吉にも毒づいた。

「八沢の生れならどうなのさ。こわい顔をしてさ、この人」

「顔は生れつきだ。勘弁してくれ。ところで今日の昼、八沢の昔お秋という人が住んでいた家で、あんたを見かけた気がしたが、違ったかね」

「見かけたからって、別に不思議はないだろ。お秋というのはあたいのおっかさんさ。自分の家に住んで悪いことでもあるのかい」

「するとお秋さんも、あの家にいなさるのかい」

「とぼけたことを言うよ、この爺さん。おっかさんは、あたいが子供の頃に死んじまったよ。いまごろ何さね」

「………」

その時男が二人、暖簾《のれん》をわけて中をのぞいた。その二人が、すぐに近寄ってくるのを宇之吉はみた。

「おう、おくみ」

先に立った、青白い顔に陰気な眼をした若い男が、おくみの肩を乱暴にこづいた。

「源太の野郎は、まだ顔を見せてねえな」

「なにすんのさ」

おくみは肩を振って、その手を払った。

「気安く触ってもらいたくないね。うちの人が帰ってきたら、あたしゃこんなところで飲んだくれて、客の相手などしてないね。ぴったりくっついて、ねんねしてるよ。いい加減にしておくれ、べたべたつけ廻すのは」

「嘘じゃねえな」

「しつこいね、ほんとに。お前さんのようなのが待ち構えてるから、あのひといつまでも帰って来られないんだよ。親分に言っとくれ。厭《いや》がらせにしてはくどいってね」

「ところが帰って来た。まだこのあたりにいるに違えねえのだ」

顔色の悪い男は、無気味に沈んだ眼で店の中を見廻した。後に立った若い男の方は、ぼんやりとおくみに見とれている。

「ふん」

おくみは鼻先で笑った。

「こないだ来たあんたのお仲間も、そんなこと言ってたけどね。大方みんな似たような夢でも見たんだろ。うちの人がまた、夜中に刀ふり廻して押しかけるんじゃないかって、いつもこわがっているから」

「あま！」

いきなりおくみの頬が鳴った。手の早い男だった。おくみがひっと息をつめて頬を押えた。

「いいか、覚えとけ。源太なんざこわかねえ。野郎が帰ったら、逃がそうなんて下手に足掻《あが》くなよ。妙な真似《まね》をしたら、てめえも斬る。忘れねえように、こうしてやら」

もう一度ふり上げた腕を、下から宇之吉が摑《つか》んだ。

「お、お、てめえ誰でい」

「そう気張るんじゃねえ、若えの。息苦しくていけねえ、酒がさめる」

宇之吉は男の手首をがっしり摑んだまま、じりじりと立ち上った。

「やめろよ、爺さん。俺はかかわり合いはご免だぜ」

腰を浮かした栄次が、顫《ふる》え声で囁《ささや》いたのを、宇之吉は見向きもしない。手首を摑まれた男は、宇之吉をふり離そうとしたが、腕が万力にはさまれたように動かないのを感じると、青白い顔をみるみる赤くした。

「俺が若い時分は……」

宇之吉は、ぴったりと男に躰を寄せて行くと、低い声でゆっくり言った。

「堅気を傷めつけたりはしなかったものだ。まして女子《おなご》は大事にしたもんだ。お前さんのやり方は、気にいらねえ」

不意に起こった絶叫が、酒場から物音を消した。

後にいた男は、いつ逃げたのかもう姿がみえない。氷りついたような酒場の中の視線をかきわけて、腕を折られた男が、その腕を胸に抱えるようにして、よろめきながら外に出て行った。

五

水無神社の裏で、山博奕が開かれている。

焚火が火の粉を噴きあげ、その火風に、盆の上の裸蠟燭がゆらめいて、いまにも消えそうだった。畳二枚を鎹《かすがい》でつなぎ、それを三つ繫《つな》いだ三間盆を、五十人ほどの張子が囲み、そのまわりを勝負を見守る人垣が、さらに輪になって囲んでいる。張子の中には、商家の旦那風の男もいれば、一升徳利をひきつけて、上半身裸の男もいた。

中盆は、まだ若い男だった。殺気立った盆の中で、その男だけが冷静だった。賭け金を促し、鋭い視線を飛ばして丁方、半方の金嵩を計る手際が鮮やかだ。「勝負」の通し声が響き、壺が上るたびに盆がどよめく。渋い声で賽の目を読んでいる壺振りは、大きな躰をし、茫洋とした顔の男だったが、賽をさばく手つきは軽快だった。

(高麗屋も、捨てたもんじゃねえ)

肌ぬぎになった壺振りの背を、汗が滴《したた》り、火に光って筋をひくのをみながら、宇之吉は思った。仲がよかった佐一を思い出していた。もっとも佐一は細身で、立居がいなせで、眼の前の牛のような壺振りとは比ぶべくもない。不意に肩を叩かれた。同時にかけてきた声が、亡霊の手のように、過去から伸びて宇之吉の首筋を摑んだ。

「珍しいな、宇之じゃねえか」

ぎょっとして振り返った宇之吉の前に、しなびて酒焦《や》けした顔があった。見たこともない年寄りだった。男は前歯が欠けた口を開いて、嬉しそうに笑ってから言った。

「まさかと思ったが、宇之に違えねえ。忘れたかい、俺は佐一だ」

宇之吉は茫然と眼の前の年寄りを見つめた。

四半刻後、山を降りた二人は上の段の飲み屋で向い合っていた。酒を注ぐと、佐一は忽《たちま》ち相好《そうごう》を崩して「ゴチになるか」と言った。外は軒に下る祭提灯《ぢょうちん》の火影が明るく、ことに宿の方から水無神社の祭礼の名物みこしまくりのざわめきが、時折風に乗って近近と聞こえてきたが、亭主とその女房らしい女の二人しかいない店はひっそりして、ほかに客もいない。

「久しぶりだ」

漸く宇之吉は言った。皺に埋もれた酒焦けした顔の底に、姿がよく気っぷがよかった腕っこきの壺振り佐一の顔が、疲れたるんで沈んでいる。だが、その昔の面影は、たちまち幻のように消えて、眼の前には舌を鳴らして盃を啜《すす》っている、薄汚れた年寄りが坐っているのだった。鏡の中の自分をみる思いで、宇之吉は佐一を眺め、陰気な盃を口に運んだ。

「いま、何をしている？」

ぽつりと宇之吉が訊《き》いた。

「え？」

佐一は盃から慌てて口を離した。眼の縁がもう赤くなっている。

「日雇をしてるがな。喰うには困らねえ。嬶《かかあ》と二人きりで、子供がいねえからね」

「高麗屋では、面倒みてくれなかったのか」

「前の親分が死んじまってから、あそこも落目でな。年寄りの子分なんざおめえ、面倒みる力はありゃしねえ。おめえとよくなかったあの九蔵にすっかり齧《かじ》られちまった。野郎はいまじゃいっぱしの親分でよ……」

佐一はくっくっと笑った。

「九蔵といやあ、おめえとひでえ喧嘩をしたっけな。憶《おぼ》えてるぜ」

「俺も憶えてる。お前さんが立ち会いだった」

「昔のこった。お互《たげ》え若かったから無茶をしたもんさ。ところで……」

不意に佐一が言った。

「おくみには会ったかい」

「おくみと言うのは、この先の飲み屋にいる女か」

「飲み屋の女はねえだろう」

佐一は怪訝《けげん》な顔で言った。

「お秋の子だそうだな。本人に直接聞いた」

「お秋の子てえ言い方はねえぜ、宇之。あれはおめえの子だぜ」

宇之吉は盃を宙でとめて、佐一の垂れ下った赤い下唇を睨《にら》んだ。佐一の言っていることがピンと来なかった。ただ思いがけないことを聞いた衝撃が胸を叩いた。

「おや、知らなかったかい。もう知ってると思ったぜ」

佐一は歯が欠けた洞穴のような口を開き、嬉しそうに喉を鳴らして笑った。

「こいつは驚いた」

「………」

「知らぬは亭主ばかりなんて言うがな。それじゃ済まねえぜ。町の者はみんな知ってることだ。しかしおめえに憶えがねえなら、話は別だ」

「ちょっと黙ってくれ」

宇之吉は手を挙げて、佐一の饒舌《じょうぜつ》を封じようとした。重苦しいものが胸を塞《ふさ》ぎ、きりきりと胃が痛んだ。佐一は嘘をついたり、人をかついで喜ぶような男ではない。過ぎ去り、虚《うつ》ろなだけだとばかり思っていた過去が、生生しく眼の前に口を開いたのを、宇之吉はみた。あの垢抜《あかぬ》けした酌女の父親という実感は浮かんで来なかったが、避け難い義理にとらえられたのを感じた。

「お秋からは何も聞かなかった」

と宇之吉は呟《つぶや》いた。

「お秋はおめえの女だったし、おめえが江戸に行って半年ぐらいで父無《てて》し子を生んだことは間違いのねえこった。疑いの余地はあるめえ。それにしても、なんでこんなに長く江戸にいたもんかね」

佐一は憐《あわ》れむように言い、顎に垂れた酒を指で掬《すく》って嘗《な》めた。

「親分がおめえを江戸にやったわけは、俺も後で聞いた。だが三年もすりゃ帰ってくるって話だったぜ。むこうに、コレが出来たか」

佐一は小指を立てた。宇之吉は首を振った。

おくみの母親のお秋と結ばれたのは木曾踊の夜である。その夜踊に遅れて行った宇之吉は、八沢川の畔に縺《もつ》れあう人影をみて足を佇《と》めた。それが男たちが女を弄《もてあそ》びにかかっているのだと解ると宇之吉は駈けつけて、ためらいなく殴りかかった。宇之吉の方が喧嘩馴れしていた。他国者らしい男二人は、宇之吉に八沢川につき落とされると、しつこく抗《あらが》うことをしないで逃げて行った。

その女がお秋だったのである。

お秋は、宇之吉が甲州屋で職人だった頃、一日置きぐらいに甲州屋に木地を届けに来たが、粗末な着物を着て、貧血性のように顔色の青白いその小娘に、宇之吉は特別の感情を持ったことはない。ほかの職人たちが、お秋を一人前に扱ってからかったりしているのを不思議に眺めたぐらいである。まして忠兵衛の子分になってからは、宿内の身なりも気性も派手な女たちにもてたし、たまに町中でお秋を見かけることがあっても、言葉を交すこともなかったのである。

だがその夜、助けてくれた男が宇之吉だとわかると、お秋は夢中でしがみついてきたのだった。思いがけなく成熟した女の躰が手に余り、宇之吉をうろたえさせた。肩は円く肉づき、押しつけてくる乳房は豊かに熟れていた。そのうえお秋は、踊のために新調したらしく、新しい浴衣を着、ほのかに化粧の香を身にまとっていたのである。

宇之吉の手が胸の膨らみに伸びたとき、お秋は一度躰を引いて、薄闇の中に男の顔を見つめたが、不意に激しく抱きついてきた。

忍び会って、江戸に行くと告げた夜、お秋は宇之吉が茶屋の者の耳を気にしたほど、激しく泣いた。宇之吉はお秋をなだめるために、江戸から帰ったら堅気に戻り、夫婦になると約束しなければならなかった。お秋はそれを信じたようだった。泣きやんで宇之吉の胸に深く顔を埋めると、「早く帰ってきて」と囁いた。

その時のお秋の湿った声、泣いたのを羞《は》じて、まぶしげに宇之吉に笑いかけた顔を、宇之吉は長い間忘れなかった。

お秋を心底いとおしく思いはじめたのは、むしろ江戸に着いてからだった。堅気に戻るといったかりそめの約束を、お秋のために果たしてもいいと思ったのは三月ぐらいしてからである。清五郎に、読み書きを教えてくれと頼んだのは宇之吉の方からだった。

だが清五郎の女房おとしとの、ただ一度のあやまちが、宇之吉を狂わせた。おとしの躰は蠱惑《こわく》に満ちていて、その甘美な誘いに溺《おぼ》れ、宇之吉はしばしばお秋を忘れた。おとしは、密通が知れると、亭主を殺してくれ、と宇之吉に迫るような激しい気性の女だった。

お秋のことを、痛切な思いで振り返ったとき、宇之吉はすでに地獄にいた。木曾に続く道は、もはや辿りつくことが出来ないほど遠く、その涯《はて》に、ともしびのようにお秋の顔が明滅し、やがて消えた。

「どうしたい。元気がねえな」

顔を挙げると、年老いた猿のように、赤く皺だらけな佐一の顔があった。ま、一杯いけや、と突き出した徳利が、佐一の手の中で無残に顫えている。宿の方角から、「そうすけや、こうすけや」の掛声が、ほとんど殺気立って聞こえてくる。みこしまくりは、いま酣《たけなわ》のようだった。

「お秋は死んだそうだな」

宇之吉はぽつりと言った。

「ずいぶん昔の話だ。おくみを生んでから滅法色っぽくなって、言い寄る男もいたぜ」

佐一は鶏が啼《な》くような声で、喉を鳴らして笑った。

「九蔵もな、あの野郎もしつこかった。いっぱし親分面をしているが、もともとろくでなしだ。だがお秋が鼻もひっかけるもんかい。おめえが帰るのを、じっと待って死んじまった。そうだ、九蔵は近頃おくみに手をのばしているぜ。気をつけな」

佐一の、眼脂《めやに》が溜《たま》った眼尻に、不意に涙が溢《あふ》れた。

「哀れなもんじゃねえか、宇之。みんな死んじまったぜ。お秋も、俺の先《せん》の嬶も、親分もよ」

六

九蔵が気づいているかどうかは解らなかった。

九蔵の頬骨は、普通の人より高い位置にあって、梟《ふくろう》のように円い眼を押し上げている。昔はその下に肉が張り出して、大きな顔だったのが、いまは頬の肉が落ち、それだけ皺が多くなって顔が長くなっている。

梟のように大きく見張った眼で、九蔵は宇之吉を見つめ続けたが、表情は石のように動かなかった。漸く九蔵が言った。

「話てえのは、何ですかい」

「源太という男のことですが、わけがあって、ちっと知り合いでござんす」

「ほう、あれは悪い野郎だ。見つけしだい斬っちまえと、うちの者に言ってある」

「そうらしゅうござんすな。実は話というのは、源太の命を譲りうけてえので」

九蔵は口をすぼめるようにして、また宇之吉を見つめた。その円い眼は大きすぎて、何を映しているのか測り知れない。

「奇特な話だ」

　やがて九蔵が言った。

「で、なんぼで買うね」

「三十両ではいかがで」

「話は悪くねえが、あいつは一度俺を殺そうとした。それにしては少し安かねえか」

「持ち合せは三十両こっきりですがね」

「じゃ、お断わりだ。引きとってもらおう」

　九蔵はにべもなく言った。

「それではこうしましょう。親分も博奕打ち、あたしも博奕打ちだ。さしで勝負を願おうじゃありませんか。あたしが勝ったら、証文を一枚書いて頂く。源太の一件は水に流したという紙きれをもらうだけで結構だ」

「負けたらどうする。三十両じゃ不足だと言ったぜ」

「あたしの命を上積みするというのは、どうです？」

「面白え」

　九蔵がにやりと笑った。笑いながら、こいつは面白え趣向だ、ともう一度呟いた。だが、やがてその笑いを引込めると、大きな眼で探るように宇之吉の顔を撫でた。

「それにしても、お前さんどこの何者だ」

「さっき申しあげたとおりでね。酔狂な旅の者でさ」

九蔵は首を振った。それからそばにいた子分に「盆の支度をしろ」と言いつけた。

間もなく子分二人が、敷布団に白木綿を張った盆茣蓙《ぼんござ》を運び入れ、九蔵と宇之吉の間に敷いた。燭台《しょくだい》を引き寄せ、盆の上に賽子と壺を用意すると子分二人は、そのまま盆の端に坐った。

九蔵が壺を引き寄せようとした時、宇之吉はお待ちくだせえ、と言った。

「こちらに浅吉さんというお人がいらっしゃるんで」

「浅はうちの代貸しだが、どうかしたかい」

「いらっしゃるんなら、その人に立ち会って頂きたいんでね」

九蔵は、またまじまじと宇之吉を眺めたが、子分に「浅を呼んでこい」と言った。

浅吉はすぐに来た。部屋の入口で、振り返った宇之吉と眼が合うと、浅吉は一瞬驚いた顔になったが、肥った大柄な躰を窮屈そうに曲げて坐ると、

「何か始まるんですかい」

と言った。

宇之吉がすばやく口をはさんだ。

「来てもらったのはあたしでね。これから親分とさしで勝負を願うんだが、あたしが勝てば源太に今後お構いなし、負ければ、懐の、いま出しますがね、三十両とあたしの命をさし上げる。そういう勝負でさ。あとでいざこざのねえように、あんたに立ち会ってもらいてえのですよ」

浅吉は黙って宇之吉を見つめたが、やがて腕組みを解くと、

「わかりやした。存分にやりなせえ」

と言った。

「振ってくだせえ」

三十両の小判を盆の上に並べると、宇之吉が言った。声は静かだったが、宇之吉の表情は一変していた。これまでの穏やかな気配が拭ったように消え、顔は険しく青ざめた。細められた眼から、瞬きもしない視線が九蔵の手もとに射込まれている。

壺を鳴らして、案外器用に九蔵が賽を振った。

「さあ、どっちだ」

伏せた壺の上から、熊のように剛毛の生えた掌をかぶせて、九蔵は吼えるように言った。嘲《あざけ》るように白い歯をむき出したままだった。その顔を、宇之吉も顔を突き出し、刺すような眼で睨んでいる。二匹の老いた野獣が、盆の上に敵意をむき出しに顔を突き出しているようにみえた。

「さあ、どうする？」

氷ったような空気を裂いて、九蔵がまた吼えた。間をおかずに、宇之吉が腹にひびく声で応じた。

「よーし、半」

顎をひいて腕組みした宇之吉の顔を、九蔵は一瞬ひるんだ表情で見つめたが、やがて薄笑って壺を開けた。賽は四―三の半だった。

「い、い、しそうだ。見なすったね」

宇之吉が浅吉を睨むと、浅吉は頭を下げ、それから言った。

「確かに見た。客人の勝でさ。いい勝負を見せてもらいやした」

九蔵が舌打ちして、壺と賽子を手で払ったが、浅吉はそれには見向きもしないで座を立って行った。

「では、約束の証文を頂きやしょう」

懐に金をしまいながら、宇之吉は微笑して言った。

「よし解った。いい度胸だな爺さん。俺の家へ来て、してえことをしたのはお前さんぐれえのものだ。で、何と書きゃいい？」

「賽子で負けたから、今後源太に手出しはしねえと書いてもらいやしょう。断わっておくが、あたしは字が読める。ちゃんと書いてもらいますよ」

九蔵はまた舌打ちした。それから盆茣蓙を片付けている子分に、「帳場に行って、いまの文句を書いてもらって来い。それからお喜代に酒の支度をさせろ。面白くもねえ」と言った。

馬の匂いがしみついている九蔵の家を出ると、外は月夜だった。家家の灯もあらかた消え、通りは前後に人影もなかったが、暗い軒下で犬が二匹戯《じゃ》れ合っていて、宇之吉が近づくとあわてて離れ、吼えながら見送った。

地上に斜めに影を曳《ひ》いて、宇之吉は八沢へ道をいそいだ。今夜のうちに、懐にある九蔵の証文と三十両をおくみに届け、明日は朝早く木曾福島を発《た》つつもりだった。

おくみに父親だと名乗るつもりはなかった。いまさら名乗ってどうなるものでもないという気がした。おくみに向ってそう言える時期は、遠い昔に失われている。それでおくみが金を受取るものかどうかは解らない。だが証文は喜ぶ筈だと思った。それだけが、父親らしい、たったひとつしてやれることのように思われた。

数人の乱れた足音が、急に背後に迫ったのは、町を外れるまでつけてきたのだと、囲まれたときに気づいた。八沢の端のおくみの家が近い路の上だった。宇之吉も声を立てず、男たちも無言で、しばらく睨み合ったが、やがて男たちの中の一人が「やれ」と言った。男たちはてんでに棒を握っていて、それをふりかざして殴りかかってきた。

一人を躱《かわ》して、流れる棒を奪い取ると、宇之吉は、

「このことは浅吉さんも承知かい」

と言った。

男たちは答えずに、また無言で殴りかかってきた。正面から来た棒を弾ね返し、横手に擦り寄ってきた男の手から棒を叩き落とし、その男の足を払った。

男がのめるのをみながら、不意に宇之吉は自分の躰も前に傾くのを感じた。激痛が、胃から喉もとにかけて襲ってきたのは、そのすぐ後だった。手から力が抜け、棒を取り落としたとき、右腕と腰のあたりを手荒く殴られ、宇之吉は地面に転がると、夥しい血を吐いた。

「殺すなよ」

誰かが慌てて声をかけたのは、宇之吉を自分たちの手で倒したと思ったらしかった。芋虫のように地面に躰をまるめた宇之吉の懐から、ひとりの手が証文と金を探り、奪った。

「これで済んだ。殺すことはねえって親分が言ったぜ」

月を背にした男は、影が嘲るように言った。

「おめえがこの間、仙太郎の腕を折った爺さんだってな」

七

地面に横たわったまま、宇之吉は青白い月を見上げていた。吐血はどうやら一度でおさまったようだったが、右腕と腰がずきずきと傷んだ。胃にも大きく鼓動を打つような痛みがあり、躰中が痛む気がした。いつかこんな風に死ぬのだな、とふと思った。

左手だけを使い、呻《うめ》きながら漸く立ち上った。よろめく躰をたて直して、殴られた右腕を丁寧に探ってみたが、骨は折れていないようだった。右手をぶら下げ、宇之吉は不安定な躰で這うように進んだ。

暗い軒下に立って戸を叩いた。

忍びやかなその音に、意外にも素早い答が返ってきた。

「だれ？」

おくみの声だった。黙って、また戸を叩いた。この戸を、二十年前に叩くべきだったのだ、とふと思った。

「だれ、源さん？」

薄い板戸の向うで、押え切れなく弾む声でおくみが囁いている。囁き声は、遠い昔に聞いたお秋の声にひどく似ていた。思いがけない激しい感情が宇之吉をゆさぶった。

「わたしだ。宇之吉だ」

「……………」

「お前の、父親だ」

戸の向う側の空気が、不意に硬く凍りつき声の主も一片の氷片になった気配がした。その冷たさを、全身で受け止めながら、宇之吉はもう一度低く呼びかけた。

「開けてくれないか、おくみ」

「知りませんよ、そんな人は」

冷ややかな返事が返ってきた。

「怪我をしている。世話になるつもりはねえ。水を一杯もらうだけでいいのだ」

またしばらく沈黙が続いたが、やがて少しばかり戸が開いた。戸の隙間から、持っている蠟燭の灯を突きつけるようにして、おくみは宇之吉の顔をのぞいたが、眼が吊上ったような険しい顔が、僅かに表情を緩めた。

「この間の爺さんじゃないか」

ものの憂げに言って、おくみは戸を開け躰をよけたが、入ってきた宇之吉をみてひっと喉を詰めた。着物は埃だらけで、肩口から胸にかけて血を吐いたときの痕が滲《にじ》んで、凄惨な姿になっている。

「その血はどうしたのさ」

「いや、これは怪我の血じゃない。こわがることはねえ。あちこち殴られただけだ」

おくみはうなずいた。

「済まねえな」

宇之吉は土間に踏み込んだが、そこで立竦《たちすく》んだ。土間から、すぐに板敷の仕事場があり、板敷が黒光りしている。上り框《かまち》に大きな節穴があり、床まで抜けているのも昔のままだった。お秋の父親は無口な男で、仕事だけに打込んでいる轆轤師《ろくろし》だった。娘がやくざ者といい仲になったことを決して許そうとせず、宇之吉を蛇蝎《だかつ》のように嫌った。

父親が上松に出かける留守をねらって、宇之吉は何度かこの家に入り込んだことがある。その父親が、お秋を綱取りにして椀や盆を削った轆轤が、暗い仕事場の隅にひっそりと蹲っていた。

「台所はむこうだよ」

「わかっている」

宇之吉は着物の埃を払い、仕事場に上ると、ゆっくり茶の間を横切り台所に行った。その後姿を、おくみは硬い表情で見送った。

宇之吉が茶の間に戻ると、灯を入れた行燈のそばから、おくみが挑戦的な眼を挙げた。

「坐らせてもらっていいか」

「水を飲んだら帰っておくれ」

取りつくしまのない表情で、おくみは言った。宇之吉は構わずに坐った。殴られたあとの痛みよりも、全身に脱力感があり、立っていられなかったのである。一番惨めな形で父親だと言ってしまった気落ちが、宇之吉を強く打ちのめしていた。

「あたしはね。言っとくけど、この間あたしを庇《かば》ってくれた爺さんに水を飲ましたんだ。父親なんてものはきび悪いだけさ」

「お前がいうとおりだ」

宇之吉は穏やかに言った。おくみが自分を警戒しているのがよく解った。父親と言っても、見たこともなければ馬の骨同然なのである。まして尾羽打ち枯らしたやくざ者だった。おくみには嫌悪感しかないだろう。宇之吉は心の中で、躰の調子と高麗屋までの距離を測った。

「お前なんて言われたくないね」

おくみは不意に猛《たけ》りたった。

「あんたが父親かどうか知らないけどね。仮りに父親だとしても、いまごろひょっこり帰って来て親父面《づら》しようというのは、虫がよすぎやしないかね。あたしはあんたを憎んで来たんだ。子供の時分からずーっとさ」

「………」

「そういうつもりだったら、とんだ見当違いだ。お解りかい」

「解った。お前に言われるまでもねえ。そんなこたあ、とっくに解ってる。今夜来たのも、よんどころなく寄せてもらっただけだ。それはそれとしておくみ。お秋なら同じ剣突《けんつく》を喰わすんでも、お前のようにあばずれた口はきかなかっただろうぜ」

「おっかさんの名前なんか、言わないでおくれ」

おくみは叫んだ。見つめる眼に憎悪が燃えているのを、宇之吉は憂鬱《ゆううつ》な気分で眺めた。

「おっかさんの名前なんか、二度と口に出したら承知しないから。さんざ悲しませて、死なせたくせに、なにさ気安くお秋だなんて。おっかさんが剣突を喰わすもんか。待って待って死んじゃったんだよ。だから、そんな言い方は許せないのさ」

「………」

「あばずれだって？　へん、よけいなお世話さ。あんたに言われる筋合いはないよ」

「もっともだ」

宇之吉は、不意に自分にとも、おくみにとも分明でない怒りが、心の底に強く動いたのを押さえて立ち上った。

「今夜は別の話もあったのだが、ま、いいだろ。もう二度と来ねえ。安心しな」

その背に、おくみの冷たい声が飛んだ。

「あたしは誰の世話にもならないで生きてきたのが自慢さ。いまごろ父親でございなんて、笑わせるよ」

宇之吉の足がとまった。上り框から引返し、おくみのそばに戻ると、見おろした位置から、無表情におくみの頰を殴りつけた。

一瞬信じられないような眼で、おくみは宇之吉を見上げたが、立ち上ると気丈にむしゃぶりついてきた。

「何すんのさ。このくそ爺い」

その手を無造作に払いのけて、宇之吉はもう一度力をこめて殴った。

おくみの躰が横ざまに倒れ、割れた裾から白い膝頭がむき出しになった。その膝を隠そうともしないで、おくみは一瞬無防備な稚《おさな》げな表情で宇之吉をみた。不意におくみは激しく泣き出していた。身も世もないように、身をよじって泣き続けた。

壁ぎわに腰をおろして、泣いているおくみを眺めながら、宇之吉は潮が退くように怒りが凋《しぼ》み、かわりにゆっくり心が湿ってくるのを感じていた。おくみの泣き声の中に、心の底でこっそりと歔欷《きょき》する自分の声を聞いた気がした。泣き狂っているおくみがひどく稚く見える。それは紛れもなく自分の娘だった。

長い間泣いたあとで、おくみは立ち上り、髪ふり乱したまま、寝部屋から布団を持出し、茶の間に敷いた。宇之吉の顔は見なかった。

布団に横になると躰が痛んだ。時おり身を揉《も》まれるような胃の痛みも続いている。宇之吉が溜息《ためいき》をついて眼をつむったとき、戸を叩く音がして、台所にいたおくみが外に出て行く気配がした。

おくみが謝っているようだった。隣の女房でもあるらしい、がらがらした女の声が答えた。

「泣き声がしたからさ。どうかしたかと思ってね」

「おとっつぁんと喧嘩したんですよ。ええ、帰って来たんですよ。何十年音沙汰《おとさた》無しでいて、いまごろ父親でございだって」

「男ってものは勝手だからね」

それに答えるおくみの声は低くて聞きとれなかったが、やがて女たちが忍び笑いする声がそれに続いた。話は長くなりそうだった。

宇之吉は溜息をつき、もう一度眼をつぶった。

八

おくみが煎《せん》じ薬を持ってきた。

「済まねえな」

「いいのよ。いちいち礼を言わなくたって。看病は馴れてんだから。おっかさんも、お爺ちゃんもこの手で看病した。まさかおとっつぁんの面倒みるとは思わなかったけどね」

「……………」

「ぐあいはどう？　この薬きくのかしらね」

薬はおくみが高麗屋から引き取ってきて荷物の中に入れて置いたものだ。上州の村医者が呉《く》れたのである。木曾福島までの道中の間、宇之吉はその薬を飲みながら来たのだった。

「だいぶいい。明日は起きられるだろう」

「背中をさすってやろうか」

「まあ、そう気を遣わなくともいいよ」

「だいぶひどいことを言ったからねえ。あばずれでも娘は娘だってとこを見せなきや」

おくみは殴られた夜のことに、まだこだわっているようだった。腹這って背筋を撫でてもらいながら、宇之吉は日増しに寄りそってくるようなおくみが気重かった。当然ながらおくみは宇之吉がこのままずーっと、この家にいるものと思っているようだった。

「おとっつぁんが家の中にいるっていうのは、妙な気のもんだねえ」

「……………」

「長い間、おっかさんの敵《かたき》だと思い込んできた。だけど一緒に住んでみると、そうでもないものね」

おくみは、また嘆息するように言った。

「源太からは、まだ便りがないか」

「なんにも」

「遠くに行ったはずはねえが、度胸のねえ男だ」

「もう、諦めてるよ」

おくみは、背中をさすっていた掌を、ふと放心したようにとめて呟いた。

その夜、宇之吉は音もなくおくみの家を抜け出した。旅支度をしていた。時刻は四ツ（午後十時）になろうとしている。遅い月が真上にあった。道にも、家家の軒下にも、昼の間の暑熱が微かに漂っている。人影はなく、両側に軒を並べる家は、黒黒と眠りを貪《むさぼ》っていた。その間を早足に進む宇之吉の姿は、道に横たわる家の陰に隠れたり、その陰を出て、長く自分の陰を曳《ひ》いたりした。

八沢橋を渡ったあと、宇之吉の足は急に忍ぶように緩慢になった。上の段に入ると、軒下の陰をひろって歩いた。

線香商いの吉屋と九蔵の家の間を入り、馬繋《つな》ぎ場に廻ると、馬体の匂いが躰を包んだ。厩《うまや》の中の闇には、まだ眠れない馬が、敷藁《しきわら》を蹴《け》る音がしている。足音を忍ばせて、宇之吉は裏口に近づいたが、不意に弾かれたようにその躰は後に飛んだ。そこに男がひとり蹲っていたからである。

男の方も驚いたようだった。いきなり刀を抜いて馬繋ぎ場に飛出してきた。

「まて、味方だ」

宇之吉は囁いた。頰かぶりの下に、月に照らされた精悍《せいかん》な源太の顔をみたからである。

「刀をひけ。俺の言うことを聞け、若えの」

源太は脇差《わきざし》を構えてしばらく宇之吉を睨んだが、宇之吉に敵意がないのをみたらしく、脇差を鞘に戻した。

手招きして、宇之吉は厩の軒下の闇に、源太を呼びこんだ。

「おめえが源太だな。おっちょこちょいにもほどがあるぜ」

「お前さん誰でい。どうして俺のことを知ってる」

「俺が誰だと？　知らねえ筈はねえ。ひと月ほど前、宿に近い街道で俺をみた筈だ」

「お、あの時の爺さんかい。何でこんなところにいる。野馬屋の客人か」

「違うな。ま、そんなこたあいい。大事な話だ、よく聞け。すぐに八沢のおくみの家にいけ。そこでじっとして俺が行くのを待ってろ」

「そういうわけにいかねえ。俺はこれから仕事がある」

「野郎！　俺の言うことを聞け。お前の考えている仕事を、俺がやりに来たぐれえ解らねえか。邪魔するんじゃねえ」

「しかし、何でお前さんが……」

「わけはおくみに聞くんだ。さ、行け。音を立てるんじゃねえぜ」

源太が路地に消えるのを見送ると、宇之吉は額の汗を拭《ふ》いた。

目指した奥の部屋に、九蔵は女と寝ていた。戸が開け放してあって、そこから川音が流れ込み、微かな月明りが射し込んでいる。暗くなっても暑かったためだろう、二人とも眼を背《そむ》けたくなるような寝姿をしていた。

宇之吉は内側から障子を閉め、燧《ひうち》を使って行燈に灯を入れた。激しい川音が、小さなその音を消している。部屋が明るくなったとき、九蔵が呻いて寝返りをうっただけだった。胸の膨らみがむき出しの女の方は、ぴくりとも動かない。女はまだ二十ぐらいだろう。

宇之吉は若い女の胸前を合わせてやり、頰をつついた。それでも眼覚めないので、宇之吉はかまわず手拭いで猿轡《さるぐつわ》を嚙ませた。それで眼が覚めた女が勢いよく暴れ出したが、宇之吉は用意してきた細引で手早く手足を縛り、壁際まで転がした。

「おとなしくしてろ」

宇之吉は囁いて、九蔵のそばに戻った。むき出した手足にも、胸にも、獣のように黒い毛が密生していたが、九蔵は胸の肉が落ち、眼窩は深く凹んで、醜悪な寝相だった。

宇之吉が躰をゆすると、九蔵は漸く眼を開いたが、跳ね起きようとして、胸もとに突きつけられた脇差の切先をみると、顔を歪《ゆが》めた。

「この間のじじいだな。俺をどうする積りだ」

「大きな声を出すなよ。大きな声を出したら、それまでだぜ」

「しゃらくせえ真似をしやがる」

九蔵は唸《うな》った。

「この間の仕返しか。おめえを、ちっと甘く見たようだ」

「そのとおりだ。まず預けた金をもらおうか。金はどこにある？」

九蔵は眼を閉じた。

「金はどこだ」

宇之吉は、脇差の腹で、九蔵の頸をぴたぴたと叩いた。諦めたように九蔵が言った。

「そこの押入れに金箱がある。きっちり三十両だけ取りな。それ以上持って行ったら、野郎ただじゃ済まねえ」

宇之吉は鼻先で笑った。

「大した鼻息だ。俺は物盗《と》りじゃねえ。もちろん三十両しかとらねえが、それで済むと思ったら、おめえ間違ってるぜ、九蔵」

「なんだと」

九蔵が顔色を動かした。

「てめえ、俺を殺《や》るつもりかい」

「声が高えぜ、九蔵」

宇之吉の囁きに凄味が加わった。眼は刺すように九蔵を睨んでいる。

「親分面が笑わせるぜ。おめえ一体俺を誰だと思って、さっきから大口叩いていやがる」

「てめえ、何者だ」

「思い出せねえか。おめえの眼玉あ、大きいばかりで節穴同然だ」

「……………」

「どうした？　顔色が悪いな。思い出せねえなら言ってやろうか。佐一はすぐに思い出したぜ」

「おう、わかったぜ」

九蔵の眼が、不意に大きく見開かれた。やがてみるみる顔色が蒼《あお》ざめた。

「てめえは宇之吉、生きていやがったかい」

「死んだと思っておくみをいたぶったか。勿論《もちろん》俺の子だと承知の上だろうな。いい年をして小汚え野郎だ。この間せっかく穏やかに話をつけたのに、てめえの方からぶち毀《こわ》しやがった。てめえのような悪党は、死んでもらうしかねえな」

「宇之、待て。話を聞いてくれ」

「がたがた顫えるんじゃねえ。みっともねえ野郎だ。ここでぶっすりやろうてんじゃねえ。外へ出ろ。もう一度勝負してやら。脇差はどこだい。俺が預かる。おっとその前に金を数えな」

外に出ると、月の光がまぶしかった。九蔵を先に歩かせて、八沢橋まで来ると、宇之吉は「ここでいいだろう」と言った。

脇差を投げてやると、九蔵はいきなり橋の中ほどまで走り、脇差を抜いて振り返った。意外にすばやい身ごなしだった。

「宇之！」

九蔵の胴間声が、川音の中に響いた。

「いい月夜だ。昔を思い出すぜ」

宇之吉は無言でゆっくり前に進んだ。

「野郎、どっからでもかかって来い」

疾風のように駈け寄った宇之吉の打ち込みを、真正面からはね返して九蔵が吼えた。

「さあ、どうした」

刀身が絡み合って火華《ひばな》を散らし、二人が擦れ違うたびに、橋板が鳴った。九蔵が力まかせに振る脇差には凄味があったが、やがて刀捌《さば》きに差が出てきた。宇之吉は袖を切られただけだったが、九蔵は額を割られ、右の拳からも血が滴った。

「さあ、どうした」

息を切らして九蔵が吼えた。

その時、「親分」という声がして、九蔵の背後に駈け寄る男たちの姿が見えた。四、五人はいる、と宇之吉はみた。

「ようし間に合った。やれ」

九蔵が退《の》き足になって、一瞬大きく構えを崩したのを宇之吉は見遁さなかった。流れるように躰を擦り寄せると、腰を沈めて存分に胴を払った。「わッ」と叫んで、同時に九蔵も宇之吉の頭上から刀を打ちおろしたが、刀身はざくりと欄干を斬り割っただけだった。

九蔵の大きな躰が、折ったように前に曲り、脇差から手が離れると躰はずるずると橋の上に崩れ落ちた。

「やりやがったな」

「この間のじじいだぜ、やっちまえ」

駈けつけた男たちが、一斉に脇差を抜いて宇之吉を取囲んだ。だがすぐには斬りかかって来なかった。九蔵を斬った鮮やかな手並みを眼の前でみたためだろう。宇之吉の立姿も無気味だった。刀身が月明りに光るだけで、黒っぽい姿は小ゆるぎもせず、無言だった。それでいて強烈な殺気がその躰からほとばしり出て、男たちを動けなくしている。

「宇之吉さん、加勢するぜ」

八沢の側の橋際で、不意に源太の声がし、駈けよる足音がした。「おとっつぁん」というおくみの声もした。

「てめえら、手を出すんじゃねえ」

宇之吉は叫ぶと、すばやく動いて、声がした方を背にした。その動きに釣られたように、喚き声を挙げて一人が斬り込んできたが、宇之吉の脇差が月の光にきらめいた方が早かった。男は肩口を斬り下げられ、宇之吉の前で踊るように手をさしあげてよろめくと刀を落とし、欄干にぶつかって倒れた。

上の段の方角から、また足音がした。真黒な一団で、今度は十四、五人はいる、と宇之吉は数えた。宇之吉の躰がすばやく動き、また二人が倒れた。それをみて残った一人が、刀を退いて加勢の方に逃げるのを見送ると、宇之吉は初めて後を振り向いた。

「来るんじゃねえぜ。そこで待ってろ」

橋際に、源太とおくみが抱き合うようにして立っているのが見えた。暗い眼で宇之吉は二人を見つめたが、やがて手に唾《つば》を吐きかけ、脇差を握りしめて橋の中央に立った。

橋を埋めて、新しい敵が近づいて来ていた。抜きつれた刀身が、無数の白い牙に見える。

「やっぱりあんたか」

先頭に立った大柄な男が、不意に声をかけて脇差をだらりと下げた。浅吉という代貸しだった。

「どうするね」

宇之吉も脇差を右手に移して下げると、無表情に聞いた。

「親分は？」

「斬った。勝負の決着を反故《ほご》にしたろくでなしだ」

「なるほど」

浅吉は考え込むように俯《うつむ》いたが、やがて顔を挙げるときっぱり言った。

「解りやした。親分の仇と言いたいが、あの勝負はあっしが立ち会った。汚ねえ真似をしたということは後で聞いたが、汗かきやしたぜ。今夜の勝負もこちらの負けらしゅうござんすな。お引取り下さい」

「源太はどうなるね、浅吉さん」

「勿論手を出す理由なんぞありやしません」

「あんたを信用しよう。実はあの証文は……」

宇之吉は、珍しく殺し文句を使った。

「お前さんに預けるつもりだった」

「安心しなせえ。おう、刀を引くんだ」

浅吉は言ったが、ふと気になるというふうに訊いた。

「それにしても、何でこんなに深入りしなさった」

「あっしは昔、高麗屋の身内で宇之吉というものですよ。あそこにいるおくみの父親でさ」

宇之吉はくるりと背を向けた。

橋際までくると、源太とおくみが駈け寄った。

「おとっつぁん、無鉄砲なことをして」

おくみが非難するように言った。

「九蔵は斬った。浅吉という人が貸元になるだろうが、源太にはもう手を出さねえそうだ。安心しな」

宇之吉は懐から金を取出して、おくみに渡した。

「源太が堅気に戻ろうとどうしようと勝手だが、仲よくしな」

「どういうことさ。おとっつぁんはどうするつもり？」

おくみが眼を瞠《みは》って、不安そうに訊いたが、宇之吉はもう振り向かなかった。橋下に降りて、さっき隠して置いた合羽と振分荷を持って道に戻った。

「達者でな」

「また旅に出るつもり？　え？」

眼を吊りあげておくみがまつわりついたが、宇之吉はもう足を早めていた。その背に、不意におくみが叫ぶ声がした。
「行っちまえ、行ってどっかで死んじまえ」
宇之吉は振り向いて微笑した。いまほど、おくみがぴったり寄りそってきている
ことを感じたことはなかった。途方に暮れたように、おくみを抱きとめている源太
にうなずくと、宇之吉はまた背を向けた。また罵《のの》り声が聞こえた。
「行っちまえ、バカ親父！」
胸を抉るようなおくみの泣き声が、そのあとに続いた。
どこに行くというあてはなかった。ただこの土地に、おくみの父親で腰を据える
ことは出来ない、ということははっきりしていた。宇之吉の内部に、また地獄の記
憶が甦る。
暗くまたたく行燈の灯。「死んでおくれ」とおとしが叫んでいる。這い寄ってく
る顔は鬼女のようだった。一たん宇之吉の頸を刺した簪《かんざし》は血に塗れている。おとし
は異常な力をふり絞って、宇之吉を一緒に地獄に連れて行こうとしていた。男の手
がゆっくり簪をもぎ放し、その手が女の首を絞める。骨を嚙むようなおとしへの哀
惜が、宇之吉を襲ったのはその後である。宇之吉の人生は、そこで終わっていた。
微かなおくみの呼び声が聞こえた気がした。もと木曾福島の漆塗り職人宇之吉は、
初めて足を佇《と》めて振り返った。細長い谷間だけが見え、もう屋並みは視界から失わ

れていた。西側の傾斜を月の光に晒《さら》し、東側の山を闇に隠して、谷間の底の宿場は静かに眠っているようだった。

二度と帰ることのない夜の故郷をしばらく眺めた後、宇之吉は今度はゆっくり歩きはじめた。道は上松宿に向っていたが、それは地獄に向っているようでもあった。

賽子無宿《さいころむしゅく》

一

——こいつはいけねえや。

喜之助は、立ち止ると心の中で舌打ちした。千住大橋の上だった。

踏み出した足もとが急に沈んで、橋向うの仄暗《ほのぐら》い町の風景が、ぐらりと傾いた気がしたのである。眩暈《めまい》だった。躰《からだ》の中は火を抱いているように熱いのに、皮膚を絶え間なく悪寒《おかん》が走りぬける。ひっぱりこまれるような足を、やっと取戻すと、喜之助は欄干を摑《つか》み、用心深く躰を寄せて眩暈が遠ざかるのを待った。風邪がひどくなったようだった。風邪をひきこんだのに気付いたのは昨日だったが、高をくくって歩き続けた。一晩余分に泊ることは考えなかった。持っている金が心細かったし、江戸に帰ると決めた時から、気持が急《せ》いてもいた。ところが今日の昼過ぎ、草加宿をはずれた人気ない往還で、急にやってきた驟《とお》り雨をやり過した後で、凍るような寒気に襲われたのである。その寒気が合図だったように、喜之助の手足は気怠《けだる》く、重くなり、それまで底に潜んでいた熱っぽい感じが、急速に躰の隅隅まで拡がるのを感じたのだった。

橋の向うに、二年ぶりにみる江戸の町があった。町は黝《くろ》ずんだまま暮れようとしている雲の下で、寒寒と軒を聚《あつ》めている。二年ぶりに眺める町だが、喜之助の眼に、それを懐しむゆとりはない。欄干に寄りかかりながら、足は萎《な》えたように力がなく、こみ上げようとする吐気が、喉《のど》もとに溜《たま》っている。

喜之助は、右掌を挙げて額に噴き出した冷たい汗を拭《ぬぐ》った。その右掌は、薬指の先がない。二年前、この男を江戸の町から逐《お》った者が、喜之助に江戸に帰る気を起こさせないために、この烙印《らくいん》を捺《お》したのである。

欄干にもたれて動かない喜之助のそばを、幾人か人が通りすぎた。急ぎ足に駆けおりてくる夜が、橋を包みはじめている。その中で何人かは喜之助の躰にぶつかりそうになり、慌てて避けると、無気味なものをみるように、喜之助の黒い旅姿を眺め、足早に立ち去るのだった。

躰をひき剝《は》がすように、喜之助が欄干を離れたのは、橋向うの町が軒行燈《のきあんどん》に灯を入れ、生き生きとひとつの表情を取戻した頃である。橋を渡り切ると、喧騒《けんそう》が躰を包んだ。

千住宿――。奥州街道、日光街道の出入口になるこの町は、千住大橋で、上宿、下宿の二つに分れる。大千住の通称がある上宿の方が、屋数も旅籠屋《はたごや》も多いが、下宿と呼ばれる小塚原町、中村町も、屋数五百軒のうち、七、八十軒もの旅籠が町筋に軒をならべ、飯盛女が客を呼び込む。

「ちょいと、その旦那。髭の立派な旦那。あらま、睨《にら》むことはないでしょ」

「さあ泊っていらっしゃいよ。あったかい飯があるよ、あったかーい女もいるよ」

「なにさ、下宿一番の冷え性のくせして」

「茶茶入れるんじゃないよ、商売の邪魔しないどくれ。ちょいと、姿のいいお兄さん」

「さあさ、そのお二人さん。江戸の女の抱き納めだ。ここで泊らないテはないよ」

「ほんと、江戸女はここでおしまい。橋の向うは、ありゃ女じゃないんだから」

女たちは勝手なことを言い、自分が投げた言葉に刺激されて、けたたましい笑い声を立てた。

灯明りと、女たちの嬌声《きようせい》の中を、喜之助はゆっくり歩いた。探るような病人の足どりになっている。その足どりを泊りとふんだらしく、「おにいさんの帰りを、ずいぶん待ったよ」と言って擦り寄ってきた女が、不意に口を噤《つぐ》んだ。喜之助は顔を挙げた。年増《としま》のように嗄《しわが》れた喉をひびかせたその女は、まだ十七、八の娘だった。

娘の顔に凍りついた怯《おび》えをほぐそうと、喜之助は笑いをつくろうとしたが止めた。歯が鳴り出すような悪寒がこみ上げてきて、表情をつくろうゆとりを奪っている。逃げるような背をみせて、女が離れるのを見送りながら、喜之助は歩けるところまで歩くしかないと思った。

ここで泊れば、そのまま寝こんでしまうだろう。そんな金はなかった。文無しに近い。それにひと目で病人とわかる男を、旅籠屋が泊めるかどうかも疑わしいのだ。やはり目指すところまで行くしかなかった。浅草・材木町に、表は人入れ稼業《かぎょう》で、夜は繁昌する賭場《とば》を抱え、大川端の親分と呼ばれる加賀屋藤吉がいる。江戸を離れる前、喜之助はその賭場で壺振りだった。

しかし、藤吉が、喜之助が戻ったのをみて喜ぶとは限らない。数年前藤吉は胃血を吐いて倒れ、うまく持ち直したものの、どことなく病人くさい感じが残った。深川木場、久永町に賭場を持つ鶴屋惣兵衛が、藤吉の賭場にちょっかいを出し始めたのはその頃からである。集まる客がほとんど素人《しろうと》で、いわばたちのいい藤吉の賭場に、鶴惣一家が顔を出し、時には賭場荒しのような真似《まね》をした。

二年前の秋の夜、喜之助の壺を咎《とが》め、指を詰め、江戸から逐ったのは、鶴惣の代貸常五郎という男だった。その時藤吉は、常五郎に全く手出し出来なかったのである。気力の衰えは明らかだった。藤吉におこうという娘がいる。藤吉は喜之助をおこうの婿《むこ》にしたがっていたのだ。それなのに、「下手にこの男を庇《かば》うと、この賭場は潰《つぶ》れますぜ」という常五郎の恫《おど》しに、藤吉は眼を伏せてしまったのだった。

いま喜之助が顔を出せば、あるいは藤吉は迷惑がるかも知れない。それでもよかった。帰ってきたのは、藤吉の賭場に戻るためではない。賭場が続いているかどうか、それを確かめたかったからである。ひと月ほど前、その疑問を持ったとき、喜之助の胸は異様に騒いだ。喜之助がいなくなっても、兄貴分の新吉がいて、参次がいる。しかし喜之助を江戸から逐った鶴惣のやり方は強引なものだった。新吉と参次が無傷でいるとは限らないのだ。そして、もし賭場が潰れていたら、喜之助が旅を続けることは全く無意味だったのだ。

喜之助は立ち上ると、熱い息を吐いた。歩けるところまで歩くしかないと思っていたが、浅草に辿《たど》りつくためには小原塚を横切らねばならない。この町が終わったところから拡がっている、その膨大な闇《やみ》が、突然喜之助を恐怖に誘い、その足をひきとめたのである。しばらく立ち止ったあと、喜之助は蹲《うずくま》り、背を曲げて胃液を吐いてから、またゆっくり歩き出した。

眼に沁《し》みるような、赤い提灯《ちょうちん》がみえた。屋台の灯だった。誓願寺の門前を過ぎて、左側に山王社に曲る道のある角まで来た時である。屋台は通りから僅《わず》かに引込んだ道端にあった。

——とにかく腹をあったためよう。

ぼんやりした頭で、そう思った。近づくと、屋台から強く煮物の香が匂った。

「いらっしゃい」

首を突込むと同時に、思いがけなく若い女の声がそう言った。腰をおろしてから、喜之助は思い出したように、訝《いぶか》しむ眼を挙げた。煮物の湯気がゆらめく向うに、二十ぐらいにみえる女がいた。女も怪しむように喜之助をみつめている。

「一本つけてくれ」

と喜之助は言った。そういう間にも、下腹から喉もとまで、蛇行するような悪寒がこみあげて、喜之助は腕組みした躰を固く縮めて辛うじて耐えた。

「あんた、具合悪いのかい」

女が声をかけた。きれいな声が、嫌悪ではなく、労《いたわ》りをこめて響いたのを、喜之助はぼんやりした耳で聴きわけた。

「風邪ひいちまったらしい。寒くってしようがねえ」

「いけないねえ。家が近かったら、帰って寝るのがいちばんだけどね。様子じゃあんた旅の人かい」

「旅から帰ってきたところだが、家なんてものはありゃしない。それはとも角、姐《ねえ》さん一本つけてくれ」

惨《みじ》めに歯を鳴らして、喜之助は言った。

「あいよ。お燗《かん》はついてるけど、でも大丈夫かねえ」

女は気遣わしげに言い、喜之助の前に、手早く盃《さかずき》と湯気の立つ銚子を並べた。

液体の熱い塊りが、喉を灼《や》いて滑り落ちるたびに、悪寒が小刻みにおさまって行くのが解った。そのかわりに、躰は前よりも一層熱くなって、喜之助は火の中に坐っている気がした。

「助かったぜ、姐さん。見ねえ、汗が出てきた」

喜之助は、右手で額を拭った。だが、その時躰全体がぐいぐい後に傾斜する感覚が喜之助を襲い、倒れようとする躰を支え切れなくなったとき、眼の前が暗くなった。

眼が暗黒をみる一瞬前に、女の高い叫び声と、首筋のあたりに、柔かい手の感触を感じた。

二

声高な罵《のの》り声《し》がしているのを、夢うつつに聞き、やがて喜之助は眼が覚めた。全身が汗に濡《ぬ》れている。だが熱は退《ひ》いたらしく、意識はさっぱりしていた。

古びた夜具だが、掻巻《かいまき》が二枚もかかっていて、力の弱まった四肢に重いほどだった。ここはどこだろう、と思ったとき、襖《ふすま》の向うに女のきれいな声を聞いた。

「だから、いずれ親分さんとはっきり相談すると言ってるでしょ。ごらんなさいな。この病人をどうするんですか。あたしがここを出たら、どなたか病人を養ってくれますか」

「冗談じゃねえや。こんなうす汚れた爺いなんぞ、適当にくたばっちまやいいのさ。おう、お勢さんよ。親分がよ、これまでならねえ勘弁をしてだ、辛抱を続けて来なすったのは、お前さんに惚れてたからだ。惚れた弱味というやつよ。おめえ、妾《めかけ》だ、手かけだと嫌うけどな、親分の連れ合いというのが、もう姐さんとも呼びにくい梅干しだァな。長えことはねえんだ。つまり本妻同然、その上一度はこの小ぎたねえヨイヨイまで、引きとってもいいとまで言いなすった。有難え話じゃねえか。涙がこぼれるような話だァな。それをお前さん、ぽーんと蹴《け》っちまった」

「妾なんて、性に合いませんよ」

「それだ。その調子だから、親分も近頃頭にきていなさる。え、そういう立派なことをぬかすなら、四十両ふんだくって来い。どうせ金がある筈《はず》がねえから、女衒《ぜげん》を引っ張って行って一ぺん値踏みさせろ、とこうだ。ここまで来てんだ、話は。のんびり、屋台でおでんを売ってる場合じゃねえや」

よく口の廻る男だった。ひとしきり悪態をついたり、悧したりして男が帰ると、隣の部屋はひっそりした。

喜之助は半身を起こした。六畳ほどの、貧し気な部屋だった。枕にしていた側に、格子《こうし》の嵌《はま》った窓があり、煤《すす》けた障子に、赭茶《あかちゃ》けた秋の日があたっている。窓の下に古びた鏡台があり、色の剝《は》げた壁には、女ものの着物が下っている。隅に古びた簞《たん》笥《す》が一棹《さお》、その脇の柱に、袋に入った三味線――。それだけの部屋の中を、薄明りがぼんやり照らしている。

ここが、あの屋台の女の家であることは、さっきの声で解っている。

まずいことになった、と喜之助は思った。人の情が苦手だった。人嫌いではない。だが、男とも女とも浅くつき合ってきた。深い情を拒むかわりに、人に情もかけない。そういう生き方をしてきた。それがいま、大きく借りてしまった気がした。

襖の向うで深い溜息《ためいき》が聞こえた。暫《しばら》くして気を取りなおしたように、「そちらの風邪っぴきの方はどうかしら」という声がして、襖が開いた。

「あら、起きられたの」

「おかげさんで」

喜之助は布団の上に膝《ひざ》を揃えた。

「とんだご厄介《やっかい》をかけたようだ。おかげで、命ひとつ助かりやした」

「大袈裟《おおげさ》に言わないで。まさかあそこに捨ててくるわけにもいかないでしょ？」

女は笑った。思いがけなくにぎやかな笑顔だった。細面《ほそおもて》に黒眸《くろめ》がやや勝気に光り、唇は小さく、少し受け口なのが、繊細な花弁を思わせる。

「運ばれたの知らないでしょう？　あの後顔馴染《なじみ》が二、三人来たから、躰のいいのに背負わせて担ぎ込んでもらったの。それから眠り続けて、そろそろ丸一日だわ。一所懸命冷やしたんだけど、一時はどうなるかと思ったぐらい」

「大の男がいいざまでさ。面目ござんせん」

「さっきみたとき熱は退いたようだったから、もう大丈夫だわ。おなかが空いたでしょうに。粥《かゆ》でも煮ましょうね」

「いえ、もう構わないでおくんなさい。これ以上面倒かけちゃ、気の毒でまた熱が出まさあ」

「あら、気が小さいこと」

「それは冗談ですが、もう十分お世話になりやした。お暇《いとま》します」

「まだ無理だわ。歩けやしないでしょうに」

「なに、熱さえなければ何とかなりまさ」

「こわくなったのね」

女は喜之助を見つめ、小さく笑った。

「何のことでござんす？」

「さっき変な男がきて、大そう喚《わめ》いて行ったから。訳ありの家に飛び込んだ。巻き込まれたらえらいことになる。そうなのね？」

今度は喜之助が微笑した。喜之助の顔は、みる人に暗い印象を与える。細く鋭い眼は、一度相手を見つめるとほとんど瞬くことをしない。薄くひき結んだ唇には、烈《はげ》しい気性と酷薄な感じが重なってみえる。頬《ほお》は旅と風邪のために憔《やつ》れて、表情をさらに暗くしていた。だが、この男の微笑は意外に人なつっこいのだった。

「それでは、なにか頂かしておくんなさい。あり合わせのもので、結構でさ」

その夜、喜之助は女の身の上話を聞いた。女はその話を聞かせたいために、喜之助を引きとめたかのように、熱心な話しぶりだった。

女はお勢という名前だった。家は上野の池之端仲町で三代続いた小料理屋だったが、四年前に潰れた。二度目の中風の発作のあと、いま隣の部屋に寝たっきりの父親の徳蔵が、博奕《ばくち》に凝った末に家屋敷まで人手に渡したのである。母親はもともと病身だったが、牛頭《ごず》天王社裏のこの長屋に越して来て間もなく、あっけなく死んだ。清三郎という兄がいたが、これは一家が店を逐われたときに姿を隠したまま、行方は知れない。お勢自身は、池之端から遠くない車坂町の槌屋という小間物屋に嫁入りする筈だったが、店が潰れる寸前に破談になった。店が傾いた噂《うわさ》が伝わるのは早かったのである。

もちろん使用人は四散したが、そのうち、二、三人はいまも長屋を訪れる。屋台で日銭を稼ぐことも、その者たちの世話で出来た。しかし家屋敷を投げ出しても、まだ四十両という借金が残っていた。その借金を、その時肩代りしてくれた賭場の親分に催促されている。

喜之助は溜息をついた。

「それにしても、大そうな借金だ」

「負けが込んで、借りが溜ったのを、一度に取返そうとして、いかさま博奕に誘われたらしいのね」

「誘われた？」

「庄兵衛という香具師《やし》の親分なんですよ。池之端の店によく来ていた親分で、花川戸に自分の賭場を持っていた。おとっつぁんはそこに出入りして、なにしろ顔見知りでしょ。いつの間にか深入りしたのね。気がついたときは借金が積もっていて、庄兵衛の話がまたうまい話だったから、いかさまの誘いに乗った、あれでしくじったと言ってたわ」

今夜上客が来るから、そいつを手目《てめし》にかける。壺振りが合図したら、有金を賭けろ。それでいままでの負けを取返せる、と庄兵衛は言った。ところがその勝負が裏目に出て、徳蔵の負けは数百両に膨れあがった。その賭場で、徳蔵は倒れた。

「そいつは、抱き込みだ」

喜之助は、暗い表情になって言った。

「何のこと？」

「手目は手目だが、はなっからあんたのおとっつぁんを狙《ねら》って仕組んだのだ。しかし証拠はない。おとっつぁんは、いまでも騙《だま》されたとは思ってないだろう」

「もうやめましょ」

不意に投げ出すように、お勢が言った。眼が放心したように光を失い、膝を崩して横坐りになった。慎みなく男の眼に曝《さら》した腰の線が、眩《まぶ》しいほど熟れているのを、喜之助は眺め、ゆっくり眼を逸《そ》らした。

「いまさら嘆いても仕方がないのよね。昔のことだもの。どうにもなりはしない」

「あの三味線は、あんたが弾くのか」

「娘のころに弾いたの。でもいまは持ってるだけ。たまにはいい日もあったんだと思うものが、なんにもないと惨めでしょ。もう休む？」

「そうさして頂きましょう」

「あたしも此処《ここ》に床を敷くわ。看病しながら、ゆうべもそばに寝たんだ。あんたは、やたら赤い顔をして、ふうふう言ってたから知らないでしょうけど」

お勢はくつくつ笑い、元気に立ち上るとさっさと自分の床を敷きはじめた。

喜之助は床の中に躰を沈め、眼をつむった。妙な流れに運ばれていた。だが、これといって明日にあてのある身ではなかった。材木町の賭場には顔を出さなければならない。ただそれも旅先での焦燥のようなものが消えている。賭場は変わりなく続いている気がしていた。すると、せいぜい鶴惣の連中と顔を合わせないようにして、あちこち賭場を渡り歩く日日が待っているだけである。

隣の部屋で、お勢が病人と話す声がして、やがて襖が開いてお勢が入ってきた。眼をつぶっている喜之助の耳に、鏡台の上に簪《かんざし》や櫛《くし》を置く小さな音が響き、やがて行燈の灯を吹き消したらしく、不意に眼の裏は闇に遮られた。闇の中に、女が匂った。

三

角材や杉丸太を積んだ車が出入りし、塀の奥では、材木を積みおろしするらしい、人夫の緊張した懸声や、鋸《のこぎり》の音がしている。繁昌している材木問屋に見えた。

それが加賀屋藤吉の家のあった場所だった。門も取払われ、あちこち造作が変わっている。

腕組みをして、喜之助は荷車の出入りを眺めていた。驚きはそう大きくはなかった。こういう風な変わり方を、ずーっと予想してきた気もしたのである。もちろん眼の前の材木問屋が加賀屋である筈はない。藤吉の賭場は潰され、誰かが、多分鶴惣の息のかかった者が店を開いたのだ。そう考えると、塀の内から危険な風が流れて来るように思えた。

しかしこうも考えられた。病身の藤吉が賭場を閉めて隠居し、家屋敷を売払って、どこかに小ぢんまりと暮らしている。そうであればこの忙しげな材木問屋は、まっとうな商人であることも考えられるのだ。

いずれにしろ、それを確かめれば、旅から持ち続けてきた気持に決着がつきそうな気がした。ここがもう藤吉の賭場でないとすれば、喜之助は長い旅から解き放たれることになるのだった。

塀を入ると、以前は玄関だったところが、造作が変わって帳場になっていた。

「お伺い申しやす」

喜之助が声をかけると、帳場格子の中で、若い男が驚いたような顔を挙げた。血色のいい、小肥《こぶと》りの男だった。

「どなたさん？」

男は喜之助を無遠慮な眼で眺めながら、ぞんざいな口調で言った。

「つかぬことをお伺い申しやすが……」

喜之助は、つとめて下手《したて》に出た口調で、ここは以前加賀屋という口入れ稼業の家だったと思うが、いつから材木屋に変わったか、と聞いた。

「さあ」

若い男は首をかしげた。喜之助をじっとみつめてから、意外な返事をした。

「何のことか解りませんが」

「……」

今度は喜之助が首をひねって、若い男を見つめた。男は平気な眼で見返し、鼻毛を引っぱっている。

「失礼さんですが、兄《あん》さんは此処にきて、間がないんでござんすかい」

「そんなことはありません。もう四、五年帳付けをしていますよ」

「兄さんじゃ話にならねえようだ」

喜之助は眼を細めた。注意してみれば、外の活気のある物音にくらべて、店は静かすぎるようだった。男のほかに人がいるようでもない。その静けさの中に、喜之助はふとひとつの匂いを嗅《か》いだ気がした。人の吐息と汗が混り合う賭場の匂いだった。喜之助は腕にかけていた合羽を、さりげなく左から右に移した。若い男の眼が、欠けた右掌のあたりをそれとなく探っているのに気付いたのである。

「どなたか、話の解る方にお会いしたいのでござんすが」

「そうですか」

若僧だと思ったのに、したたかな返事だった。探るような眼つきのまま立ち上った。

「それでは、番頭を呼びましょう」

若い男が、中年の背の高い男を連れて店に出て来た時、喜之助の姿は土間から消えていた。

背の高い男は、まだそんな年に見えないのに、鬢《びん》の毛が真白だった。首を傾けて若い男が喋るのに頷《うなず》き、やがて急ぎ足に奥に消えた。

喜之助が、本所清水町の髪結床「千代床」の前に立ったのは、その日の夕方だった。

親方の新吉の姿は見えないで、女房のおちよが小僧を手伝わせて、客の顔をあたっていた。客は一人で、土間の火鉢に鉄瓶が音を立てているだけだった。

戸を開けると、日射しがまともに射し込んで、おちよは顔をしかめて逆光に立つ黒い影をみたが、喜之助だとわかると「いらっしゃい」と言った。手真似で掛けろ、と合図し、何ごともなかったように客の上に胸を屈《かが》めた。おちよは二年前と同じように無愛想な顔をし、その無愛想を、二の腕までたくし上げた白く肉附きのいい腕で補っていた。

客が帰ると、おちよは「竹ちゃん、ひとっ走り旦那を呼んできておくれ。また例のところだろうから」と、もの憂いような口調で小僧に言いつけた。

「いつ帰ったの」

小僧が出て行くと、おちよは膝をぶっつけて喜之助の横に腰をおろした。上目遣いに検《しら》べるように顔を覗《のぞ》いてくるのをはずして、

「おとついだ」

と喜之助は答えた。ちっとも変わってやしねえ、と思った。江戸にはいってから、はじめての深い安堵《あんど》が、心をくるんでくるのを感じた。

材木町の藤吉の賭場で、新吉は中盆で、喜之助は壺を振っていたのだ。おちよとのつき合いも長い。おちよは新吉と世帯をもつ前、富ヶ岡八幡近くの岡場所にいた。もの憂いような口のきき方、投げやりな躰の動きは、その頃もそうだったのである。通いつめた二人のうち、おちよはどちらかと言えば喜之助の方に情を移したがったが、世帯を持ったのは新吉とだった。喜之助にその気がなく、新吉の方が熱っぽかったからである。

「おとつい帰って、いままでどこにいたのさね」

「まあ、それはいいじゃないか」

「よかないよ、やばいじゃないか」

おちよは、博奕打ちの女房らしい口のきき方をした。

「ところで親分はどうしなすった？」

喜之助は、押しつけてくるおちよの膝の感触を、さりげなくはずして訊《き》いた。

「死んじゃったよ」

「………」

「神田川の落ち口に、土左衛門が浮いてね。それが藤吉親分だったのさ。前の晩に、両国辺の安屋台でへべれけになっているのを見かけた人がいて、大方柳橋あたりの川っぷちで小便でもしながら落っこったんだろうって。それで片付いちゃったね。お調べもなかったしね」

「いつのことだ」

「もう一年ぐらいになるだろ」

「………」

「もっとも、あの人はその前から死んでいたようなものさね。あんたが江戸を出てから、間もなく木場の鶴惣親分と大博奕を争ってさ。賭場も縄張りもみんな奪《と》られちまってさ。死んだ頃は阿部川町の、法成寺だったか正覚寺さんだったか、お寺裏の長屋に住んでいたものね」

「新吉兄いは、その時どうしてたんだい」

「鶴惣との大博奕の時かい？　何だかえらく殺気立っていたけど、それっきりさね。後は木から落ちた猿みたいで、おとなしく人様の顔いじってるよ。もともと髪結床屋の親方が人相応《にん》なのさ、うちの人は。それでも、時時昔を思い出すらしくて、今日みたいに仕事放り出して、しがない三文博奕に首突っ込んでいることもあるけど」

「すっかり足を洗ったってわけだ。こいつはあてがはずれたな」

「なにさ。帰る早早やばい話持ちこんで来たんじゃないだろうね」

「なに、大したことじゃない。ところで、藤吉親分が死んで、おこうさんはどうしてる？」

「聞くだろうと思ったよ」

おちよは、少し躰を引き離すようにして、喜之助を見つめた。おちよは色も浅黒く、器量も十人並やっとだが、眼のいろが美しい。子供がないせいもあって、澄んだ黒眸が娘の頃のままだった。

喜之助は視線をはずした。おこうは、藤吉の娘だった。喜之助に何ごともなければ、二人は夫婦になったかも知れない。そういう暗黙の約束があった。もっとも、何となくそういう気分を醸《かも》し出すのに熱心だったのは藤吉で、喜之助もおこうもお互い心を寄せたというものではなかった。

子供の頃母親を亡くしたせいか、おこうは内気な娘だった。出不精で、人一倍羞恥心《しゅうち》が強く、引き籠《こも》って縫物ばかりしていた。ろくに話したこともなく、おこうが喜之助をどう思っていたかも解らない。

「おこうさんは行方知れずなのさ」

おちよが言った。

思いがけない衝撃が、喜之助の胸を叩いた。人形のように色白で、家の中で眼が合ったりすると、ひっそりと微笑するだけだったおこうの顔が、生生しく思い出され、それは不意に天王社裏の長屋にいるお勢の顔に重なった。

いいの。どうせお爺ちゃんの玩具《おもちゃ》になる躰なんだから――。耳の奥に、微《かす》かに風が鳴るような声が残っている。――義理を作ったなどと思わないでね。忘れてもらっていいの――。

女たちの不倖《ふしあわ》せが、水がしみ込むように喜之助の心の中に忍びこんできた。

「やあ、喜之」

不意に嗄《しわが》れた太い声が響き、酒の香が鼻を衝《つ》いた。戸を開いて、新吉が立っていた。

四

「そうか、見てきたかい。ま、あんなものだ。世の中強え奴が勝つのさ」

茶の間に上げて喜之助と向かい合うと、新吉は自堕落に足を投げ出して、上体を後の茶簞笥にもたせかけ、酒臭い吐息を洩《も》らした。

「すると、あそこは鶴惣の店になってるんだな」

「店？」

新吉はふんと鼻で笑い、「おい、酒だ」と怒鳴った。

「店なんてもんじゃねえ。そりゃ表向きは材木屋やってるがな。賭場は昔のまんまよ。だって考えてもみねえ。裏はお茶屋、それに浅草寺、伝法院、本願寺と大どこの寺で喰っている連中がみんな馴染みの賭場だ。鶴惣が潰すわけがねえや。はなからその積りだったんだぜ。手目にかこつけてよ、おめえを袋叩きにしたのも、奴らの考えのうちさ」

「俺は、あのとき手目を遣わなかった」

喜之助は静かに言った。眼のいろが沈み、陰惨な表情になった。

喜之助の壺を咎めたのは、鶴惣の代貸で、常五郎という男だった。巧みにいかさま賽を操る指を持つために、喜之助には傀儡師《くぐつし》の喜之という仲間うちの異名がついていたが、その夜、悪いことに喜之助の懐に、いかさま賽二個がひそんでいたために、言いわけが通じなくなった。

どういうわけか中盆の新吉は不在で、かわりに参次という男が坐った。大川端に引きずり出された喜之助と参次は、そこで常五郎についてきた鶴惣の身内の者に袋叩きにされ、喜之助は指を詰められたのである。

常五郎は、喜之助に向かって、今夜のうち江戸を出ろ、そうしなければ手を廻して賭場を潰す。明日からおめえの命も保証できないと恫した。強い風が休まず吹き、空に風が洗ったような白い月が光っているのを、喜之助は地面に蝦《えび》のように躰を曲げ、指先から這《は》い上る激痛に耐えて見上げたのだった。

「おめえ、あの時の指はどうなったんだい」

と新吉が思い出したように言った。喜之助が黙って右掌をひろげると、新吉はすぐに視線を逸らし、ひどいことになってるな、と呟《つぶや》いた。それからまた大きな声で

「酒もって来い」と怒鳴った。

「兄貴、頼みがあるんだが」

と喜之助が言った。

「金か」

「いや」

喜之助は微笑した。それから値踏みするように、じろじろと新吉をみた。

「何でい、薄気味悪いな。早く言えよ」

お待ちどおさま、と気だるいような口調で言いながら、おちよが酒を運んできた。

「何もないから、魚芳で刺身買ってきた」

「店はどうした」

「もう閉めて、竹ちゃんは帰しちゃったよ」

暗いね、と言っておちよは行燈を引き寄せて火を入れた。

「頼みてえのは何だい」

新吉は喜之助に酒をつぎ、自分も盃を呷《あお》ると気ぜわしく誘った。

「これだ」

喜之助は、懐を探ると長火鉢の端に、賽子《さいころ》を二つ投げ出した。

「おちよさん、壺があったら貸してくんねえ」

おちよから壺笊《つぼざる》を受けとると、喜之助は膝を揃えて坐り直した。右掌に壺、左掌の指に賽をはさんで、新吉とおちよにみせた。

喜之助の顔の前で、賽と壺が一瞬交錯し、壺の中に賽の乾いた音が鳴った。伏せた壺を、喜之助はゆっくり上げてみせた。二つの賽の目が半である。喜之助は左掌を開けてみせた。開いた指の股が、まだ賽を二つ挟んでいた。

喜之助は、壺と畳の上の賽子を引きよせ、もう一度壺と賽を高く掲げてみせると、すばやく振って壺を伏せた。喜之助は左掌を開いてみせた。そこに賽はない。喜之助は壺を上げた。賽は二つだけ、鈍く光ってピンぞろだった。

「手が変わっただけで、昔と同じじゃないか」

とおちよが言った。新吉は無言だった。

「みたとおりだが、どうだろう？　一ぺんこっきりでいい。兄貴に組んでもらいてえのだ」

賽子を蔵《しま》いながら、喜之助が言った。

「まさか、おめえ」

新吉の眼に怯えが走った。

「鶴惣に乗りこむつもりじゃあるめえな。そういう話なら、悪いが俺はおりるぜ」

「冗談じゃねえ」

喜之助は苦笑した。

「まだ命は可愛いんでね。そういう無茶はやらねえ。花川戸に庄兵衛というのがいるのだ。香具師の親方だが、なに大親分てえわけじゃねえ、小ものだよ。わけがあって、そこで大急ぎでひと稼ぎしてえのさ」

「花川戸と言やおめえ、材木町の鼻っ先じゃねえか。そんなところで手目を遣ったことが鶴惣の奴らにばれたら、ただじゃ済まねえぜ」

「いま見たとおりだ。ばれるようなへまァしねえさ。それに縄張りがまるっきり違うぜ。解るわけがねえ」

「それはそうだが……」

新吉は、盃をふくむのを忘れたように、浮かない顔になった。

「危ねえことは、やめた方がいいぜ、喜之」

「気が乗らねえようだな」

新吉は冷えた盃を口に運び、噎《む》せた。

「大体おめえが、こうして江戸にいるのが危ねえのだ。いずれ鶴惣に見つかって、ひどいことになるぜ。帰らなきゃ、よかったのだ」

「ありがとよ、心配《しんぺい》してもらってな」

喜之助は、合羽を引き寄せるとすっと立ち上った。

新吉は止めなかった。足を投げ出したまま、喜之助の眼を避けて、放心したように行燈の火を見つめている。

——さあ、張ったり、張ったり。丁方もう二両、ござんせんか、もう二両——。

喜之助はふと、中盆新吉の張りのある声を、幻聴のように聞いた気がした。だが眼の下には、艶《つや》を失った顔がむくんだように肥って、酒に疲れた、無気力な三十男の顔があるばかりだった。

「邪魔したな、おちよさん」

「これからどこへ行くのさ」

おちよが、胸を寄せて低い声で言った。

「さあ、あてもねえが、ここに長くいちゃ、迷惑になる」

新吉はまだ顔を挙げなかった。

五

月が出ていた。

路地を抜けて横川堀に出ると、川筋に細長く霧が湧き、腰丈《こしたけ》ほどの高さに浮かんで動かないその霧の帯を、法恩寺の甍《いらか》の上の高い月が照らしていた。降りそそぐ月明りと、霧のために、川向うの小梅、柳島あたりの人家は、海底に峭《そば》だつ岩礁のように蒼《あお》ざめてみえた。

――もったいねえような月だぜ。

喜之助は呟いた。

静けさが孤狼《ころう》のようなこの男を、一瞬感傷的にしたのである。それを恥じて、横川堀に架かる橋を一気に突走ろうとしたとき、背後に下駄の音を聞いた。

「喜之さん」

厚い胸を喘《あえ》がせて、おちよが立っていた。

「どうしたい」

「悪かったよ。一晩も泊めてやれないなんてね」

「それを言いに来たのかい」

喜之助は微笑した。

「あの人を悪く思わないで。こわくて仕方がないのさ。あんたが江戸を出てから、家にも鶴惣の若い者が何度も来たりしてねえ」

「解ってるよ。どうということはない」

「これからどこへ行くのさ」

おちよは、また胸を突きつけるようにして言った。

「この先の天神橋脇に、脇坂様のお屋敷があるのを知ってるだろ。そこに知ってる男がいる。今夜はそこに厄介になるつもりだ」

「家《うち》よりも頼りになるところがあるってわけだ」

「そういうわけでもねえが」

喜之助は、突き放した眼でおちよをみた。

「俺はそうじゃねえんだが、兄貴の方が変わっちまったようだ」

「別の人みたいだったろ」

おちよはもの憂い口調で言い、眼を川に逸らした。

「わけがあるのさ」

「いけねえ」

不意に喜之助が呟いた。

「帰んな。妙なのが出てきた」

川端に黒い人影が四、五人出てきたと思う間もなく、一斉に二人に走り寄ってくるのが見えた。

「早く逃げて」

おちよは囁《ささや》いたが、そのゆとりはなかった。追ってきたのは、ひと目でやくざ者とわかる面つきと身ごなしを持った男たちだった。擦れ違ったおちよを、荒荒しく突きのけて橋に駆け上った先頭の男が、

「待ちな」

と言った。ドスのきいた声を出したが、まだ二十過ぎの若い男だった。はだけた胸もとから、白い腹巻がのぞいている。

喜之助は橋の中央に、少し足を開いて立った。左腕に、脱いだ合羽を巻き取ったようにして持っている。喜之助の眼は、男たちの後に、少し離れて立っている長身の男をみている。月明りに、男の鬢の毛が白く光った。鶴惣の代貸常五郎だった。必要なことしか言わない、寡黙で非情な男だった。もっと冷たい月が光っていたあの夜、この男は、喜之助が地面に這わされ、指を詰められるのを黙黙と眺め、それが終わると喜之助の顎《あご》をつまんで、世間話をするような口調で江戸を出ろ、と言ったのだった。

「久しぶりだな、喜之」

正面にいた体格のいい男が言った。喜之助が知らない顔だったが、男は顔見知りのような口をきいた。

「おめえが江戸に帰ってきたという話を聞いてな。早速会いにきたぜ」

「尻端折《はしょ》って、息を切らしてか。ご丁寧なことだ」

「そうともよ、有難えと思いねえ。それにちっとばかり聞きてえこともある」

「………」

「おめえこのまま江戸に居るつもりじゃねえだろうな。おっと、気を悪くされちゃ困る。そんなつもりはねえと思うが、念のために聞いてるんだ」

「そのつもりだと言ったら、どうするね」

「そいつは悪い了簡《りょうけん》だ」

丸顔で体格のいいその男は、白い歯をみせて笑った。

「そりゃよくねえ考えだぜ、喜之。おめえわりと忘れっぽいたちのようだから、もう一度言うが、江戸をおん出される時、常五郎兄いがなんて言いなすった？　やばいと言ったんだ。江戸にいると命がやばい、とな」

「おや、そうだったかい」

「とぼけるんじゃねえ」

男はからかうような口ぶりを捨てて、不意に凄《すご》んだ。のしかかるように、大きな躰を一歩よせると、一気にまくし立てた。

「消える方が身のためだぜ、え？　おめえが壺を振る場所など、もうありはしねえのだ。第一目障りだ。眼の前でうろちょろされるとな」

「材木町の賭場も……」

喜之助は、男が詰めただけの間隔を、目立たないように空けた。この大きな図体は警戒しなければならない。つかまったら身動き出来なくなりそうだった。

「どうせまともに手に入れたわけもねえしな。それで俺らが気になるんだろうが、生憎《あいにく》来たばっかりで、どこにも行く気はしねえよ」

「野郎！」

追いかけてきたとき、一番先に声をかけた若い男が躰をまるめるようにして、左側からいきなり襲いかかってきた。喜之助と体格のいい男が話している間、この男は欄干に躰をもたせかけ、絶えず上体を揺すっていたのである。いつ抜いたのか、男の手に匕首《あいくち》がある。

「おっと」

喜之助は逃げなかった。男が動いたとき、すばやく振り上げていた合羽を巻いた左腕を、橋板が踊るほどの勢いで、匕首の上から叩きつけた。匕首が、橋の上を一間も滑って飛び、男が膝をついたのを引起すと、一気に欄干まで押して行って、合羽を巻いた腕を男の顎の下にがっきりと喰い込ませた。男が苦しそうに呻《うめ》いた。男の顎は高く上り、顔は真直ぐ空を向いている。喜之助は、右手だけで懐から匕首を抜き出して鞘《さや》を捨てると、男の腹にぴったり切先をあてた。

「これが何だか解るな。ドスだ。動かねえ方がいい」

喜之助は言いながら、油断のない眼を横に配った。常五郎をのぞいた男たちは、若い男が欄干に押しつけられたとき、どっと駆け寄ったが、喜之助の早い動きに気を呑まれて、手を出せないでいた。

「この男をどう始末しようか、常五郎さん」

「………」

「話の最中に、かっこ好いところを見せたがった兄さんだ。俺らがぷっすりやっても、文句は言えねえぜ」

男がまた呻いた。

「静かにしねえか。こうしよう、常五郎さん。さっきも言ったが、俺ら江戸を出るつもりなんざねえ。というのは、加賀屋の賭場は潰れちまった。俺らが旅をする理由はもうねえ筈だ。もうひとつおめえさんに貸しがある。いつかきちんとした盆の上で決着をつけてえ。そこで、勘弁願って江戸にいる。かわりにこいつは返すというのはどうだい」

「いいだろう」

あっさりと常五郎が言った。

「野郎は放せ。それから、もう新吉に聞いたらしいが、藤吉親分は盆で争って賭場を譲った。いいな。余計な詮索《せんさく》をしねえことだ」

それだけ言うと、常五郎は背を向けて歩き出した。

「おっとっと」

喜之助は近寄って来る男たちを、冷ややかな笑いで押えて常五郎の方に顎をしゃくった。

「一緒に行きな。こいつを放すのはその後だ」

六

市中に秋のいろが深くなっていた。日射しが乾き、上野の山、不忍池《しのばず》が近いせいか、下谷広小路を行き来する人人の頭の上を、蜻蛉《とんぼ》の影が掠《かす》める。

人混みを脱けて、喜之助は下谷同朋《どうぼう》町に道を曲った。江戸に帰ってきてから、半月近く経《た》っている。藍無地《あいむじ》の袷《あわせ》、雪駄《せった》ばきの姿は、小ざっぱりしているが、伸びた月代《さかやき》と、暗く険しい表情は、この男が堅気でないことを示しているようだった。

喜之助の足は、同朋町からさらに右に曲って、車坂町の槌屋という小間物屋の前で止った。店構えはかなり大きい。

「若旦那はいるかい」

いらっしゃいませ、と柔かい口調で迎えた若い男に、喜之助はいきなり言った。

「おりますが、どなたさまで」

客でないと解ると、若い男の眼が警戒するいろに変わった。客以外の者に対する、商家特有の無愛想とは違う、はっきり喜之助の人体《にんてい》を測っている眼つきだった。

「友達だ。急用が出来たと言ってくんな」

喜之助は若い男の視線を黙殺し、じろじろと店の中を眺めた。いかにも女の身の廻りを飾るものを売る店らしい、花やかな色彩が店に溢《あふ》れている。中年の女客が二人、店先に腰をおろして、沢山並べさせた櫛を、あれでもない、これでもないという風に吟味している。相手をしている番頭風の年輩の男とのやり取りも声高で、二人の脇に茶が出ているのは、馴染み客なのだろう。二人のほかに客の姿はみえなかった。

「市次郎はあたくしですが、急用というのは何でしょう」

若い男が、まだ坐っているのに気付いて、催促しようと振り向いた鼻先に、その若い男がいきなり切口上で言った。

「あんたも人が悪いな」

喜之助はにやりと笑った。

「これだから商人はつき合い辛えや。はなから言ってくれりゃよかったんだ」

「あたくしは、あなたを存じあげませんが、ご用というのを承りましょうか」

男はやはり固い表情のまま言った。中背だが、小肥りに肥って、女のように桜いろの肌をしている。平凡な目鼻立ちの中で、細い眼のあたりに商才を感じさせる顔だった。

「お勢さんの話なんだが、ここで話してもいいか」

男の顔がみるみる赭《あか》らんだ。男は懸命に固い身構えを崩すまいとしているようだったが、細い瞼《まぶた》の中を走る瞳の動きがそれを裏切っていた。——こいつはいける。喜之助は市次郎の予想以上の狼狽《ろうばい》ぶりをみて、心の中でにやりとした。罠《わな》に落ちた獣をみたような快感がある。

喜之助は、表情を深刻に拵《こしら》え、囁き声になった。

「お勢さんが困っていなさる。あんたに会いたいそうだ。どうするね」

「あの人のことは、とっくの昔はなしがすんでますよ」

「そんな風に言っていいのかね」

喜之助は大きな声を出した。市次郎があわてて喜之助の袖《そで》を引いた。二人の女客が振り向いて、薄気味悪そうに喜之助を眺めている。

客が入ってきた。水商売とひと眼で解るような、隙《すき》のない着こなしと、磨いた顔の年増だった。いらっしゃいませ、と声をかけてから、市次郎は自分から土間に下り、外に出ましょうと喜之助に囁いた。市次郎の後に蹤《つ》いて店を出るとき、喜之助は急に振り向いた。想像したとおりに、番頭風の男と、女客三人がこちらをみつめているのと眼が合った。喜之助はその眼に鼻先で嗤《わら》う笑いを返して店を出た。

先に立った市次郎は、南大門《みなみだいもん》を通りすぎ、右に大名屋敷の高い塀のある小路に曲ると、そこで立ち止った。顔色は冷《さ》めて、白っぽいような表情になっている。

「店であんなことを言われては、困ります」

「だから断わったじゃねえか。ここで話していいかと言ったぜ」

「しかし、さっきも言ったように、あの人は昔あたくしの許婚者《いいなずけ》だったには違いないが、いまは赤の他人ですよ」

「それは理屈というものだ。解ってんだ。そのぐらいの理屈は。だが、そうも言っていられねえ事情がもち上ってね。ざっくばらんにぶちまけると、お勢さんは金に困って妾にされかかっている」

「すると何ですか」

市次郎は開き直ったような、切口上に戻った。

「金が欲しいんですか」

「そうだよ。金だよ、金」

「いくら」

「借金は四、五十両のものだが、それをあんたにみんな持ってもらおうという訳じゃない。まあ、十両だろうな、見当は」

「十両！」

市次郎は、細い眼を瞠《みは》った。

「そんな金はない。それに、十両なんて大金を出す義理はない」

「そうかね」

喜之助は険悪な表情になった。

「それじゃ店に戻って大旦那に聞いてもらおうか。どうせ一緒になるんだからと生娘を騙して、二、三度慰んだ。ところが一たん娘の家が傾くとあっさり見捨てた。半年経たねえうちに、えへらえへら別のところから嫁をもらい、いまじゃ餓鬼が二人だ。いまその娘が妾になろうか、中気の父つぁんと心中しようかという瀬戸ぎわに、十両は高うござんすか、と聞いてみるよ」

市次郎の顔が、また赭くなり、瞼が痙攣《けいれん》を起こしたように、激しく瞬いている。

「もちろん、あんたの嫁さんにも聞いてもらうぜ」

喜之助は、もう一押しした。

「やめてくれ」

市次郎が呻くように言った。

「金は出す。だがお勢さんがその金を欲しがっているという証拠は？」

「ま、信用してもらうしかねえなあ」

喜之助はあっさり言った。

「一度だけだ。二度は出さないよ。今度また来たら、あたしは恥を忍んで訴え出るからね」

「それも信用してもらおうか。俺はもともと嫌えなんだ、こういうことは。ほんとの話だぜ」

「………」

「ま、そうしょんぼりすることはねえやな。女ひとり浮かばれるとなりゃあんた、安いもんだぜ。ところで、お勢さんがどこに住んでいるか、知りてえとは思わねえか」

市次郎は喜之助の顔を、はじめて瞬かない眼で見つめ、やがて黙って首を振った。

六ツ（午後六時）の鐘が鳴り出す間際《まぎわ》に、喜之助は柳島の脇坂家下屋敷の前に現われ、すばやく門を潜った。視界が薄暗くなるのを待っていたような現われ方だった。

邸内の続き長屋の一番端に、嘉七という老人の足軽が住んでいる。その家の格子戸を、喜之助は音を立てないで開けたてした。

「喜の字かい。どうしたい首尾は」

中から嗄れた声がした。

「捲《ま》きあげてきたよ」

喜之助は不機嫌に答えて、仄暗い畳に上ると、仰向けに寝ころんだ。

微かな明りが漂う窓の下に、嘉七は老いた猫のように背をまるめて火鉢を抱いている。嘉七は独り者だった。器用に洗濯をし、飯を炊いて喜之助に喰わせる。骨の髄からの博奕好きで、長い間材木町の賭場の常連だった。

「豪儀だのう。十両か」

嘉七は溜息をつくように言った。

「少し廻さねえか」

「冗談じゃねえ、大切な元手だ」

「すると何かい。やっぱりチョボをやるつもりか。俺ならそんな危ねえ真似はしねえがな」

「………」

「俺だったら、そうだな、まず若い女でも抱いてか。あとは賭場で、おけらになるまで張って張って張りまくるがなあ」

嘉七の声には、ほとんど舌なめずりするような響きがある。喜之助は答えなかった。

「どら、灯でも入れるか」

と言って嘉七は立ち上ったが、おう、忘れるところだったと呟いた。

「昼すぎに、新吉の嬶《かかあ》だという女が来てな。明日八ツ（午後二時）頃に花家にきてくれろ、そう言えばわかると言って帰ったが、ヘッへ、何のことだい」

七

「めかし込んでいるじゃねえか。いい匂いだぜ」

「小三十にもなる大年増が、髪ふり乱して現われたんじゃ、あんたも興醒《きょうざ》めだろうと思ってさ」

おちよは相変わらず無愛想に言って、銚子をとりあげた。捲くれた袖の奥の肘《ひじ》が白くみえた。おちよは顔や手首は浅黒いいろをしているくせに、着物に隠された胸や腹は、ぼってりと白い肌を持っている。眼を逸らして、喜之助は呟くように言った。

「昔を思い出すじゃねえか」

富ヶ岡八幡の一ノ鳥居に近い、門前仲町の裏手。酒を運んできた小女が出て行くと、明るい窓の外に風の音がするばかりで、八ツ時の小料理屋はひっそりしてしまった。

「兄貴は、近頃どうだい」

気を変えるように、喜之助は言った。

「相変わらずだよ。近間にちゃちな賭場があってねえ。酒くらっちゃ、そこへ出かけてけちな勝負をしてくるのさね」

「仕事はやらねえのかい」

「すっかり投げちまってね。材木町で中盆に坐った頃の方が、かえって仕事に身が入っていたもんね。あんたに愚痴言ってもはじまらないけどさ」

「賭場は無くなった、親分は死んだで、兄貴も張りをなくしたんだろう」

「それもあるけど、それぱっかりじゃないよ」

あたしにもお呉《く》れ、と言っておちよは盃を突き出した。

「うちの人が、あんな風にしょぼくれてんのは、わけがあるのさ」

「鶴惣に傷めつけられたからか」

「その前に、悪いことをしちまったんだよ、あのひと」

もう一杯おくれな、大丈夫だから、とおちよは言った。

「あんたが指を潰されたろ。あのときうちの人も一枚噛《か》んだんだよ」

「まさか」

「信じられないだろ。だけど本人がそう言ったんだから。ある晩へべれけに酔って入口を這って入ったとき、そう言ったんだよ。もっともその時一度だけで、あとはおくびにも出さないから、あたしに言っちまったとは思ってないかも知れない」

「………」

「酔っぱらってさ、いまにも死ぬような苦しい時にしか、出て来ないんだろ。あんまり悪いことなもんで、心の奥の、そのまた奥に蔵い込んであるんだよ、きっと」

「何で兄貴が、俺を不具にする必要があるんだい？」

喜之助は盃を置いて、険しい顔になった。

鶴惣が、常五郎を使って自分を江戸から逐《お》い出した理由は解る。藤吉の賭場を奪うのに、その方が都合がよかったからだ。

それは法恩寺橋の上で、常五郎が長身の背を向けて去って行くのをみながら、感じたことだった。あの狂犬のような若い男を別にすれば、ほかはみんな本気でなかった。軽く恫したという感じだった。喜之助がいない間に、仕事は終わっていたのである。恫しは、その仕事の後暗さに手を触れさせない程度のものだったのだ。

だが、そのことと新吉が、どこで結びつくのか解らなかった。賭場を鶴惣に奪われるのを、新吉が望んだとは思えない。

「そうじゃないんだよ。いくらうちの人が悪でも、あんたを不具にしてくれと頼んだわけじゃないよ。でもうちの人も、鶴惣と同じで、腕のいいあんたが、あの賭場で壺を振っているのが目障りだったんだよ。だから手引きしたと言っていた。友達だ、なんだって言いながら汚い話さ。それを考えると情なくて」

「黙んな。やっと解ってきたぜ」

いままで考えつかなかった醜悪なものが、そこに潜んでいる気配がした。それは、確かについそこの物蔭に隠れていながら、狡猾《こうかつ》な小動物のように、容易に近寄ろうとしなかったが、喜之助はその尾の動きを垣間《かいま》み、ついに一瞬視界を横切った灰色の体毛をみた。

——鶴惣の代貸が来るそうだぜ。

そう言ったのも新吉だったし、どうせ賭場を掻《か》きまわすつもりだろうから、念のためあれを用意しておけ、と囁いたのも新吉だったのだ。使わなかったそのいかさま賽を、腹巻におさめていたために、喜之助は袋叩きに甘んじ、指をつめられる時も無抵抗だった。その夜新吉は賭場に姿を見せていない。袋叩きにつき合わされたのは、参次だった。

注意深く見れば、粗末な村芝居のように、楽屋のからくりが透けて見えた。ただおちよに言われるまでは、鶴惣一家に対する暗い憎悪が眼を塞《ふさ》ぎ、そこまで気付かなかったのである。幼稚な罠だった。だが、新吉が喜之助に仕掛けるとしたら、それは巧妙な罠に等しい。

喜之助は眉《まゆ》をしかめた。新吉が鶴惣と手を組んだことは疑いようがなかった。だが、新吉はその時、何を取引したのだ？　おちよがいうように、ただ目障りだっただけか。

喜之助は、暗い眼をして盃を持ち上げたが、不意に盃は途中で止った。眼を上げて、おちよの顔をまじまじとみた。

「俺らが、藤吉親分の婿になるのが、気に入らなかったんだな」

「ケツの穴の狭い話だろ。それが長年の友達のしたことだっていうんだから、笑わせるよ」

おちよは少し酒が廻った口調で言い、簪を抜いて頭の地を掻いた。白く肉附きのいい腕が露わになった。喜之助は眼を逸らし、荒荒しく盃を呷った。

新吉の青白く膨れた、生気のない顔が眼の裏に泛《うか》んだ。喜之助を逐い出し、中盆が鶴惣と手を組めば賭場は潰れる。そうしたらおめえを代貸にしてやろうぐらいの、取引があったのだろう。賭場が潰れなくとも、喜之助がいなければ、いずれ新吉が後を継ぐことになる。どっちにしても、悪い話でなかったのだ。

だが賭場を奪われたとき、新吉は逐い出されたのだろう。むくんだ皮膚、濁った眼が、中盆新吉の内部で燃えていた野心が、すべて消え去ったことを示している。新吉は冷え切った死灰を抱いて生きているに過ぎない。

「怒ったのかい？」

「………」

「怒るのが当然さね。ひどい話だものね」

「……」

「堪忍《かんにん》しておくれな、喜之さん。そらあんたが怒るのは当り前だけど、あの人はもう、近頃生きてるのか死んでるのか解らないようになっちまってね。あんたに叩かれたりしたら、哀れだ」

「……」

「何笑ってんのさ」

「いいかみさんだ。兄貴はしあわせだぜ」

「おかしな話さね。あんたとうちの人に知り合って、そのうちうちの人と一緒になって、今までずーっと、心の中ではあんたの方を好いてきたような気がする。それなのに、好きでもない亭主のために、あんたに謝っているなんて、わりが合わないよ」

「ま、それが夫婦というもんだろうさ。俺らにはよく解らないが」

「あれはどうしたの？」

おちよは壺を振る手付きを真似た。

「組む相手が見つかったのかい」

「いいや、チョボをやるつもりだ。めったな奴とは組めないからな」

「危いねえ。やめた方がいいのにねえ」

「わけがあって、どうしても金がいるのだ」

「いくら要《い》るのさ」

「五十両だな」

おちよは溜息をついた。黙って風の音が聞こえる窓を眺めたが、その眼が不意に光った。

「あたしが組もうか」

「そりゃ無理だ」

喜之助は苦笑して、にべもなく言った。

「大丈夫だよ。賭場を知らないわけじゃないんだから。教えられたとおりにやるよ」

おちよは熱っぽく言った。それから膝を崩して喜之助に横顔を向けると、

「そのかわり、うまく出来たら一度抱いておくれ」

と言った。首筋から頬にかけて、みるみる紅い血の色が皮膚を染め、生娘のような羞《はじ》らいが、おちよの躰を包むのがみえた。

その日の七ツ（午後四時）過ぎ。喜之助は大川の土堤の上に姿を現わした。

橋場町の北側にある渡し場を過ぎると、土堤下は急に閑散として、畑地と田圃《たんぼ》が多くなった。神明裏の池を左にみてさらにすすむと、あとはろくに人家もなく、視

界に枯れいろの田圃だけが、寒寒とひろがる。

足を止めて、喜之助は土堤下をみた。時おり強い風が、枯れ草をわけて土堤を奔《はし》り上り、喜之助の袷の裾をはためかせる。地平線に落ちかかった日に、草は飴《あめ》色に染まり、風が吹くたびに褐色の波のようにざわめいた。

喜之助の眼は、土堤下にある二、三軒の掘立小屋を見つめ、さらに土手の左右に人影を確かめて鋭く光った。小屋は樹の幹に寄生する昆虫の巣ででもあるかのように、長い土堤の裾に、粗末に傾いて立っている。

喜之助は土堤を降り、一番端の小屋の、傾いた板戸をこじ開けて、すばやく中に入り込んだ。

闇がその中に淀《よど》んでいた。闇が持っている異臭が鼻を衝《つ》くのに耐えて、喜之助は、

「因州、いるか」

と言った。答えはなかったが、闇の中に人のみじろぐ気配がし、その気配は長く続いた。喜之助は待った。やがて音がやみ、嗄れた声がした。

「喜の字か」

「そうだ。久しぶりだな」

暗さに馴れた眼が、襤褸《ぼろ》の山の中から半身を起こして、こちらをみている、蓬髪《ほうはつ》の男の巨体を映した。

「何の用だい」

男は無愛想に言った。

「賽をつくってもらいてえ。七分賽だ」

七分賽は丁目か、半目かどちらか一方の目しか持たないいかさま賽である。男は答えなかった。

「早いほどいい。礼ははずむつもりだ」

「妙なのが覗きにきたり、取締りが煩《うる》せえから、近頃つくっていねえのだ」

男は両手をさしあげて欠伸《あくび》をした。すると男の身の廻りがきしんだ。

「おめえの注文は久しぶりだ。作ってみるか」

八

喜之助は慎重に負け続けていた。

盆は廻し筒だった。負けが込んだとみれば、中盆が壺を振らせる。少しずつ負けながら、喜之助は弥八という中盆が声をかけるのを待っていた。弥八は、背丈はないがっしりした躰つきで、三十過ぎの男だった。賽の目の読みも鮮やかで、庄兵衛の賭場にはもったいないような貫禄がある。

――弥八の貫禄が本物なら、俺に壺を振らせねえかも知れない。

喜之助は、時時何気なく弥八を眺めながらそう思った。垂れた釣糸の先に、獲物の引きを待っている気持だった。

盆はすすんで、熱気で部屋が揺れるようだった。油煙を噴きあげる百目蠟燭《ひやくめろうそく》の光が、眼を血走らせた人人を照らしている。一勝負の賭け場が、三百両を越えていた。

「客人、壺を代って下せえ」

弥八が、喜之助を向いて言った。喜之助は頭を下げながら、ひそかに吐息を洩らした。弥八の前の壺振りの座に坐ると、喜之助はもう一度頭を下げ、両袖を脱ぐと後にはねて、双肌《もろはだ》脱ぎになった。

眼の隅に、一度座を抜けていたおちよが、すっと座に戻るのが見えた。だが視線はすぐに壺に没中した。人の脂《あぶらし》が滲み込んだ壺の感触に、指がしびれるようだった。両袖をはねた時、七分賽は左手の中に入っている。だが、喜之助はそれを使わなかった。

鮮やかに賽を鳴らして、壺を伏せた。

「張って下せえ。さあ張ったり、張ったり。丁方もう少々、もう三十両。はい、もう八両」

弥八の声は渋く、よく透る。盆茣蓙《ぼんござ》の尻に、裾を端折った若い者が二人、膝をついている。若い者がうなずくのを確かめると、弥八は、

「勝負！」

と通し声をかけた。喜之助は壺をあげた。二―三の半だった。押えたどよめきが、部屋の中で揺れ、蠟燭は激しく油煙を噴いた。

「ご祝儀が出たぜ、客人」

弥八が、喜之助の前に一両小判を置いた。いまの賽で、よほど大きく儲けた者がいるらしかった。

喜之助は頭を下げ、無表情に壺と賽を手もとに引き寄せた。おちよは少し負けた筈だった。手目を遣うのは三度目の賽からと決めてある。もう一度、喜之助は賽を転がした。今度は丁目が出て、おちよは、さっき負けた分を取戻した筈だった。

三度目の賽に、部屋の中のすべての視線が、射込まれるように集まっている。だが喜之助は、もうその視線を意識していなかった。指先に、賽子と壺が戯れる感触の中で、うずくような快感が躰の中に芽生えている。賽子を振ったとき、壺に投げ入れる寸前、指に賽が吸いつくようだった感覚も確かめている。

その感覚は、指をつめられる前、右掌の指が持っていたものだった。

いま喜之助の内部に傀儡師《くぐつし》の喜之助が、無表情な顔をもたげていた。四本の鎹《かすがい》が

囲む、膝前八寸四方の白い布は、賽子の踊り場だった。

喜之助は、賽と壺を顔の前にひろげ、ゆっくりと左右に動かしてみせた。むしろ無造作な動かし方だったが、人人の眼は喜之助がわざと動かした壺の内側に吸いつけられていて、左掌の指の股を見なかった。

喜之助の両手が、顔の前で閃《ひらめ》くように交錯し、壺は乾いた音を立てて鳴った。鮮やかな手付で壺を伏せ、喜之助は眼を伏せて弥八の声を聞いていた。壺に入る一瞬前に、生きもののようにすりかわった、四ッの賽子の動きが、喜之助の心を満たし、微かな酩酊《めいてい》に誘っていた。

壺の中には、どう転んでも丁目しか出ない、七分賽が子猫のように肩をまるめている筈だった。因州が作った賽は、名器と呼んでいい出来ばえだったのだ。部屋全体が、息を呑んだような一瞬の静寂の中に、弥八の渋い声が響き、喜之助は壺をあげた。四ぞろの丁だった。

喜之助は、ゆっくりと壺と賽を引き寄せた。五十両になったとき、おちよが二分のご祝儀を出すことになっている。その合図の約束を、喜之助はほとんど忘れかけていた。

感動のないその顔に、おちよもお勢も、そして行方の知れないおこうも、入り込む余地がないようにみえる。それは、骨の髄からのいかさま師の顔だった。

喜之助が、小塚原町牛頭天王社裏の長屋の前に立ったのは、次の日の夜だった。曇って暗い夜空に、寒い風が吹きまくっていた。歩いている中《うち》に、喜之助の頭や肩に、時時木の葉が飛んできて当った。

お勢の家の前に来たとき、喜之助は妙な違和感を覚えた。戸の内側が騒騒しかった。その中には、明らかに子供同士の鋭い声のやりとりが混っている。悪い予感がした。

戸が開いて、喜之助が声をかけると、顔色が悪い、三十過ぎの女が出て来た。乱れた髪を手でなおしながら、

「どなた」

と言った。女の腰には、四つぐらいの男の子が、何かぐずりながらまつわりついている。部屋の中には、それより大きい男の子と、女の子が壁に寄りかかって喜之助の方を見つめている。その茶の間に、この前はお勢の父親が寝ていたのである。

「ここに、こないだまで、病気の年寄と、若い女の人が住んでいた筈ですが、どっかに越したんでござんすか」

「あんたもそれを聞きに来たんですか」

女はうんざりしたという表情を露骨にみせ、尻上りの口調で言った。それから、

うるさいったらね。あっち行ってな、と子供の頭をひとつ張ってから喜之助に顔を向けた。

「その方は、あたし達が越してくる前に住んでいたんだそうですよ、ええ。大家さんに聞いて受け売りだけどさ、お爺さんは死んじゃって、娘さんは家出したんだって。可哀そうにね」

うるさいよ、お前は。女は青っ洟《ぱな》の子供の頭を、もう一度平手で張った。子供が泣き出した。

「家出って言うと？」

「この前来た人も、なんかしつこく聞いていたけどね。花川戸の何とかって人がさ。お爺さんが亡くなって、お寺の方が済んだその日に、その娘さんがふっと消えちまったそうですよ、ええ」

「消えた？」

「あのね、鍋《なべ》、釜《かま》、夜具までそのまんまでね。そうそ、無くなったのは三味線ぐらいのものだなんて、大家さんが言ってたわ。妙な話だねえ」

「それは、いつ頃のことで」

「あたし達がくる少し前だから、もう十日ぐらい経つかねえ」

喜之助は外に出て、戸を閉めた。癒《いや》しようのない悔恨が胸をふさいでいた。どうせいかさましか芸のない男なのだ、チョボ一でも何でも、さっさと金を作ればよかったんだ、と自分を罵った。七分賽を使って、誂《あつら》えの舞台で、名人芸の指をしなわせて、酔った。それがたまらなかった。

歩き出すとすぐ、二人連れの男と擦れ違った。

男たちは喜之助をはさむようにしてやり過したが、すぐに「おい」と声をかけてきた。喜之助は立ち止った。

「おめえ、いまあの家から出て来たな」

背のずんぐりした三十ぐらいの男が、いま出てきた長屋の明りを指して言った。もうひとりは中背で、おぼろな明りに尖《とが》った顔つきだけ見えるのが、目立たないように喜之助の後に廻った。

「それがどうしたい」

と喜之助は言った。

「俺たちは花川戸の庄兵衛の身内の者だ。ちょっと聞くが、あそこに住んでいたお勢という女を探してる。おめえも何か、その女にかかわりがあるんじゃねえのかい」

「それがどうだというんだ」

「野郎」

ずんぐりした躰の男が、顔をつきつけるように近寄ってきた。

「てめえ、お勢の居所を知ってるな。おい」

「虫けらが」

喜之助は呟くと、いきなり眼の前の男の肩を引っ張り寄せ、膝頭を上げて、思い切り胃のあたりを蹴り上げた。不意をつかれて前にしゃがみ込む顎を持ち上げて、思い切り四、五発も頬を張りとばした。野郎！　という声と一緒に、後に風が起こった。身をよじって、脇をかすめたものを手でふり払ったとき、手の甲に鋭い痛みを感じた。

だが向き合ったとき、狐面の方があわてていた。

ドスを前に突き出して構えながら、腰は後に退けていて、不安そうに地面に倒れている仲間に眼を走らせた。

「どうした？　おい」

喜之助は、手早く脱ぎ捨てた雪駄を構えながら、じりじりと男との間合を詰めた。それからほとんど躰をぶつけるようにして、男に襲いかかると、男の手首に雪駄を叩きつけ、下腹を蹴り上げていた。ぐっという詰った声を洩らして男がのめりかけるのを、容赦なく殴った。頭といわず、眼鼻といわず殴りつけて、男がずるずる崩れ落ちるのをみて、やっと手を引いた。

人通りはなく、男たちの争いは風のざわめきに消されて、物音を訝《いぶか》しむ者もいなかった。

襟をなおしてから、喜之助は懐を探り、一両小判を二枚取り出して投げた。

「殴られ賃だ。とっときな」

歩き出すと、その背に再び風が鳴った。依然として取り戻すことの出来ない悔恨が、胸を満たしていた。それはもう女に借りを作った感情だけのものではなかった。あの女に惚れていた。喜之助ははっきりそう思った。

お勢は悪寒で歯の根も合わない喜之助を温めるために、ひと夜裸で男を抱きつづけたのだと言った。

そう言ったのは、次の夜喜之助に抱かれたときである。

――でも義理を作ったなどと思わないで。忘れてもらっていいの。

夜空をはためかして吹き過ぎる風の中に、お勢の声が聞こえるようだった。三味線を抱え、黒い風に背を押されて、お勢は遠い見知らぬ町を歩いているのだろうか。

喜之助は立ち止った。

そこは中村町の端れで、眼の前には、小塚原の底のない闇と、その闇を裂いて走る風の音があるばかりだった。

喜之助は、なおも石のように佇《たたず》み、闇の中に首を傾けた。風の中に、遠くひびいた三味線の音を、確かに聞いた気がしたのである。

割れた月

一

文政十年閏《うるう》六月。三宅島からきた一艘《そう》の廻船が霊岸島に入った。

船は、そこから更に積んできた木炭、生糸など島の交易品を、鉄炮洲《てっぽうず》の島会所に運ぶのだが、一緒に運んできた五人の流人を、そこで降ろした。流人たちは、四月前に三宅島で赦免を言い渡され、漸《ようや》くいま本土に着いたのである。

御船手番所の前の粗い砂の上に一列に並べられ、もう一度赦免状請書と引き合わされたあと、男たちは解き放たれた。船手同心が、そっけない背を向けて建物の中に消えたあと、男たちはしばらくの間、午後の日射しに白く灼《や》けた砂の上で、取残されたように立竦《たちすく》んだが、やがて思い思いに門に向って歩き出した。いま与えられたものの眩《まぶ》しさに、男たちは無口だったが、門は彼等のために開かれていた。

門を出ると、佇《たたず》んでいた人の塊りが崩れて、男たちに駈け寄った。今日帰ることを知って、迎えに出た者たちだった。門の中を憚《はばか》って、交す声は高くはなかったが、やがて押え切れないような笑い声や、すすり泣く女の声などが、控えめにひろがって行った。

最後に門を出た江戸深川六間堀町の元錺《かざり》職鶴吉は、立ち止って人人の塊りをみたが、すぐ眼を伏せて歩き出した。ひょっとしたらお紺が来ているかと思ったのである。だが、考えてみれば、情婦にすぎないお紺が、鶴吉の赦免を知る手蔓《てづる》はない筈《はず》だった。まして今日霊岸島に入った船に、鶴吉が乗っていることを覚《し》るわけもなかった。

赦免の知らせは、あるいは母親のお常に届いているかも知れない。だがお常は、その知らせを懼《おそ》れこそすれ、出迎える筈はなかった。お常も妹の八重も、鶴吉が手目博奕《てめしばくち》で島送りになる前から、鶴吉を懼れ、世間に恥じていた。六間堀の長屋に、鶴吉がお紺を連れ込んだとき、お常は八重を連れて家を出、浅草馬道に引越した。そのまま音信不通だったのである。

「おう、鶴吉」

不意に、背中に声を投げた者がいた。

ふり向くと、一緒の船で帰った源七というやくざ者だった。源七のそばには、ひと眼で仲間とわかる、着流し雪駄《せった》履きで暗く光る眼を持った男が二人、鶴吉を見つめて立っていた。

「おめえ、これからあてがあるのかい」

源七は、そのままの位置で言葉を続けた。源七は、鶴吉より一年遅れて島に来たが、鶴吉の名前を知ると、木場久永町に賭場《とば》を持つ花政一家の者だ、と自分から名乗って近付いてきたのだった。花政の賭場に、鶴吉は何度か顔を出している。が、そこで手目を遣ったことはなかった。それでも源七が、鶴吉の名を知っていたのは、鶴吉が時たま眼の覚めるような手目博奕を打ち、鎌鼬《かまいたち》の異名で渡世人に忌み嫌われていたのを知っていたからである。だが島では、博奕は御法度《ごはっと》であり、源七とのつき合いが深まるようなことはなかった。通り一ぺんの流人《るにん》仲間にすぎない。

「家に戻るところでさ」

源七の顔に泛《うか》んでいる薄笑いを無視して、鶴吉はそっけなく答えた。源七の馴《な》れ馴れしい笑いは、昔居心地よく住んでいた世界から、鶴吉に呼びかけてきていた。だが、その誘いは鶴吉の心をゆさぶることはなく、かえって博奕を打つ気が全く失われていることに気付かせたばかりだった。源七の笑いにつき合う必要はない。

「そうかい」

すっと源七は笑いを引込めた。眼は冷ややかに、やくざ者が堅気をみる白けた眼つきに変わった。

「なに、島帰りで行くところもねえんなら、俺んとこに来ねえかと思ったんだが、家に帰るなんざ、結構な話だ」

「……………」

「だがよ。困ることがあったら、いつでも顔出してくれていいぜ」

源七は、もう一度口を歪《ゆが》めて笑った。今度ははっきりした嘲笑《ちようしよう》だった。鶴吉が、自分との間に距離を置こうとしているのを、すばやく察していたぶったのである。

「飯も喰わしてやるし、女だって工面してやらあな。何しろひとつ船で島から帰った仲だ」

「ご免こうむりまさ」

鶴吉は背を向けた。背後で、男たちがどっと笑う声がしたが、鶴吉はふり返らなかった。躰《からだ》の中に、まだ不安定に揺れたり、傾いたりする感覚があり、蹠《あしのうら》の下で、地面がひどく固かった。

永代橋を渡り、佐賀町を左に折れた。壁の高い蔵屋敷の間を抜けながら、鶴吉はくすぐられるような喜びを、擦れ違う人の眼から隠すのに苦労した。お紺は富ヶ岡八幡横の小料理屋に働いている。六間堀の長屋に帰っても多分いないだろうと思った。だがそれでもよかった。お紺の匂いのする部屋で、古畳の上に寝そべって、日が暮れてお紺が帰るのを待つのだ。

島で幾度も反すうした記憶がまた甦《よみがえ》る。

鶴吉が手目博奕を密告《さ》されて島送りになったのは、五年前である。四月の、大川の川面に薄く靄《もや》が漂っている朝だった。永代橋の河岸には、三宅島に行く廻船が黒黒と船体を横たえていた。前後を船手同心にはさまれ、一列に数珠《じゅず》つなぎに繫《つな》がれて、流人たちは河岸から船に渡した踏み板を渡った。

真黒な絶望だけを抱きかかえて、鶴吉はその列の中ほどにいた。船が出ると申し渡しがあったのは昨日である。家族のある者には、その時米麦、金銭などの届物があれば渡される。だが鶴吉には何も渡されなかった。浅草の実家には、出帆の知らせが届いている筈だったが、お紺は知る手蔓がない。

その夜鶴吉は、牢のしたきりで特につけられた尾頭つきの夜食を嚙《か》みしめながら、不安と絶望に打ちひしがれていた。母や妹が極道者を見捨てたのは当然だと思った。だが、お紺につながる糸が、ぷっつりと切れたままで、島に行くことは耐え難かったのだ。

靄の中から湧《わ》き出たように、数隻の小舟が近寄って来たのは、流人舟が艫綱《ともづな》を解き、ゆっくり身じろぎながら川の中流に出たときだった。

小舟は、いつの間にかぴったりと船腹に寄り添い、それぞれの小舟から、船頭が口口に叫んでいた。

「お願いでございます。お願いでございます。なにがしの縁者でございます。お慈悲をもって、ひと目お会わせ願いまする」

船頭たちの声は哀調を帯び、それでいて口調は物馴れており、声はよく透った。騒然としてきた甲板の上で、鶴吉は暗い顔をして眼をつぶっていた。「お目こぼし」の「お目こぼし」と称する、流人と家族との最後の対面がはじまったのである。どっちみち縁のない船頭を頼むには、莫大《ばくだい》な費用がかかることを、牢内で聞いていた。どっちみち縁のないことだった。

不意に鶴吉は躰をこわばらせ、眼を開いた。船頭の声が、自分の名前を呼んだのを聞いたのである。「六間堀、鶴吉の縁者にございまする。なにとぞお慈悲をもって」

確かに船頭は、そう訴えていた。

船べりに、鶴吉はいざり寄った。見下ろした船の下に、吸いついたように小舟が寄りそっていて、その中にお紺の白い顔がみえた。

鶴吉の顔を認めると、お紺は立ち上り、手をさしのべるようにした。その頬《ほお》を、みるみる溢《あふ》れる涙が濡《ぬ》らすのを鶴吉はみた。船頭に引き戻されて、お紺はぺたりと舟底に坐り込んだが、眼は瞬きもしないで鶴吉を見つめ続けている。面長《おもなが》で、やや細い眼のあたりに、淋《さび》しげな影のあるお紺の顔は、悲しみに漂白されたように、どこか虚《うつ》ろな表情をたたえていた。

「もうよかろう」

不意に背後から綱を引かれ、鶴吉はよろめいて甲板に尻から落ちた。視野から消える一瞬前に、すでに船腹から離れはじめた小舟の上で、躰を乗り出すようにして何か叫んだお紺の姿が、網膜を焼いて静止した。

打って変わった厳しい声で、船手同心が船底の船牢に流人達を追い立てはじめた。その声を背にしながら、鶴吉はさっきまではなかった微《かす》かな希望が心のなかに芽生えはじめたのを感じていた。

事実島で、喰うために百姓家の手伝い、漁師の家で漁具や船の手入れなど、手当り次第に働いて生きのびたのは、いつかは生きて江戸に帰り、お紺と会うというひと筋の執着のためだったのだ。その中でもし江戸に戻れたら、堅気に戻り、お紺ときっちり世帯を持って暮らそうという決心も幾度も修正されて固いものになっていったのである。

六間堀町の長屋は、五年前と少しも変わっていなかった。どぶ板を踏み鳴らして、子供たちが走り廻り、家の奥で赤ん坊が泣き喚《わめ》き、癇性《かんしょう》な声を張りあげて子供を叱りつけている女房の声がしている。

身を竦めるようにして、鶴吉は家家の前を通り過ぎ、五年前見捨てたわが家の前に立った。その家に、鶴吉はお紺と一年余り一緒に住んだのである。予想したように、家は戸が閉まり、ひっそりと人の気配がなかった。

格子戸はすぐに開いた。一度では開かず、途中で一度力を込めなければならない戸の癖も昔のままだった。

しかし土間に立ったまま、鶴吉は首をかしげた。どことなく違和感があった。はじめは、五年という月日のせいかと思った。が、やがてそうでないことがわかった。家の中に漂っている特殊な匂いは、薬の匂いだった。よく眺めると、障子はひどく破れたままで、壁にかけてあるものも、土間の隅に積んであるものも、女の一人住居を感じさせるものではない。

鶴吉が、感じている違和感が他人の家のものだと覚《さと》ったとき、後に女の声がした。

「お隣は留守ですけど、どなたでしょうか」

ふり向くと、入口の外に若い娘が立っていた。

娘は青く花模様を染めた白地の浴衣《ゆかた》に赤い帯を締め、円い眼を瞠《みは》るようにして、鶴吉を見つめている。白く脂肪の光る頬のために、顔も円くみえ、唇は小さく赤い。少女から娘になったばかりのように、初初しくどこかあどけなさを残しながら、浴衣につつみきれないほどの、のびやかな躰をしている。

「わたしは、昔ここに住んでいた者だが」

鶴吉は、悪いことをしていて見咎《みとが》められたような後めたさをはっきり感じながら、呟《つぶや》くように言った。

「どうやら間違えたようだ。お紺という人はもうここに住んでいないようだな」

「鶴吉さんかしら」

娘の表情が不意に動いた。円い眼が、確かめるように鶴吉を上から下まで眺めた。

「へえ、鶴吉ですが、あんたは」

「お菊です。隣の」

お菊は言うと、みるみる顔を赤らめた。しかし眼は逸《そ》らさないで、真直ぐ鶴吉をみたまま、声をひそめて言った。

「島から、帰ったんですか」

「あんた、菊ちゃんか……」

鶴吉は眼を瞬いた。鶴吉が島に送られるとき、お菊は十二、三の小娘だったのだ。母親のいない家で、下に女の子が二人もおり、年の割には妹たちの面倒をみたり、甲斐甲斐《かいがい》しく働く娘だったという印象しかない。

「驚いたな」

しばらくして、鶴吉はぽつんと言った。

「すっかりいい娘になった。ところで、お紺はどっか引越したらしいな」

「お紺さんがあんたの家を出てから、もう三年にもなるわ。この家は、いま喜平さんと言って、年寄りの定斎屋《じょさい》さんが住んでいるの。そんなところに入り込んではいけないのよ」

お菊は、やはりしっかり者のような口ぶりで言った。

「お紺はどこへ引越すとは言わなかったかい」

「聞いてないのよ。急にいなくなったから」

お菊は気の毒そうに眼を伏せた。

「そうかい。もう三年にもなるか」

急に、夥《おびただ》しい疲労が鶴吉の全身を包んだ。その疲れは、海の向うで過した日日につながっているように、底が深く、鶴吉をぐったりさせた。

「でも、富ヶ岡八幡の料理屋に行けば、会えるだろう」

お菊は、それには答えずに、言った。

「少しうちで休んだらいいのに。ひどくくたびれているようだ」

二

一年ほど前、お紺を見かけ、立話をしたとおせきは言った。おせきは昔深川富ヶ岡八幡門前の小料理屋房州屋で、お紺と一緒に働いていた。いまは鶴吉が訪ねあてた浅草広小路前の茶屋で、やはりうだつの上らない女中勤めをしていた。

「話した？　どこで会ったんですかい」

鶴吉は、腹がけの中から素早く三十文ほどの金を掴《つか》み出し、裸のままおせきの手に握らせた。腹がけ、股引《ももひき》の上から、親方の兼蔵から借りた袢纏《はんてん》を重ねて、鶴吉は左官のなりをしていた。

「この真ん前だよ、観音様にお参りに来たと言ってた」

握り締めた銭の量の大きさが、おせきの口を滑らかにした。訪ねあてて、茶屋の裏口に引っ張り出した時、おせきは色の黒い長い顔に、明らかに迷惑そうな表情を作っていたのである。

「だけど、あんたお紺さんの昔の亭主だというから、言っちゃどうかと思うけど、お紺さんは一人じゃなかったんだよ」

「すると連れがあったんで」

「男が二人もついていてね。姐《あね》さんとか呼んでいたしね。そこまで話したわけじゃないから解らないけど、あの人もう世帯を持ってるね。昔の亭主のあんたに言っちゃ悪いけどさ。それもあたしの感じじゃ、今のご亭主というのは堅気じゃないね」

「………」

「そりゃ見れば解るのさ。着ているものが小粋《こいき》でね。化粧も濃いしね。堅気はあんた、あんななりはしないよ」

「何処《どこ》に住んでいるとかは、話に出なかったんですかい」

「聞いたさ。でも言わなかったよ。何となく口を濁すような感じだったね」

もし今度見かけたら、必ず居所を聞いておいてくれ、と言い置いて、鶴吉は茶店の裏口を出た。

広小路の人混みを抜けて大川橋の上に出ると、川風が斜めに顔に吹きつけ、借着の袢纏をはためかせた。風は涼しく、明らかに秋の気配を含んでいた。立ち止って欄干をつかむと、鶴吉は茫然《ぼうぜん》と川面を眺めた。日暮れに近い空を映して、川はあるところは青く、あるところはもも色の雲を映していた。ゆっくりと上流に遡《さかのぼ》って行く小舟が二艘、僅《わず》かに川面に波を立てている。

「お慈悲にござります。ひと眼だけ、お会わせを願いまする」

鶴吉の内部に、不意に四月の蒼《あお》ざめた朝の声が遠い呼び声のように響き、空《むな》しく谺《こだま》した。(だが、お紺は見つからないかも知れない)と、鶴吉は思った。

六間堀町の長屋に帰ったその夕方、鶴吉はお紺が働いている富ヶ岡八幡門前の小料理屋を訪ねたが、長屋を引払ったという三年前に、お紺はそこをやめていた。お紺と一緒に働いていた女たちに、行方を聞こうとしたが、水商売の女たちの動きは、何かの力に押し流されているように変わり方が激しく、お紺の消息を知る者はひとりも残っていなかった。僅かに行方が解っている当時の女たちを訪ねてまわったが、三人目のおせきに会って、初めて一年前にお紺をみたことが解っただけである。たとえ、探しあてたとしても、無駄かも知れない、と鶴吉は思った。おせきの話によれば、お紺は姐さんと呼ぶ若い者を二人連れていたという。それは、お紺がすでに鶴吉と無縁の世界で暮らしを営んでいることを暗示している。

——そうだとすれば、いまさら島帰りが顔を出すことはねえのだ。

不意にそう思った。そう思うと同時に、荒荒しく腹の底からこみ上げる怒りが、躰を貫いて走った。一生賽《さい》を握るまいと思った殊勝な決心が滑稽だった。炎天の下で、ひたすら堅気面《づら》をして、壁泥にまみれ、ケチな手間取り賃金を押し頂き、飲まず買わずに過ぎた月日が憤《いきどお》ろしかった。

鶴吉は、いま、お菊の家に厄介《やっかい》になっていた。お菊の父親の理助の、暮らしのメドが立つまで居てもいいという言葉に甘えたのだが、事実あてにしていたお紺の行方が知れないとなると、その夜泊る場所にも困ったのである。厄介になるといっても、勿論《もちろん》喰わせてもらっているわけではない。理助は相変わらず夜鷹《よたか》そばを商っており、お菊は橋向うの神田久松町の小間物問屋で、住込みの女中だった。

鶴吉はすぐに働いた。お紺がいないことで気落ちはしたが、捜すためにも喰うだけは働く必要があった。働きながら、お紺が勤めていた小料理屋あたりからじっくり手繰《たぐ》って行けば、じきに見つかる気もしたのである。仕事は左官の手間取りだった。理助が段取りをつけてくれたのだった。

兼蔵という左官の親方は、会うとすぐに鶴吉の年を聞いた。二十八だというと、ちょっと考えるふうに下を向いたが、

「まだやり直しがきくわな。ま、辛抱できたらゆくゆく悪いようにはしねえつもりだ。昔のことは忘れるこった」

そう言って笑顔になった。島暮らしの習慣から、鶴吉は眼を伏せ、無表情に聞きながら、素早く兼蔵の言葉の裏を探ってみたが、隠されたものは見当らなかった。肌が白く、固肥《かたぶと》りに肥えて、円い顔に髭が濃い兼蔵の笑顔に、鶴吉は好意をもった。日に百二十文という手間賃もその場で決まった。それは左官職としては半人前の手間賃だったが、不足はなかった。喰い扶持《ぶち》のほかに、多少の礼は理助に出せると思った。

壁土をこね、高い足場に桶《おけ》を担《にな》って土を運び上げる仕事は、島で荒仕事をした躰にもこたえた。しばらくは、朝起きるのが辛《つら》い日が続いたが、やがてそれに馴れた。

だが、そうした日日の芯になっていたものが、脆《もろ》く崩れ落ちようとしているのを、鶴吉は感じていた。無用に力んできた愚かしさがはっきり見え、鶴吉を恥辱と憤り

で耐え難くした。

鶴吉は、不意に袢纏を脱ぐと、まるめて橋の上から力まかせに水の上に投げつけた。袢纏は、そんな鶴吉を嘲《あざけ》るように、途中で開き、風に膨らんでゆっくり水に落ちて行った。通りがかりの者が、驚いて立ち止り、鶴吉をみたが、それには眼もくれないで、鶴吉は足早にいま渡ってきた橋を浅草に引返した。

三

その夜、鶴吉が六間堀の長屋に帰ったのは、五ツ（午後八時）過ぎだった。戸も満足に閉めることが出来ないほど酔っていた。

「どうしたの？」

物音に驚いて出て来たお菊が、怯《おび》えたように声をかけた。月に二度、お菊は妹たちの面倒をみるために問屋から暇をもらって帰る。今夜も泊りがけできていたのである。理助はもう夜商いに出かけて、いなかった。

「酒を飲んできたのね」

咎めるようにお菊は言った。

「それがどうした？　気に入らねえかい」

鶴吉は上り框《かまち》に腰を下ろすと、首をひねって、立っているお菊をみた。途中で転んだらしく、股引も腹掛も泥だらけで、擦り剝《む》いた頰に砂と噴き出た血がついている。眼は赤く濁って、彫りの深い瘦《や》せた顔が陰惨な表情になっていた。

「だって、帰ってからお酒なんか一滴も飲まなかったじゃないか」

「たまには飲みたくなら」

「駄目ね」

お菊は嘆息するように言った。

「まるで生まれ変わったみたいだと、おとっつぁんとも話してたのに。飲んじゃいけないなんて言わないわよ。でも、そんな恰好《かっこう》をみると、昔とおんなじだと思うの」

「ふん」

鶴吉は顔をそむけた。頭をふって、ちきしょうめ、と呟いた。頭の隅に、酔ってかえって鮮明に浮かぶお紺の姿があった。その記憶も、説教がましいお菊の言い方も腹立たしかった。内部には、まだ消化しきれないどろどろした憤怒が、熱く塊《かたま》っている。

それに気づかないで、お菊は蹲《うずくま》ると囁《ささや》いた。

「何かあったのね。仕事がうまく行かなかったの？　それともお紺さんのこと？」

その声は優しく鶴吉の耳を刺し、そこにお菊ではない、男を扱うすべを心得た成熟した女がいるような錯覚を鶴吉にあたえた。

鶴吉は無言で、よろめいて立ち上り、上にあがると台所に行って水を飲んだ。水は灼けた喉《のど》を快く冷やしたが、その後からもう一度、新しい酔いが躰をぶ厚く包んできた。

あてがわれた三畳に入ると、お菊が布団を敷いていた。行燈《あんどん》の光が、立ち働くお菊の手足の白さを浮き上らせている。

「お紺さんの居るところが解ったんじゃない？」

お菊は敷きおわった布団の隅を引っぱりながら言った。

「いや解らねえ」

「いつまで探すつもり？」

「見つかるまでだ」

お菊はうなだれた。やがて膝をついたままの姿勢から、部屋の入口で揺れながら立っている鶴吉をみた。

「言うまいと思ったけど」

「……………」

「あたしには、あの人、あまりいい人だと思えないのよ」

「何でい。言いてえことがあったら、はっきり言いな」

「鶴吉さんが島送りになったあと、半年も経《た》たないうちに、男を連れてきたわ」

衝撃が、鶴吉から表情を奪った。酔いは一瞬に裂けて、無表情にお菊を見下しながら、鶴吉は冷たく冴《さ》えて行く意識の中で、お菊の言葉を待った。

「がっかりしないでね。でもほんとの話なの。それも一人じゃなかったわ。いろんな男がきて、酒を飲んで、泊ったわ」

「……」

「あの人は、自分で長屋を出たわけじゃないの。大家さんに追いだされたのよ。あんまりふしだらだって」

「……」

「男がいないと暮らせない人だったんじゃないかしら」

「もういい、やめろ」

鶴吉はかすれた声で言った。

「探しても無駄だと思うわ」

「いいからやめろ」

鶴吉は部屋に踏みこむと、お菊の腕を掴んで立ち上らせた。新しい憤怒が躰を灼き、握りしめた拳が顫《ふる》えた。怒りはお紺だけにむけられるべきだった。それが解っていながら、鶴吉はそれを知らなかった自分も、そこまで知ってしまったお菊も許せない気がした。

「よけいなお世話だぜ、お菊」

鶴吉は、お菊の二の腕を摑んだ指に、ぎりぎりと力をこめた。お菊の顔が恐怖で白っぽく変わった。それでも隣の六畳に寝ている妹たちを気遣って、鋭く囁いた。

「そう、それならいいのよ、離してよ」

「お前が言ったことぐらい、解ってたんだ」

「解ったわ、解ったから離して」

だが鶴吉は、ほどきにきたもう片方の手も摑み、お菊を覗《のぞ》きこむように顔を近づけた。その眼の中に、一瞬餓えた獣が喰い物を覘《うかが》ったような浅ましい光をみて、お菊は本能的に躰を固くした。躰をよじり、顔をそむけて「お願い、やめて」と囁いた。

その声を、鶴吉は聞かなかった。

荒荒しく布団の上にお菊を押し倒した。押しかぶせた胸の下で、肉の感触がくすぐるように弾み、女の匂いが息苦しく鼻腔を満たす中で、鶴吉は一匹の盲《めし》いた獣だった。盲いた暗黒の中で、お紺の白い肌が躍っている。

手を伸ばして裾を探った。裾は割れていて、熱く滑らかな太腿《ふともも》が掌を滑った。

胸の下で、お菊が鋭い叫び声を挙げた。同時に、鶴吉は背後に子供の泣き声を聞いた。首をねじむけた鶴吉は、部屋の入口にお菊の妹のお吉が立ち、両手を垂れ、眼を瞠《みひら》いたまま泣きじゃくっているのをみた。

冷えた風が胸を吹き抜け、鶴吉の欲望は萎《な》えていた。ゆっくり胸を起こすと、壁に背をつけ、膝を抱いてうなだれた。中途半端な、どう始末をつけようもない醜悪なものが残ったのを、鶴吉はぼんやり眺めていた。この家を出るときが来たのだ、と思った。そう思ったとき、この家でも、ひどく居心地がよかった三月ばかりの暮らしが胸を掠《かす》めたが、鶴吉は無視しようとした。

その温かさに背を向けて、荒涼とした場所に出て行くべきだった。島帰りのふり出しに戻るわけだった。そうすることぐらいしか、お菊にした仕打ちを償う方法はない。そう決めると、幾分気持が落ちついた。

お菊の硬い声がした。

「夜が明けたら出て行って。もうあんたの顔をみたくないわ」

「わかってらあな」

鶴吉はうなだれたまま答えた。行燈を持ち去ったらしく、闇《やみ》が眼を包んだ。そのだしぬけな闇が、これまでこの家と自分を結んでいた糸が断たれた合図のように、鶴吉は感じた。

だが、その糸をお菊はもう一度繋いだのだった。

明け方、理助が仕事から帰った物音で、鶴吉は眼覚めた。屋台の荷がきしむ音が止まり、ひっそりと戸を開けたてして、やがて理助は隣の部屋で床に入ったようだった。理助はそうして午刻まで眠るのである。理助は五十半ばで、無口な男だった。もう何十年も、夜行性の生き物のように、暗くなってから蕎麦《そば》の屋台を担ぎ出し、空が白むころ、ひっそりと物音を殺して帰る暮らしを続けてきた。理助は、家を出る時には威勢よく屋台の風鈴を鳴らし、帰る時にはそれをはずして路地に入ってくる。

鶴吉は起き上った。身の廻りの物は幾らのものでもない。風呂敷に着換えを包むぐらいは、小窓から洩《も》れる白い光で足りた。

思いがけなく襖《ふすま》が開き、お菊が入ってきた。お菊は髪も整え、小間物屋に帰る身支度を済ませていた。

音がしないように襖を閉めると、鶴吉の前に坐って、小声で言った。

「あんたがよかったら、いてもいいわ」

「………」

「またゆうべのようなことがあると厭《いや》だけど、ゆうべは酔っていたし。それにいろいろ考えたんだけど、此処《ここ》を出てもあまりいいことがないと思うの」

「………」

「どちらでも、鶴吉さんのいいようにしていいのよ。だけど家を出たら、また悪い仲間に入って行くしかない気がするのよ」

鶴吉は手をとめ、眼をあげた。

青白い朝の光の中に、お菊の白い顔が泛び上っている。成熟した女が喋るような、男に対する思い遣《や》りを口にしながら、お菊の表情はやはりどこか稚《おさな》くみえた。瞠いた眼は、真直ぐに鶴吉を見つめ、ゆうべの出来事を羞《は》じらっているふうには見えなかった。

鶴吉の内部に、お菊に向かって静かに流れはじめた優しい感情があった。お菊は驚くほど身近にいた。

四

眼覚めたとき、違和感があった。

肩口からさし込む朝の寒気に躰を縮めながら、鶴吉は襲ってきた落ちつかない感じの正体を探ろうとしたが、すぐに思い当って跳ね起きた。色の燻《くす》んだ小窓を、朝の日の光が染めていたが、その明け方、鶴吉は屋台がきしむ音を聞かなかったのである。明け方の夢うつつの間にその音を聞き、もう一度深い眠りの中に戻るのが鶴吉の習慣になっていた。

間の襖を開いた。予想したように、そこにはお吉とお光が、ひとつ布団に仔犬のように躰を寄せ合って眠っているだけで、理助の布団は、ゆうべお吉が敷いたままだった。

手早く身支度して、鶴吉は外に飛び出した。寒気がすぐに躰を包んだ。路にも、家家の屋根にも薄く霜が降り、のぼったばかりの赫《あか》い弱弱しい日の光に、うぶ毛のように光っている。

六間堀に沿って北にいそぎ、竪川《たてかわ》の手前で山城橋を渡った。理助が歩く道筋は、これまで二、三度手伝ったことがあって、解っている。松井町二丁目と武家屋敷の間を抜け、右側が常盤町の町屋になった町角で、左に曲り松井町と林町の間を竪川の川岸に出た。左右をみたが、真直ぐ見通せる河岸の道に、人影はなかった。その人気のない風景が、鶴吉の胸の中の不安を濃くした。

竪川の水面には、夜の名残りの霧が薄く残り、その下に岸を洗う微かな波の音がした。鶴吉は二ノ橋を渡った。渡り切って本所相生《あいおい》町と武家町の間に入り、武家屋敷の西に続く松坂町の方をみた。そこもほとんど真直ぐの道だったが、やはり人影はなく、松坂町に入るところで、黒い犬が一匹、ゆっくり視野を横切ったのをみただけである。町はまだ眠っていた。

屋台と、その下に倒れている理助を見つけたのは、一ノ橋を南に渡り、御船蔵の手前の石置場まで来た時だった。

理助は、屋台の裏にもたれるようにして倒れ、眼を閉じ、口の端から涎《よだれ》をたらし、荒い呼吸をしていた。厚く綿入れを着込み、すっぽりと頰かぶりをして、理助は哀れなほど着膨れている。外傷はなく、おそらく卒中に襲われたのだと鶴吉は思った。卒中で死んだ父親が、外からかつぎ込まれた時と様子が酷似していた。

「理助さん」

鶴吉が呼ぶと、理助は微かに眼を開いた。意識はあるようだったが、開いたままの口から小さな呻《うめ》き声を洩らしただけだった。

「安心しな。いま人を呼んできて家に運んでやるぜ。なに、大した病気じゃねえよ」

理助は、また呻き声を洩らし、眼を閉じた。御船蔵前町の自身番を探して歩きながら、鶴吉は、（これから、どういうことになるのだ）と思った。思いがけない重荷が、ずっしりと肩を圧してきたのを感じたが、その重さから逃げることは考えなかった。たとえ逃げても、行く場所はなかった。

しかし、その重荷の量《かさ》がどのぐらいのものかが解ったのは、それからひと月近く経った頃だった。

三畳の部屋に寝そべって、鶴吉は屋根を叩く夜の雨を聞いていた。小さな手焙《てあぶ》りに炭が赤らんでいたが、それでも肌を刺してくる寒さが、時時胴震いを誘った。霙《みぞれ》にでも変わりそうな小止みもない雨だった。

襖が開いて、お菊が入ってきた。

「眠ったか」

と鶴吉は寝そべったまま言った。

「やっと眠ったわ」

お菊は言って、膝の上に縫物を引き上げた。行燈の光が柔らかくお菊の横顔を照らしている。お菊は少し頰が悴《やっ》れてみえた。

「いい加減にして、寝たほうがいいぜ」

「そうも行かないのよ。この着物明後日まで仕上げる約束だもの。店賃《たな》もまだだし、そろそろお米がないのよ」

言ってから、お菊ははっとしたように顔を挙げた。

「ごめんなさい。鶴吉さんを責めているんじゃないのよ。反対なの。鶴吉さんに頼り切りになっているのが情なくて。それで時時いらいらするの」

「仕方ないじゃないか」

と鶴吉は言った。

理助が倒れた翌日から、鶴吉は昼は左官の下職で働き、夜は屋台を担《にな》って夜鷹そばを商っている。石原町から戻るとひと眠りし、四ツ（午後十時）頃屋台を担いで出る。仕込みは帰り途《みち》でやってくるのだった。蕎麦商いは七ツ（午前四時）には切り上げる。家に戻って、それから石原町に出かけるまでの間に、またひと眠りした。雨や風の日があるから出来る、綱渡りのような稼ぎだった。晴天が続き、目いっぱい働くと躰がきしむのだった。長く続けられる暮らしではなかった。

そうして働いて、それにお菊が注文をとってくる縫物の駄賃を加えても、病人に薬を飲ませ、五人が喰べるのにかつがつだった。

「疲れているんだな、菊ちゃんも」

鶴吉は雨の音を聞きながら言い、ごろりと仰向けになった。

理助が倒れたとき駈けつけたまま、お菊は勤め先に戻れなくなった。上の妹のお吉は十二で、飯の支度ぐらいはしたが、病人の世話までは無理だった。それに一日に二言、三言しか喋らなかった理助が、寝込むとひどく口喧《くちやかま》しい病人に変わったのだった。

お菊は一日中、不明瞭な理助の言葉を聞きわけ、絶えまない注文に追い廻されている。ひと月経ったが、病人はよくも悪くもならず、それでいて喰い物は鶴吉よりも喰べ、しまりなく垂れ流すのだった。

「寝たほうがいいぜ。もう五日もすれば、石原町から手間が入るだろうし、この雨も一晩降ればあがるだろう。金は何とかするよ」

鶴吉はまた言った。お菊は答えないで針を動かしていたが、不意にその手を止めると、ぼんやりした口調で言った。

「鶴吉さんがいなかったら、あたしたちどうしたかしら」

「そんなことは考えない方がいいぜ」

と鶴吉は言った。

骨がきしむほど働いて、病人を養い、女子供を養っている自分を、ふと怪訝《けげん》に思う瞬間がないではない。しかしそれを深く考えるひまもないほど、日日の暮らしに押し流されていた。そしてそのことが、鶴吉には不快でなかった。島まで流された自分が、堅気で通用することを確かめた、新鮮な愕《おどろ》きがあったし、人に頼られることも、悪い気分はしないのだった。

「この冬を越してよ、あったかくなったら、ちょっと商売変えしようかと思案してるんだ」

お菊は針の手を休め、探るように鶴吉をみた。鶴吉は起き上って胡坐《あぐら》をかいた。

「そんな心配そうな面アしなくともいい。実はとっつぁんが元気だった頃までに、左官の手間から少しずつ溜めた金がある。こないだ数えてみたら、五貫ちょっとあったよ」

「まあ、そんなに」

「いつかみたいによ、この家を追ん出されるとき、たとえば菊ちゃんだって、婿をもらわなきゃならねえだろ。その時手ぶらで外へ出るのは心細いと思ってよ、柄にもなく残した金だ。博奕も打たねえ、酒も飲まねえと、金も案外に溜るもんだとわかったよ」

「……」

「五貫ぽっちじゃおめえ、店をやるってわけにもいかねえが、担い売りから始めて、ゆくゆく小さな青物の店でも持てたらというのが俺の考えだ。そんな風になったら、恩返しに皆ひきとってやるぜ。菊ちゃんだって、ちゃんと嫁にやるぜ」

ふふ、とお菊が笑った。頬に血の色がのぼり、鶴吉をみつめる眼がきらめくように光った。縫物を膝の脇に捨て、行儀よく膝の上に手を組んで、お菊は笑い続けた。

「なんだい、そんなにおかしいか」

「嬉《うれ》しいのよ」

お菊は艶のある声で言った。

「出来そうだわ、鶴吉さん。がんばってね。でも、どうしてこんなに嬉しいのかしら」

五

夜ふけに、手足を緊縛されたような、胸苦しい夢にうなされて、鶴吉は眼覚めた。夢の続きのように同じ床の中に、お菊がいた。鶴吉が眼覚めたことがわかると、お菊は異常なほど腕に力をこめてしがみついてきた。

「どうした」

鶴吉は囁いた。だが、すぐに言葉はいらなくなった。闇の中で鶴吉が抱いているのは、ひとりの豊かに実った女だった。やわらかに弾む胸の膨らみが、鶴吉の掌に溢れ、形よくくびれた胴が、そこから再び立ち上る豊満な腰の線に、男の掌を誘った。嵐を予感する草の葉のように、お菊の躰は顫え続けている。拒絶するように硬く閉ざされた腿が割れ、その内側の湿った肌が掌にゆだねられたとき、男は目眩《めくるめ》く嵐に巻き込まれていった。

闇の中に、幾度か火華《ひばな》をみるような嵐が、荒荒しく通り過ぎたあとに、打ち倒されたように男と女が横たわっていた。やがて男は女が投げ出した掌を胸の上に引き寄せ、か細くしなう指をゆっくりもてあそんだ。そうしながら男は寄りそった女の躰が柔らかさを取戻し、肩に額をつけた女の呼吸が次第に穏やかになっていくのを聞いていた。それは嵐の終わりの風が、音はたてずに、草を分けて遠ざかるのに似ていた。

「なんで、こんな気になった」

男はふと手の動きを止め、覚めた声で囁いた。女が初めてだったことが、男を微かに後めたい気持に誘っていた。柔らかく寄りそっている躰が不憫《ふびん》だった。女は答えないで、額で男の裸の肩を押すようにした。額はまだ熱かった。

「なぜだ、菊ちゃん」

鶴吉は執拗《しつよう》に言った。

「俺はやくざな男で、島帰りだ。おめえに釣合うような人間じゃねえぜ」

「いまは、まともだわ」

くぐもった声で、お菊が呟いた。

「いまはな。だがそれで信用したんなら、浅はかだぜ」

「それでもいいの」

やはりくぐもった声で、お菊は言った。

「子供の時分から、鶴吉さんを好いていたもの。だからお紺さんを長屋に連れてきたときには、嫉《や》けて仕方なかった」

不意にお菊の声がはっきりした。

「島にいる時、お米と塩を送ったことがあるわ。一度だけだったけど。おとっつぁんには内緒だったのよ」

鶴吉は沈黙した。見届物という。国許《くにもと》の親類縁者から流人に、米麦、味噌、醤油などを送ることが認められており、飢餓と隣合わせて生きている流人たちは、地獄で仏の手を待ち望むように、物が届くのを待ったのである。五年の島暮らしの間に、一度だけ送られてきた米と塩を忘れていない。だが鶴吉は、それをお紺が送ったものと思い違えていたのである。

「それに……」

お菊は、男の躰に優しく手足をからめた。

「鶴吉さんが可哀そうだもの」

「………」

「苦労ばっかりさせて、なんにも上げるものがない」

語尾を呻くように切ると、お菊は不意に鶴吉の肩に顔を埋めた。涙がじわりと肩口を濡らすのを感じながら、鶴吉は仰向いて闇に眼を開いていた。

お菊の涙は信じられるだろうか、とふと思った。小舟の中で手をさしのべたお紺の、頬の滴《したた》り落ちた涙を思い出していた。お菊の涙に、女の狡智《こうち》は含まれていないのか。俺をこの家につなぎとめるための、小娘の打算はひそんでいないだろうか。

「お金のためにこうしたなどと、思わないでね」

不意にお菊が顔を離して言った。鶴吉はぎょっとして眼を瞬いた。

「お金のためだったら、鶴吉さんにこの家を出てもらって、金持ちのおじいちゃんの妾《めかけ》にでもなるわ」

「馬鹿なことを言うんじゃねえ」

鶴吉はあわてて言った。

「そんなふうには思わねえぜ。ただ俺は島暮らしで疑い深くなった。菊ちゃんが俺を好いてたという話も、すぐには信じられなかったのさ」

「どうしたら信じられる？」

甘い声音でお菊は言った。

男の掌が、もう一度盛り上った胸の膨らみに伸びた。その掌が、ゆっくり滑らかな肌を滑り落ちると、お菊は身じろいで躰を仰向けた。弾むような肉を盛った下肢は、男の掌をむかえて今度は抗《あらが》わずに、戦《おのの》きながらわれから開いていった。

お菊の羞恥《しゅうち》にかすれた囁きが、遠くから男の耳に呼びかけた。

「これでいいの？」

六

六月の日の光が、鶴吉を灼いた。

右手に手拭《てぬぐ》いを摑み放しで、首筋や胸を流れる汗を拭《ふ》きながら、鶴吉は下谷を山崎町から車坂町の方角に歩いていた。母のお常がやっているという古着屋の店を探しているのである。日射しは昼近かった。

うろ覚えの記憶を頼りに、訪ねあてた浅草馬道の長屋で、お常と妹の八重が下谷に越したことを聞いた。鶴吉にそう教えた男は、お常さんは働き者で、長らく反物の行商をしていたが、下谷の裏店《うらだな》で古着の店をやるといって引越した、と言ったが、はっきりした場所を知らなかった。

鶴吉は立ち止り、人混みの中で噴き出す汗を拭った。手拭いは汗を吸って、重く湿っている。（何としても探さなければならない）と思った。探しあてて金を借りるつもりだった。勿論心よく貸すはずはない。親子の縁はとっくに断たれている。それを百も承知で、強引に、場合によっては恫《おど》しをかけても借りるつもりだった。

島で食い物に餓えたように、いまは金に餓えていた。

青物を目籠《めかご》に詰め込んで天秤《てんびん》でになう、上方でいう棒手振《ぼてふ》りの青物商いを始めたのは、二月半ばだった。左官の兼蔵が足場から落ち、腰を痛めて寝込んだために、仕事を始める時期が見込みより早くなった。兼蔵が休んだために、仕事の注文は半分になり、抱えている職人で間に合うようになると、半端な下職にすぎない鶴吉が割り込む場所は、すぐになくなったのである。

その埋め合わせのように、兼蔵は鶴吉の目論見の相談に乗った。知り合いで、米沢町の青物問屋に顔をつないでくれたのである。仕入れの足しに、と二両の金も貸した。商いのやりようを、その問屋で聞きながら始めた仕事だったが、朝にひと廻り、日暮れ前にひと廻り、竪川の近辺、鳥越から浅草近辺まで廻ると、商売になった。店もない路地の奥まで、鶴吉は小まめに足を運んだ。次第にコツがのみ込めると、商売が面白くなってきたのである。

雨の日も仕事を休まなかった。ぐっしょり濡れて帰っても、帰ればお菊が温かく迎えた。お菊は急に女らしくなっていた。悴《やつ》れた頬に肉がつき、表情は大人びて落ち着き、立ち居の間に、躰になまめかしい色気がこぼれて、鶴吉を眩《まぶ》しがらせることがある。

理助の病気は相変わらずだったが、お菊がいら立つことはなくなった。病人に馴れたこともあるが、人並みに暮らせるしあわせと自信が、お菊の心を明るくしていたのである。お吉やお光にも、そういう変化が敏感に解るらしかった。子供たちは他愛ないことで笑った。

万事うまく行っていた筈だった。

それが、少しずつうまく行かなくなったのは、ふた月ほど前からだった。「青物の出廻りがよくなると、今までのようには行かないよ」と、儀兵衛という問屋の番頭が言ったが、鶴吉はあまり気にしなかった。その頃には、諏訪町、駒形町あたりから浅草にかけて、大川端の小料理屋までとくい先が出来、商売は楽になっていた。

だが、やがて少しずつ値が下った。そしてそれだけ利が薄くなった。朝のうちと、八ツ半（午後三時）過ぎからと、二度の荷商いでは商売のうま味が出なくなった。鶴吉は、昼どきに遠く木場の方角まで商いの足を伸ばした。木場の扇町、茂森町のあたりは、辺鄙《へんぴ》な場所で町の者は小名木《おなぎ》川の川筋まで買出しに出ると聞いたからである。

それで幾らか持ち直した。だが、今度は仕入れの金が嵩《かさ》んだ。春先の商いで、多少残した金を仕入れに廻した。その金は、出て行ったまま、どこに消えたともなく無くなった。

ついにからす金を借りた。いつの間にかそこまで追い込まれていた。金は猿子橋近くの橋向うの神明門前《しんめいもんぜん》に住む、佐治兵衛という金貸に借りた。やくざな暮らしをしていた頃、鶴吉は佐治兵衛から金を借りている。六、七年ぶりに会うというのに、佐治兵衛は少しも年取ったようには見えず、鶴吉をおぼえていた。

広い青膨れの額の下に、垂れ下ったような瞼《まぶた》があり、皮をめくるように瞼が上にあがると、飛び出た魚の目に似た目玉が無表情に鶴吉を眺め、話を聞くと、厚い唇を歪めて貸すと言った。優しい声で「約束は約束やで。守ってくんなはれや」と上方弁《かみがた》で言った。利息を差引かれた金を摑んで鶴吉は飛び出した。その日のうちに返す日なし金だった。危険な金だった。

その夜、鶴吉は初めてお菊と口論した。

「ああ、明日も借りる。明後日も借りる。とにかく秋口までやりくりして暮らすしか、手はねえのだ」

お菊は、そんな無理な商売をしなくとも、石原町でもう一度稼がしてもらったら、と言ったのだった。お菊に言われるまでもなく、鶴吉は兼蔵を一度訪ねていた。だが兼蔵は起き上ってぶらぶら出来るようになったばかりで、ただ青白い顔をし、見違えるほど痩せていた。鶴吉の話を聞くと、もう三月ばかり辛抱できないか、秋には雇える筈だ、と言った。そう言われると、二両という金を返していない負い目もあって、鶴吉は黙りこむしかなかったのである。

今夜も、あの青膨れた爺いがやってくるだろう、と鶴吉は思った。佐治兵衛は、取決めた刻限に金を持って行かないと、巨《おお》きな軀を緩慢に動かし、杖を鳴らして長屋にやってくるのだった。金を揃えないと、長屋中にひびく大声を張り上げて、

「揃わないと思ったら食い物を詰めるもんだっせ。あんた、それだけの覚悟がのうて、日なし金借りてなはるんか。よろしおま、銭がなければ、品物でもらいまっさ」

と怒鳴るのである。お菊も、妹たちも怯え切っていた。平気なのは病人だけだった。

鶴吉はまた立ち止った。いつの間にか坂本町裏と簞笥《たんす》町がつながるあたりに来ており、左側はびっしり寺院の門が並んでいる。人通りは少なかった。

日が灼いている閑散とした路に、熱い吐息を落として、鶴吉はいま来た路を引返そうとした。

するとと軒下から出てきた若い娘が、

「あら」

と言った。

鶴吉は眼をあげた。眼の前に、八重の怯えた顔があった。

七

「八重もすっかり娘らしくなったな」

と鶴吉は言った。

「ああ、お蔭さまでな。こないだ婿になる人が決まってな。秋には婚礼だわ」

とお常は言った。ちょうどお茶を運んできた八重が、聞きつけて「いやだわ」と言った。お常と上り框に腰をおろしている鶴吉にお茶を配ってから、八重は改めて赤くなった顔を袂《たもと》で隠した。眉毛《まゆげ》がやや薄いのが難だが、小づくりな八重の顔は、脂肪がのり、きれいな娘になっている。

「婿になる人の仕事は、何なんで」

「大工だよ、若いけど間もなく棟梁《とうりよう》になる人でね。うちらにはもったいないような人だ」

お常はそう言って八重をみたが、急に厳しい目付きを鶴吉にむけた。

「ところで、突然に何の用事だい」

「………」

「断わっておくけど、深川の家を出たときに、親子の縁は切ってあるからね。気をつけてものを言った方がいいよ」

いきなり針で刺した言葉だった。お常は昔の面影がないほど肥っている。その肥った躰に釣合った貫禄のようなものが感じられるのは、女の身で行商一本で子供を育て、たとえ裏店でも、小さな店を持つまでになった自信が内側にあるからだろう。

「言われなくても解ってる。だが背に腹はかえられねえんで、実は金を借りに来た」

「そんなことだろうと思ったよ」

お常は大きな声で言った。ほとんど嬉しそうな表情になっていた。

「聞いたかい、お八重。金を貸してもらいたいとよ。そんなことでもなけりゃ、家を訪ねてくる筈がないさ」

「貸してあげたら。兄さんだって、よっぽど困ったから訪ねて来たんだわ」

「冗談言っちゃいけないよ。この人はお前の兄でも何でもありゃしない。博奕打ちで家中を泣かせて、島まで行ってきたろくでなしさ。長年住んだ深川の家に、じゃらじゃらした女を引っ張り込んで、おっかさんとお前を追い出した犬畜生だよ」

「おっかさん」

八重が涙声で言った。

「あんまりじゃないい」

「何があんまりなもんか。あたしゃほんとのことを言っているだけさ」

「それで……」

鶴吉は蒼ざめた顔を上げた。

「金は貸してもらえねえかい」

「お断わりだね」

「しかし金はあるんだろ」

鶴吉はしつこく言った。表でのぞいたとき、古着だけでなく、端ぎれも並べて、小さいが花やかな色どりの店だったのだ。

「金は貸すほどあるよ。だがお前に貸す金は持っていないね」

「博奕に使おうって金じゃないんだ。いまはまともに暮らしてるぜ。担い売りだが、青物を商っている。この恰好を見りゃわかるだろ」

「信用できないね」

「本当だぜ。仕入れの金に困っているんだ。高い金を借りて、どうしようもなくなった。俺だけならいい。だがほかの口も養ってるんで逃げ場がねえんだ」

「無駄だよ、いろいろ言っても」

「呉《く》れとは言ってねえぜ」

鶴吉は大きな声を出した。

「仮りにもお袋だろ。子供が首をくくろうというときに、五、六百の金も貸せねえのかい」

「勝手に首をくくりな」

お常は冷たく言った。

「いまごろお袋が聞いてあきれるよ。金を貸したくないほんとのわけを言ってやろうか。あたしゃまだお前が憎いんだよ。おとっつぁんだって、お前があんなふうでなかったら、もっと長生きしたろうよ」

お常の声には憎しみが籠《こも》っていた。

深い沈黙が来た。ここへ来たのは、やはり間違いだった、と鶴吉は思った。考えてみれば、ろくなことはひとつもしていなかった。折角身につけた錺《かざり》職という仕事も、まともに働いた時期は一年ぐらいのものだろう。博奕場に入り浸り、家の中の金をくすね、金がなければ物を持ち出した。父親の政吉やお常がする意見を鼻であしらい、しつこく言うと逆に凄《すご》み、親を殴った。博奕の腕ばかり上り、手目を使って渡世人に嫌われるまでになった。島に送られたのは、自然な成行きだったのだ。荒廃した一筋の道が見えた。それはたとえ野垂れ死にしようと、親を頼るべきでないと語りかけていた。

鶴吉の奥深いところに、不意に笑いが生れた。それは自分に向けた嘲りのようでもあり、憤りのようでもあった。

場違いな笑いに、鶴吉は狼狽《ろうばい》し、深く俯いて、それを隠そうとした。するときは笑いはよけいに輪をひろげ、鶴吉の中で膨らんで、鶴吉の肩はそのために泣いているように顫え続けた。

こらえ切れなくなって、鶴吉は顔を上げた。すると、不思議なことにお常の顔もたちまち笑いに崩れ、八重は若い娘らしいけたたましい笑い声を立てるのだった。その笑い声が頓狂すぎる、と言って、お常は肥った躰を畳に折り曲げて笑った。

遠い歳月の向うから、すばやく走り寄ってくるものの、小さな足音を鶴吉は聞いた。それは無垢《むく》の自分であり、赤いつけ紐《ひも》の八重であり、若若しい母だった。

だが、やがて笑いはひとつずつ消えて行き、虚脱したような空気の中に、現実が戻ってきて、冷ややかに居据《いすわ》った気配がした。一度帰ってきたものは、一斉に足音を忍ばせて消え、重苦しい空気だけが残った。

冷たい声音を隠さずに、お常が言った。

「それで、どうするね」

「よくわかった。邪魔したな」

立ち上ると、鶴吉は外に出た。背後に「ちょっと、お待ち」というお常の声がしたが鶴吉はふり返らなかった。八重がわっと泣き出した声が聞こえる。

表に出ると、炎天がすぐに鶴吉を灼いた。無表情に鶴吉は歩き続けた。行手に破滅がみえていた。

「おう」

声をかけられたのは、浅草を抜け、駒形町のあたりまで来た時だった。初めは自分が呼ばれたと気付かなかったが、続いて名前を呼ばれた。

「鶴吉よ」

立ち止ると、道の端で源七の声が笑っていた。裾に大きく朝顔を染めた浴衣を着て、草履ばきのさっぱりしたなりをしていた。後に顔色が青白く、女のように赤い唇をした若い男が一緒だった。若い男は三白眼の眼を、瞬きもせず鶴吉にあてている。

鶴吉が立ち止ると、源七はゆっくりした足どりで、そばに寄ってきた。

「懐かしいじゃねえか。一年ぶりだぜ」

源七は無遠慮な眼で、じろじろと鶴吉を眺め、もう一度にやりと笑った。

「どうしてるかと思って、心配《しんぺえ》してたんだ。うん、なにしろ同じ船で島から帰った仲だからな。それにしても……」

源七は皮肉な口調になった。

「堅気の暮らしというのも、楽なもんじゃねえらしいな。どうだい、だいぶ溜ったかい」

「用事はそれだけかい」

「おっと、怒っちゃいけねえや。俺ら、お前のことを心配してるんだ。手前じゃ見えねえだろうが、おめえ、だいぶしょぼくれた面をしてるぜ」

すっと躰を寄せてくると、源七は懐から財布を出し、すばやく摑み出したものを鶴吉に握らせた。

「一度遊びに来ねえ」

鶴吉は汗ばんだ指を開いた。源七の顔をみ、もう一度掌をみた。南鐐銀《なんりょうぎん》が二つ、鈍く光っていた。

遠いところから、鶴吉に呼びかけてくるものがあった。あたりの風景が、ぐらりとひっくり返り、鶴吉の耳は、壺を鳴らす賽の乾いた音、男たちの切迫した声の遣り取りを聞いた。青ざめた顔に、歪んだ笑いを浮かべて、鶴吉は低い声で言った。

「兄貴、こいつをもう二枚用立ててくんねえ」

「なんだと」

源七は険しい眼で鶴吉を睨《にら》んだ。だが無表情にその眼を見返した鶴吉の無気味に沈んだ眼をみると、頬を歪めて笑った。

「いいともよ」

八

源七からの使いは、それから五日目に来た。伝言を持ってきたのは、女のような唇をした、あの若い男だった。

鶴吉は、すぐに立ち上って支度した。鶴吉が外に出る気配を聞いて、六畳からお菊が出てきた。

「どこへ行くの？」

お菊は鶴吉と、外の薄闇の中に立っている男を交互にみて訊《たず》ねた。声音に、危険を予知したもののような、言いようのない不安が籠っていた。

「義理が出来た」

「いけないよ」

お菊は叫ぶように言い、後から鶴吉の躰にしがみついた。

「行っちゃいけないよ。行ったらあんたは後戻り出来なくなるんだ」

「一ぺんこっきりだ」

鶴吉は、お菊の指を一本ずつ、躰から剝《は》がした。

「いい目を見せてやるぜ、たまにはよ」

絶望的なお菊の号泣《ごうきゅう》を戸の内に残して外に出ると、傾いた月が見えた。江戸の町を薄青い靄のようなものが埋め、月は赤っぽく燻んでみえた。

「愁嘆場という奴だな」

寄ってきた若い男が、赤い唇を歪めて笑った。鶴吉は答えなかった。人影が疎《まば》らな屋並みの間を、二人の男は二匹の魚が泳ぐように、足音もなく南にいそいだ。

花政の賭場は久永町の西端《はず》れ、掘割のすぐそばにあった。裏は材木置場で、置場をびっしり埋めた丸太を月が照らし、そこから木の香が匂った。

源七が迎えて、鶴吉は奥座敷で花政にひき合わされた。

「おめえが鶴吉さんという人か。源七から話は聞いてるよ」

顔を合わせるとすぐに、花政は言った。花政は六十ぐらいで、岩のように巨きく、頑丈な躰をしていた。眉毛は太く、眼も鼻も大きかった。

「昔評判だったという、手目の腕を見せてもらおうと思って呼んだわけだが、やるかい」

「客は？　素人衆《しろうと》相手じゃご免こうむりまさ」

「安心しな。今夜は渡世人ばかりだ」

「すると賽は七分賽で？」

「そういうことだ。途中から廻し筒にする。それからがおめえさんの出場だ。それまでは適当に遊んでもらっていい」

鶴吉は眼を伏せた。危険だった。中盆も協力しない、孤立無援の盆茣蓙《ぼんござ》の上で、指先ひとつでやれと、花政は言っているのだった。恐らく花政は、鶴吉がしくじった時のことを考えているのだろう。それがよく解った。(ふん、知りもしねえで)鶴吉は心の中で嘲った。花政も、源七も鶴吉の手目を見たことはないのだ。

「どうだい。そのかわりだ。分け前は五分でいい。え？　気が乗らねえかい」

「いえ、やらせて頂きやしょう」

鶴吉は顔を上げると、きっぱり言った。手目の儲けが仮りに百両になれば五十両の金が懐に入るのだった。中盆の三次郎という男と打ち合わせが済むと、鶴吉は小部屋を借りて眠った。

鶴吉が賭場に入ったのは、その夜の八ツ(午前二時)過ぎだった。賭場は閉め切った蒸し暑さと、勝負の熱気で異様な暑さだった。盆を囲んだ男たちも、そのまわりで勝負をみている男たちも、双肌《もろはだ》を脱いでいる者が多く、中には褌《ふんどし》だけの男もいた。

目立たないように盆に加わると、鶴吉はさりげなく部屋の中に眼を走らせたが、客の中に知った顔はいなかった。花政は賭場の奥で、若い者を相手に酒を飲んでいたが、鶴吉には眼を向けなかった。盆は三次郎が中盆で差配し、片膝をついて源七が盆の端についていた。

賭け金が大きくなっていて、暫く賭けると花政から預かった五両の金はなくなった。

「済まねえが、札を十枚ほど廻してくんねえ」

鶴吉が打ち合わせどおりに、三次郎に声をかけた。金コマ、一枚が一両で通用する札を借りたのである。

三次郎から札を受取ると、鶴吉は慎重に張り、勝ったり負けたりしながら、やがて気づかれないように、また少しずつ負けて行った。盆は廻し盆で、負けが込んだ者が壺を振るのである。するとその壺で勝った者から壺振りにご祝儀が出た。負けように眼を配り、誰に壺を振らせるかは、中盆が判断する。鶴吉は三次郎の声がかかるのを待った。

「そこの客人、壺をかわってくだせえ」

指されて立ち上ったとき、微かな不安が鶴吉の胸をかすめた。昔と同じ手順で手目が運ばれていたが、その間に六年の空白が横たわっている。しかし立ち上ったときに、鶴吉の指は、習慣的に帯の間から指の股に、二つの七分賽を移していた。

二つの賽は、どう転がしても半目しか出ない、いかさま賽だった。組み合わせは当然丁目しか出ない。鶴吉が壺を振っている間に、誰かは解らない、花政が盆に加えた男は、大きく丁目に張り続けるわけだった。

三次郎の真ん前の壺振りの席に坐ると、鶴吉は一礼して双肌脱ぎになった。眼をあげて、鶴吉は盆のまわりをみた。そこには餓狼のような男たちがいた。百《ひゃく》目《め》蠟燭《ろうそく》の炎が、男たちの血走った眼と、肌を伝い落ちる汗を光らせている。一色に殺気立ってみえる男たちの中で、どれが自分と組んでいる男かは解らなかった。

毛穴が、しんと閉じたような緊張が、鶴吉をとらえていた。僅かでも疑われてはならなかった。餓えた狼の群が、騒然と牙を鳴らす音を鶴吉は聞いた。

「振ってくだせえ」

ずしりと響いた三次郎の声に、鶴吉はゆっくりと壺と賽子《さいころ》に手を伸ばした。六年ぶりに摑んだ壺の感触に、腕が痺《しび》れるようだった。だが賽子はすぐに、馴れ馴れしく指にまつわりついてきた。すると緊張がゆるやかに溶け、指先に快感が眼覚めるのが解った。

鶴吉は、壺と賽子を高く掲げた。次の瞬間、鶴吉の腕は、顔の前で目眩《めくるめ》く素早さで交錯し、賽を嚙んだ壺が乾いた音で鳴った。伏せた壺を押えて、鶴吉は顔を俯けていた。壺に投げこむ一瞬前に、生きもののように四ツの賽子は擦り替わっている。

「さあ張ったり、張ったり。半方もう少少積んで頂きやしょう」

中盆三次郎のドスのきいた声が煽《あお》る。すると男たちは、射るような視線を賭け金の上に走らせ、呻き声をあげて、さらに二枚、三枚と小判を追加するのだった。

「勝負！」

疲れもみせない三次郎の通し声が響く。壺をあけると、三ぞろの丁だった。

鶴吉は無表情に壺と賽子を手もとに引き寄せた。それはいかさま師鎌鼬《かまいたち》の顔だった。その感動のない顔が、彼を三宅島まで運んだのである。

視野の端に、賭場にそぐわない華やかな感触をとらえて、鶴吉は眼をあげた。すでに鶴吉の壺振りで盆は何回か廻り、打ち合わせている合図のご祝儀も出て、鶴吉はもう一度賽の擦り替えに取りかかろうとしていたのである。

鶴吉の表情が動いた。眼は痴呆のようにみひらかれ、賭場の奥に吸いついた。

そこにお紺がいた。お紺は花政に擦り寄るようにして酒を注ぎ、花政の耳に何か囁くと、のけぞって笑った。しどけなく開いた浴衣の襟から、白い肌がのぞき、仰向いた喉の白さが鶴吉の眼を灼いた。

「客人、壺を振って下せえ」

三次郎の声に、鶴吉はわれに返った。掌が汗ばんでいた。三次郎の咎めるような眼に、鶴吉はあわてて壺と賽子を引き寄せたが、手が顫えるのが解った。（これじゃ、できねえ）鶴吉は舌打ちしたが、心は依然として引裂かれたままだった。それまで意識しなかった男たちの視線が、いまはことごとく射竦《いすく》めるように、手もとに集まっている気がした。

（一回見送るしかねえ）そう思ったが、それは出来なかった。擦り替えの合図はもう出てしまっていた。この盆が終われば、三次郎は鶴吉を立たせ、ほかの男を壺振りの席に呼ぶのだ。七分賽を残しておくことは出来なかった。三次郎が声をかけた。

「どうなすった、客人」

「水を一ぺえ、もらえねえか。暑くてどうしようもねえ」

「この盆でかわって頂く。我慢しなせえ」

三次郎は冷ややかに言った。

鶴吉は壺と賽を取りあげた。ゆっくり眼の前にかざし、腕を振った。壺に賽子が鳴って伏せられた。一瞬、鶴吉の顔は真赤に染まった。だが顔色はすぐに潮がひくように醒め、青白くなった。俯いて、鶴吉は三次郎が賭け金を促す声を聞いていた。

鶴吉の中で、絶望的な時間が流れた。

「勝負！」

壺があがると、賽の目はやはり丁だった。鶴吉は、擦り替えを見送ったのである。

三次郎は、鋭い眼で鶴吉をじっと見つめたが、やがて言った。

「客人、壺をかわってもらいやしょう」

「もう一度、やらせてもらえねえか」

叫ぶように鶴吉は言った。

「……」

「ご祝儀が少ねえ。も少しやらせてくんねえ」

必死に、鶴吉は言った。その声に押しかぶるように、太い声が「おかしいな」と言った。盆の前から、男がひとり立ち上っていた。

「聖天町《しょうでんちょう》の親分、何かご不審でも」

三次郎が、男に向き直って胸を張った。三次郎の表情は硬く、鋭く咎める口調だった。

「いや、三次郎さん怒らんでもらいてえ」

聖天町の親分と呼ばれた男は、柔らかい口調で謝ったが、すぐに首をかしげた。

「しかし、この男は何を言っているのだ。それにこの壺振りは丁目しか出せねえらしい」

賭場は水の底のように静かになった。男は盆を廻ってゆっくり鶴吉に近付くと、いきなり鶴吉の腕を摑んだ。

「改めさせてもらうぜ」

鶴吉は眼を閉じた。捩《ね》じ上げられた鶴吉の指の股から賽が二つ転がり落ち、盆茣蓙の上に転げて四つになった。

鶴吉の躰が躍り上った。「逃がすんじゃねえ、いかさまだ」後に花政の喚き声を聞きながら、鶴吉は燭台《しょくだい》を蹴倒し、襖を破って外に走り出た。

靄のような青白いものが江戸の町を覆っていて、南の空に低く傾いた月が赤らんで見えた。そのおぼろな光が、鶴吉が逃げるのを不利にした。

久永町から吉岡橋を渡り、山本町から霊岸寺の境内に飛び込んだ。さらに境内を抜けて久世家下屋敷と木誓寺の間の狭い道を走った。海辺大工町から万年橋に出て小名木川を渡るつもりだった。だが足音はぴったり背後にくっついて離れなかった。

万年橋が目の前にみえる川べりで、鶴吉は、足音が、ついに追いついたのを感じた。硬い棒のようなものに背中を突かれると、鶴吉は走ってきた勢いのまま前にのめり、砂を嚙んで転んだ。

そのまわりを、すぐに黒黒と人影が包んだ。

「立てよ」

一人が言った。鶴吉は立ち上った。恐怖に歪んだ顔で、取囲んだ男たちを見廻した。だが、鶴吉は、眼鼻もない、黒い影を見ただけだった。

「見逃してくんねえ」

鶴吉は囁くように言った。荒い呼吸が喉を鳴らした。その喉に唾《つば》を送り込んで、鶴吉はまた言った。

「な、見逃してくんねえ。病人がいるんだ。女房の親父だ」

鶴吉は片手を突き出し、指を折ってみせた。

「女房と、親父と、妹二人だ。これだけ養ってるんだ。ここで死ぬわけにはいかねえ」

「女房ってえのは美人かい」

誰かが言った。すると黒い影がどっと笑った。

「心配いらねえ。後には俺たちがいらあな」

男たちは、また低く笑った。

「嘘は言ってねえ。なにも知らねえで、俺を……」

「もう、よしな」

冷たい感動を知らない声が遮った。

それが合図のように、黒い輪が機敏に縮まり、数本の匕首《あいくち》が鶴吉の躯《からだ》に無造作に埋まった。刺された魚のように、鶴吉の躯は跳ね上ったが、すぐに襤褸《ぼろ》のようになって地面に落ちた。凄惨《せいさん》な声が川べりの町にひびき、森閑とした明け方の空気を裂いたが、それだけだった。お菊が待っている、鶴吉はそう叫んだつもりだったが、乾いた口が僅かにわななかいただけだった。声のかわりに、生臭く粘るものがどっと口に溢れ、鶴吉の眼は黒い影の間から、二つに割れた月を見たあと、不意に叩かれたように闇に包まれた。

「くたばったか」

黒い影が言った。

「くたばったぜ」

誰かが答えた。もの憂く赤らんだ月が、佇《た》ち続ける男たちを照らしていた。

恐喝

一

暗い空から駈け下りてきた突風に捲《ま》きこまれて、思わず眼をつむったとき、竹二郎は右脚に激痛を感じた。

そこは構えの大きい履物屋の前で、最近普請でもしたらしく、店の端に、真新しい柱材五、六本と、山なりに積重ねた薄板の端切《はぎ》れが置いてある。その一枚が、滑るように強風に乗って、向う脛《ずね》に突き当たったのだった。

見栄もなく片足で跳ねたほど痛かったが、御はきもの備前屋と記した看板を振向いた竹二郎の眼は鋭く光った。

賭場《とば》で最後まで目が出ず、きれいに毟《むし》られて懐中は一文なしである。たまたま脚にぶつかった板切れと、板切れ一枚にしては出来過ぎた痛みは、近頃江戸で評判の、狂言作者にして黄表紙、洒落本《しゃれぼん》の作家胃上亭先生の筆癖そのまま、竹二郎にとっては棚から牡丹餅《ぼたもち》、旱天《かんてん》から慈雨、橋下を這《は》い上った乞食がそこでばったりと、裕福で施し好きの旦那に出会ったようなものだった。

店に入ると、女客を相手に緒の色のきらびやかな草履を並べて喋っていた男が、顔を挙げて「いらっしゃいまし」と言った。

とりあえず手を揉《も》んでそう言ったものの、番頭風のその五十男の顔には、みるみる困惑のいろがひろがった。

月代《さかやき》は伸び放題、あたら男前の目鼻立ちを、眼つきの悪さがかなり割引き、紺の盲縞の袷《あわせ》に雪駄《せった》履きという、どう見直してもやくざ風である。それが足をひきずって、片手に板切れを摑《つか》んで入ってきたところをみれば、なみの客でないことはひと眼で解る。

それでも番頭は、もうひと声かけた。

「何をさしあげましょう」

「買うんじゃねえよ」

竹二郎はにべもなく言った。

「売りに来たのだ」

「へ？」

番頭の顔には絶望的ないろが浮かび、眼はうろたえて、竹二郎の顔と、左手に提げた板切れの間を走った。

それを無視して、竹二郎は陰気な眼つきで店の中を見廻した。番頭のほかに小僧がひとり売場に出ており、左端の帳場には若い男がいて、竹二郎の方をみないようにして帳面を繰っている。

店の奥の仕事場にも、四、五人の人がいて、下駄の歯を入れたり、緒を拵《しつら》えたり働いているのが見えたが、そこからちらちらと視線が飛んで来、心なしか木槌《きづち》を使う音が小さくなったようだった。

水商売にみえる年増《としま》客が、挨拶もそこそこに出て行くと、店の中は不意に静まり返った。仕事場で使う木槌の音が、間遠《まどお》にするばかりで、店全体が次に竹二郎が何を言い出すかと、耳を傾けている感じだった。

その中に竹二郎の声がひびいた。

「おめえが番頭かい」

「さいでごわりますが」

「そいつは好都合だ。番頭さん、売りものはこれだよ」

竹二郎はパッと裾《すそ》をめくった。毛脛の間に赤黒く斜めに血が滲《にじ》んだ傷がある。

「この足を買ってもらいてえ」

「これはまた、面白いご冗談を」

番頭は、額に薄く汗をかいている。竹二郎の言分《いいぶん》を、なんとか冗談にしてしまえないものかと必死なのである。だが竹二郎のがさつな怒鳴り声が、番頭の希望を無慈悲に砕いた。

「面白いだと？　やい」

竹二郎は番頭の胸ぐらを摑んだ。

「俺はおめえを面白がらせようと、冗談言いに来たわけじゃねえぜ」

竹二郎は番頭から手を離すと、おう痛え、立ってられねえやと言って番頭の前に腰をおろした。

「この足はな、おめん家《ち》のこの板切れにぶち当たられて、ダメになっちまった。使いものにならなくなったのよ、だから置いて行く。買い取ってくんな」

「少少お待ちを」

番頭は懐紙を出して、いそがしく額に押しあてた。

「すると、なんでごわりますか」

額にあてた手の下から、番頭は疑い深い眼を光らせた。

「その板があなたさまの足に当たって、その傷をと……」

「そうよ、それがてめえ面白いか」

「いいえ、めっそうもない。しかしまたなんでそのようなことになりました？」

「風が吹いてら。嘘だと思ったら外に出てみなよ。え？　軒下にいつまでも積んでおくから通行人が迷惑するぜ」

「これはまことにもって……。しかし、それが確かにうちの、あの、板切れだという証拠が……」

「てめえ、どたまぶち割るぜ。俺をたかり扱いする気かい」

竹二郎は店中にひびき渡る声で怒鳴った。

「てめえじゃ話にならねえ。旦那を出せ」

「お待ちを、少少お待ちを」

番頭は立ち上ると、二、三度よろめきながら奥へひっ込んだ。

あとには小僧が残った。竹二郎に尻をむけ、さりげなく履物を数えたり、場所を置き換えたりしているが、その背に怯《おび》えと好奇心がむき出しである。仕事場の方でも、手を休めてちらちらこちらをのぞいていたが、竹二郎が一度険悪な視線を浴びせると、思い出したようにまた木槌の音がひびいた。

番頭が出てきた。捧《ささ》げるように手におひねりを持っている。

「まことに些少《さしょう》でごわります」

番頭は掌にのせたおひねりを、竹二郎の眼の前に差出した。

「治療代の足しにして頂きとうごわりますが」

竹二郎は、黙っておひねりを抓《つま》みあげると開いてみた。とたんにのぼせ上った。

「たった二分《ぶ》がこの店の挨拶かい。ケッ」

畳の上に紙包みを投げつけた。脛の傷が真正直にずきずき痛むのが、怒りを煽《あお》ってくる。

「おい番頭。おめえ、なにか勘違えしてねえかい。俺ア施しを受けに来たんじゃねえぜ。大切な足を売ろうてんだ。足一本二分とは、えらく値切ったじゃねえか。え？　俺の足はそんなに安いか」

「めっそうもない。少少お待ちを、少少」

番頭は、後にいた小僧が拾って渡した一分銀二つを、すばやく掌の中に隠すと、また足を縺《もつ》れさせながら奥へ走り込んだ。

結局三両せしめた。

(当分遊べるぜ)――備前屋の暖簾《のれん》を頭でわけて外に出ると、竹二郎は思わずほくそ笑んだが、その顔は、清住町の通りを抜ける頃から、次第に渋面に変わった。

こいつはいけねえ！――竹二郎は立ち止ると、額を濡《ぬ》らした膏汗《あぶらあせ》を拭《ぬぐ》った。坐っていたときは、ずきずき火照《ほて》り痛みするだけで、大したことはなさそうだったのだ。ところが歩いてみると、右脚の痛みはひと足運ぶごとにひどくなり、痛みが脳天までつき抜ける。いまは右脚は石のようで、一歩前に出るのに全身に汗をかいた。

そこは清住町を出た大川の川端で、竹二郎は霊雲寺の高い塀に凭《もた》れて、蹲《うずくま》ると、心細く眼の前の川波を見つめた。

日が暮れかかっているらしく、黒い雲はところどころ断《き》れているが、そこから洩《も》れる光は明るくはない。時おり強く吹く風が、だだっ広い河岸の砂を捲きあげ、川波を白く波立たせている。

川向うの町並は、暗い空に圧し潰《つぶ》されたように黙りこくった軒をならべ、その端に、右半分ほど永代橋がみえているが、そこを渡る人影がひどく小さく、気ぜわしげなのも心細かった。駕籠《かご》でも来ないかと思ったが、あたりはがらんとして人影もなく、まだ秋口だというのに、秋の終わりのような寒寒とした風景が視界を埋めているだけである。

こうしちゃいられねえ――竹二郎は立ち上り、右手の万年橋の方に、一歩用心深く踏み出した。そのとたん、激痛が脛から脇腹近くまで駈け上り、竹二郎はこらえ切れずに地面に腰を落とした。眼が眩《くら》んだ。

「あの、どうしたんですか」

不意に背後で若い女の声がした。

伸ばした右脚をさすり、眼をつむったまま、竹二郎は小さく呻《うめ》いただけである。

「具合が悪いんですか」

声の主は、すぐそばに寄って来たらしく、何かの花の香のような、いい匂いが竹二郎を包んだ。

「どうしたもこうしたもねえ」

漸《ようや》く眼を開いて、竹二郎はしかめた顔を挙げたが、思わず痛みを忘れた顔になった。近近とのぞき込んできている眼が、どきりとするほど美しい、若い娘である。黄八丈《きはちじよう》の袷《あわせ》に、黒い繻子《しゆす》の帯を胸高に締め、その胸が形よく張っている。

「あら、怪我したんですね」

黒黒と光る眼が、同情をこめて曇るのを、竹二郎は眩《まぶ》しく見返したが、眼を逸《そ》らすとぶっきら棒に言った。

「転んじまってね。いいざまだ」

「早く何とかしなければいけないわ」

娘は背を伸ばしてあたりを見廻したが、途方に暮れたように呟《つぶや》いた。

「あたしはなんにも持ってないし、人もいないしどうしよう」

「なあに、構わねえで行ってくだせえ。そのうち駕籠が来たら乗って行きまさア」

「あたしにつかまって頂戴《ちようだい》な」

娘は決心したように言った。

「家が近いの。とに角家まで行きましょう。薬もあるし、ひどかったらお医者も呼んであげられるから」

「姐《ねえ》ちゃん、気持は有難えが、通りすがりのあんたの世話になるわけにはいかねえ」

「でも、その足じゃ仕方ないでしょ」

娘は甲斐甲斐《かいがい》しく手を伸ばしてきた。

「つかまって」

そうと決めてしまうと、娘にはためらいがなかった。下町育ちらしく、てきぱきと竹二郎を起たせ、埃《ほこり》を払ってやり、腕の下に肩を入れてくる。

意気地なく竹二郎は娘の肩を借り、少しずつさっき来た道を引返しはじめた。

若い娘の匂いが噎《む》せるように鼻腔を刺激し、廻した腕の下の柔らかな肉づきの感触や、うっかりするとすぐに触れ合う、滑らかな頬《ほお》の感触に、竹二郎は眼が眩む気持がした。女は嫌いでないが、堅気の、それもこの娘のように、人擦《ひとず》れしたところが気配も見えない生娘は苦手だった。

娘は鼻のあたりに、うっすらと汗をかいている。

「そんなに力《りき》まないでくだせえ。姐ちゃんが力持ちなのはよくわかったしよ」

息苦しさを遁《のが》れたくて、竹二郎は言ったが、娘はふ、ふと含み笑いしただけで、懸命に足もとを見つめながら足を運んでいる。道を行く人が、この奇妙な道行《みちゆき》を無遠慮に眺め、薄笑いを浮かべたが、竹二郎のひと睨《にら》みで、慌てて顔をそむけて通り過ぎる。

「着いたわ」

やがて足を停めた娘が、竹二郎の腕を担いだまま、ほっとしたように手の甲で額の汗を拭った。竹二郎を仰いで無邪気に笑った歯並みが美しい。

「助かったぜ、姐ちゃん」

竹二郎は思わず腹の底からそう言ったが、顔を挙げて娘が言う家を見ると、忽《たちま》ち眼を剝《む》いた。

これは竹二郎でなくとも驚く。娘が立ち止ったのは、御はきもの備前屋の看板の前である。

二

「竹ちゃん、おまんまどうするんだね」

唐紙を開けて、首を突き出したおたかが言った。

おたかは従姉で竹二郎より二つ年上の二十五である。一度芝源助町の経師屋《きょうじや》に縁づいたが亭主に死なれ、子供もなかったため戻ってきた。一年近く前のことである。

切れ長の眼に色気があり、細面《ほそおもて》の整った顔をしているが、浅黒い肌とぽきぽきしたもの言いが、おたかを勝気な女にみせる。

「喰べないんなら片付けちゃうよ。いったいいつまで寝てるんだね。もう病人じゃないだろ」

「うるせえな、いま起きるって」

竹二郎は怒鳴って起き上ると、癖になったように右脚の脛をさすった。

脚には、おたかが手当てしてくれた湿布薬をあてているが、痛みはほとんど無い。脚をさすると、備前屋のおそのというあの娘のことが思い出された。それも娘の生《き》真面目《まじめ》な表情と一緒に、あの日のことが幾らか滑稽味を帯びた記憶となって、竹二郎を擽《くすぐ》るのである。

八日前のあの日。おそのは店に竹二郎を担ぎ込むと、番頭に売薬の袋を運ばせ、甲斐甲斐しく打ち身の薬を塗って手当てしてくれたのである。番頭も小僧も白い眼をしたが、おそのに知れないようにしながら、竹二郎が凄《すご》い眼で睨んだため、二人は不服そうに口を噤《つぐ》んだまま おそのを手伝い、彼女の言いつけで駕籠まで呼びに行ったのだった。

駕籠を呼ばれて竹二郎は当惑したが、転げ込むところは伯父の家しかなかった。おそのへの関心は、いつもその記憶だけで終わる。その先はなかった。いっとき花の下を潜《くぐ》り抜けたような、華やかな記憶が残っただけである。

とりあえず伯父の家に来たものの、竹二郎にとって、この家は居心地のいい場所ではない。伯母のおはつは、顔を合わせるたびに、人殺しにでも出会ったように顔色を変えるし、伯父とも近頃は口を利《き》くこともない。

竹二郎はこの家で育った。だが育てられた恩義よりも、この家ではおはつに苛《いじ》められた記憶の方が強いのである。

三つの時に両親に死なれて、伯父の勘七に引き取られた。勘七は早死した妹が残したたった一人の子供を不憫《ふびん》がったが、伯母のおはつは、なぜか執拗《しつよう》に竹二郎を苛めた。おたかの下の麻吉が、竹二郎と同年だったことも理由だったようである。もっともそれはかなり大きくなってから気づいたことである。

鮮明なひとつの記憶がある。

勘七はうだつの上らない左官の下職《したしょく》だったが、おはつはその頃から近くの小料理屋に、通いの仲居で勤めていた。

商売柄おはつは毎晩のように酔って帰った。そして四半刻《しはんとき》（三十分）もすると、大ていい近所構わずの喧嘩《けんか》が始まり、喧嘩になるとおはつは、決まり文句のように竹二郎を飯ばっかり喰らう厄介《やっかい》もの、と罵《ののし》った。

その夜竹二郎は、眠っているところを勘七に叩き起こされ、寝巻のまま外に連れ出されたのだった。ひとつ布団に寝ていたおたかが泣き出して、子供とは思えない力で竹二郎にしがみついたが、勘七は気が立っているらしく、おたかを殴りつけた。

「そんなに目障りなら捨ててくらあ」

小柄で骨ばった伯父は、血相を変えていた。

「そのかわりこいつが凍え死んだら、てめえのせいだぞ、このあま！」

「ああ、捨てておいでよ、遠慮なく。川ん中でもどぶん中でも捨てておいで」

おはつは店から戻ったばかりらしく、ぞろりとした着物を着て、長火鉢の前で莨《たばこ》を吸っていた。化粧の濃い大きな顔に、冷ややかな眼だけ光らせて煙を吐き出すと、紅を塗った口を歪《ゆが》めて言った。

「厄介ものがいなくなったら、さぞせいせいするだろうさ。なんならお前さんも帰って来なくてていいんだよ」

伯父は凄い勢いで戸を閉め、竹二郎の手を摑んで勢いよく長屋の路地を出たが、町を抜けて籾蔵《もみぐら》の塀につき当たり、左に折れて六間堀の岸に出る頃には、足どりはすっかり勢いを失っていた。

「竹、寒かねえか、よ？」

勘七は着ていた袢纏《はんてん》を脱いで竹二郎を包むと、大きな嚔《くしゃみ》をした。あんまり大きな嚔をするから、お前さんには福が溜《たま》らないんだ、と伯母はいつも憎さげに言うのである。

竹二郎は眠気が覚めた頭でそんなことを考えながら、襲ってくる寒さに歯を鳴らし、犬ころのように伯父に躰《からだ》を擦りつけた。

「やっぱり帰るか、竹。な、その方がええ」

伯父は力のない声で言うと、もう一度、それで自分がよろけたほど大きな嚔をし、ついでに洟《はな》をすすり上げた。

森閑と凍る町に、伯母が憎む貧乏嚔がひびき、伯父の脇の下から見上げた月が、黒い空に銀色の穴を穿《うが》ったように光っていたその夜を、竹二郎はその後長い間忘れることが出来なかった。

竹二郎は二十前にもうぐれた。家の中で、ただひとり気が合っていたおたかが嫁に行って、一年ほど経《た》った頃、不意にこの家にいる理由が何もないことに気づいたのである。伯母はことごとく麻吉と竹二郎の扱いを区別し、麻吉は生意気で、伯父はまだ左官の下職で、年中伯母の尻に敷かれていた。

指物師という職も途中で捨て、賭場に出入りし、仲間のならず者の間を泊り歩いて、めったに家に帰ることもなくなった。

たまに帰ると、伯母はそれみたことかと伯父を罵り、竹二郎を罵ったが、あるとき竹二郎がひと暴れして、障子、唐紙を蹴《け》破《やぶ》り、組みついてきた麻吉を路地に放り出したときから、竹二郎に対して漸く口を閉ざした。

いま麻吉は、入江町の兼蔵という大工に住込みで働いていて、家の中は伯父夫婦と、出戻りのおたかの三人だけだった。

泊る場所にあぶれたときなど、竹二郎はいまも伯父の家に来る。だが伯母だけでなく、伯父の勘七も、荒《すさ》んだ空気を身にまとって帰る竹二郎を怖《おそ》れているようだった。

「いつまでそんな暮らしをしているつもりなのさ、おまえ」

飯をよそいながら、おたかが言った。おたかは竹二郎を怖れていない。十歳も年下の弟のように扱った。

「いい加減に足を洗わないと、そのままずーっと行っちゃうことになるよ。いやだねえ、考えただけで寒気がする」

「……………」

「せっかくいい手職《てしょく》があったのに……」

おたかの口調は愚痴っぽくなった。

「性根を入れ替えないと、いまに後戻りが利かなくなるよ」

「よけいなお世話だ」

おかわりの汁椀をつき出しながら、竹二郎は言った。

「そうかい、そうかい」

おたかは汁椀を引ったくると、卓袱台《ちゃぶだい》越しに竹二郎を睨んだ。

「そんなら勝手にするんだね。そのかわりおまえ、ひとの言うことが聞けないんなら、脚が痛いの、尻が痛いのと駈け込んでくるのもやめておくれ」

おたかは手荒く椀を置いた。温めなおして塩辛いだけの汁が、卓袱台にこぼれた。

飯が済んで、おたかが台所に片づけに立つと、竹二郎は茶の間の隅にある茶簞笥《ちゃだんす》に忍び寄った。

そろそろ引き揚げどきだった。だがこのまま引き揚げるテはない。乗ってきた駕籠賃は、おたかが自分の内職の金から払った。備前屋で捲き上げた三両は手つかずで残っているが、それは博奕《ばくち》の大切な元手である。

簞笥から金になりそうなものを物色するつもりだった。いつもそうしている。

だが伯母も、そのあたりの呼吸は心得ているらしく、簞笥の中にはろくなものがない。漸く古びた鼈甲《べっこう》の櫛《くし》と、珊瑚《さんご》の玉がついた簪《かんざし》を見つけて懐にしまった。

振り向くと敷居際におたかが立っている。

「戻しな、いま盗ったものを」

「ま、いいじゃないか。大したものじゃねえ」

「なんだい、その人を舐《な》めた笑い方は。戻さないと……」

おたかは飛びかかってきた。

「この泥棒！　ろくでなし」

「よしなよ、姉ちゃんよ」

二つ、三つ頬や頭を張られたが、痛くはなかった。腕をつかまえ、暴れる躰に重ねるようにして押えつけると、おたかの小柄な躰はずるずると竹二郎の懐に入ってきて、すっぽり抱かれた恰好《かっこう》になってしまった。

「いい年増が、餓鬼のように腕振り廻して。みっともねえったらありゃしねえ」

「いいから離しな、この馬鹿」

おたかはうろたえたように身をよじった。おたかの顔は、長身の竹二郎の胸もとまでしかない。腕を押えられているために、顔は竹二郎の胸にぴったりくっついて、その顔が怒りと羞恥《しゅうち》で赤らんでいる。思いがけなく生生しい女の顔を竹二郎は見てしまった。

「暴れなきゃ、離してやるさ」

竹二郎は低い声で言ったが、心は離れようともがくおたかの胸の膨らみ、張った腰の感触に奪われている。その感触が、遠い記憶を呼び起こしていた。

竹二郎は十二だった。

その頃おたかは、神田橘町の小間物問屋に住込みの女中奉公をしていたが、あるとき一日の暇をもらって帰ってきた。

夜になって寝る時になると、おたかは、

「竹ちゃんおいで。久しぶりに姉ちゃん抱いて寝るわ」

と言った。

二年前に見習い奉公に出るまで、おたかは竹二郎とひとつ布団に寝ていたのである。だがその夜、十二の竹二郎はいやがって逃げ廻ったが、おたかはつかまえると無理やり自分の布団に引き入れてしまった。そのくせおたかは疲れているらしく、店の話をしながらしきりに欠伸《あくび》をし、竹二郎よりさきに、寝息をたてて眠ってしまったのだった。

竹二郎の手が、おたかの下腹を探ったのは好奇心だけであった。おたかの躰は、どこもかしこも柔らかく滑らかで、二年前にはなかったいい匂いがした。

だが、竹二郎の手はやがて強く抓《つね》りあげられていた。異様に秘密めいた感触の部分に触れて昂《たか》ぶっていた気分が、一ぺんにしぼんで、竹二郎は罪を犯した後のように息を殺して眼をつむったが、その躰は不意に荒荒しくおたかの手に引き寄せられていた。

闇《やみ》の中で、息がつまるほど抱きしめられた竹二郎は、やがて異常に熱いおたかの躰が、帯紐《おびひも》を解いて裸なのに気づいたのだった。

そのときの記憶が、不意に竹二郎の動作を荒荒しくした。「やめなってば、竹ちゃん」おたかは声をひそめて叱り、体重をかけて竹二郎の腕の中から遁れようとしたが、その躰は逆に、竹二郎の腕に軽軽と持ち上げられていた。

「ひとが来るのに、竹ちゃんたら」

ついにおたかは哀願するように言った。

「構うもんか」

竹二郎が言った。その声が異様にかすれたのを聞くと、竹二郎の腕に運ばれながら、おたかの躰は、みるみる力を失った。

格子《こうし》窓から射し込む暗い光の中で、慌《あわただ》しい時間が過ぎ、やがてものの気配が死んだ。

「世帯をもつつもりもないのに、こんなことをして」

竹二郎の躰が離れると、おたかはふっと眼を開いてそう呟いたが、その眼はすぐに力なく閉じられた。

乱れ髪、少し削《そ》げた頰、開いた裾からのぞいている青白い太腿《ふともも》が、希望もない出戻りの年増だった。

しばらくして竹二郎がぽつりと言った。

「姉ちゃんの亭主ってえのは、姉ちゃんを可愛がってくれたのかい」

「え？　何だい。いやらしいね」

おたかは眼をつむったまま、もの憂そうに言った。

「それに、もう姉ちゃんなんて言わないでおくれ。人をこけにして、姉ちゃんはないだろう」

「そいつは違うぜ」

抱かれて、はじめぎごちなく戸惑うようだったおたかが、やがてひとりの女に変わり、ひたむきに燃え、のぼりつめて行ったのが哀れで、竹二郎の気持はひどく優しくなっていた。

「俺は姉ちゃんが好きなのさ。この家だってよ、姉ちゃんがいなかったら来やしねえぜ」

「そんなうまいこと言って」

おたかはのろのろと起き上り、布団の上に横坐りになると、手を上げて髪をなおした。

その時入口に人声がした。

「言わないこっちゃない」

おたかは呟くと、すばやく身繕《みづくろ》いして立って行ったが、やがて荒っぽい足どりで奥の部屋に戻ってきた。

「おまえの友達だってさ」

「誰だい」

「知るもんかね、名前なんか。どうせろくでなしだろ」

竹二郎が出ると、鍬蔵が立っていた。鍬蔵は小柄で貧相な顔をしている。

「どうしたい」

「兄貴が呼んでるぜ。ずいぶん探した」

と鍬蔵はそっけなく言い、奥をのぞくようなしぐさをした。頬が削げ、凹《くぼ》んだ眼をしていつも青白い顔をしているが、この中年男は、刃物を持たせると凶暴で無慈悲な働きをする。

「よし、すぐに出よう」

竹二郎は言い、土間から「またくるぜ、姉ちゃん」と言った。

「もう来なくていいよ。おまえが来るとろくなことがない」

台所の方で、おたかが威勢よく怒鳴る声がした。

三

八《や》名川町《ながわちよう》と武家屋敷の間を抜け、籾蔵に突き当たって左に曲り、堀端に出ると、鍬蔵は立ち止って、「小便して行こう」と、竹二郎を誘った。

堀に背を向け、籾蔵屋敷の黒板塀に向かって放尿しながら、鍬蔵は、

「兄貴が怒ってるぜ、姿を消して音沙汰《おとさた》もねえってな」

と言った。

「足を痛めて寝てたんだ。兄貴には会って詫《わ》びするさ」

と竹二郎は言った。塀の下から路まで這い出した草が枯色をしている。塀のひと所が破れているらしく、そこから薄《すすき》の白い穂が三、四本つき出して、秋めいた日の光を弾いている。

七ツ（午後四時）刻の堀端通りは、二つ、三つ人影が動いているだけで、路は眩しいほど白かった。

「それじゃ、すぐに兄貴のとこへ行くか」

と竹二郎は言った。

「待ちな、その前に寄るところがある」

「何か用があるのかい」

「ひと仕事して行く。おめえを、ただ探しに行ったわけじゃねえ。一緒に行ってもらうぜ」

「どこへ行くんだよ」

「なに、すぐそこだ。ところで……」

鍬蔵はそっけない、陰気な声で言った。

「あの女は、おめえの情婦《いろ》かい」

「誰のことだい」

「さっきの家にいた女のことだ」

「ありゃ伯父の娘だ」

「おめえの情婦かと聞いているぜ」

鍬蔵は足どりをゆるめず、真直ぐ前をみたまま無表情に言った。

「そんなんじゃねえ」

「そうかい。それならいいんだ」

鍬蔵は言った。

「ありゃいい女だぜ。躰がいい。情がありそうだ」

「そうでもねえぜ。出戻りのくせして、とんだじゃじゃ馬だ」

竹二郎は言ったが、おたかをひと目みただけでそんなことを言う鍬蔵が無気味だった。

鍬蔵の言葉が、不意に子供の頃を思い出させていた。おたかは、どういうものか、弟の麻吉よりも竹二郎の方を可愛がった。ことに母の竹二郎に対する仕打ちが理解できる年頃になると、はっきり竹二郎をかばい、寒い冬の夜は竹二郎を、小さな躰でくるむように抱いて眠った。

おたかは、橘町の商家の見習い奉公に出るとき、竹二郎と別れるのが辛いと言って泣き、おはつに叱られたのだった。

「ここだ」

と鍬蔵が言った。細川能登守《のとのかみ》下屋敷に沿って、行徳街道から左に折れ、屋敷の塀に沿って右に曲って、深川富川町に入ったときだった。

二人は、結城屋という太物《ふともの》屋の前に立っていた。

「待ってな」

鍬蔵は言うと、暖簾を分けて店の中に入って行った。

竹二郎は店の前で、じろじろと通行人を眺めながら立っていたが、鍬蔵はすぐに出てきた。店の中から網で掬《すく》ってきたように、若い男をひとり連れている。

鍬蔵は若い男の腰をつついてから、竹二郎に向かって、

「行くか」

と言った。

一緒に歩きながら、竹二郎はじろじろと若い男をみた。男は竹二郎と似た年配で、つるりと磨いたような顔をしている。それでいて顔色は冴《さ》えなく、青青とした髭の

剃《そ》り痕《あと》が、よけいに顔色を青白くしていた。肥《ふと》り気味で、丈も竹二郎ほどある。

竹二郎は、その男を一度どこかで見かけたことがあるような気がしたが、記憶は曖昧《あいまい》だった。男は竹二郎に見られているのが解っているのかどうか、俯《うつむ》いて足もとを見ながら歩いている。風采に似合わずひどく無気力な感じだった。

男たちは、無言のまま横川べりに出て、猿江橋を渡った。

「どこまで行くんですか」

男が怯えたように声を出したのは、橋を渡って、川船番所の前を通り過ぎた時だった。

「そうだな、ここいらでいいかな」

鍬蔵は呟いて立ち止ると、男を川べりに連れて行った。澄んだ日射しが、小名木《おなぎ》川の水を照らし、新高橋の橋下の水面がきらきら耀《かがや》いている。

川波が光っているのはそこだけで、中川まで真直ぐ通した下流は、遠くに行くほど蒼《あお》く空の色を映し、大島町の端《はず》れあたりとみえるところに小舟が一艘《そう》見えるだけである。

左手に武家屋敷の塀があり、行手に五本松の巨大な枝のひろがりが道にかぶさっているが、行徳街道の人通りはまばらで、川べりに立つ三人を怪しむ者もいなかった。

「お忙しいご商売の邪魔をして、申しわけござんせん」

鍬蔵は丁寧な口調で言った。

「若旦那はどうしなすったと、兄貴が気にしているものだから」

「……」

「仮りにも結城屋という老舗《しにせ》の若旦那だ。夜逃げもなさるめえって、あっしがなだめておいたんですがね。何分にも若旦那には莫大《ばくだい》な貸しが溜っている。兄貴も気が揉めるのよ」

男はちらりと顔を挙げて鍬蔵をみた。

「まさかあんた、忘れたわけじゃあるめえな」

不意に鍬蔵の口調はぞんざいに変わった。男はその口調に驚いたようにまた顔を挙げ、鍬蔵と竹二郎の間に落ちつかない視線を迷わせたが、その顔はすぐに力なく俯《ふ》せられた。

「黙ってちゃ解らねえな。若旦那」

鍬蔵の眼は光り、低いが十分にドスの利いた声になっている。

「はっきりしてもらうぜ、賭場のつき合いはもうご免だというんなら、これまでの貸しはきれいに返してもらわなくちゃならねえ。こりゃ誰が考えたって、あたりめえの話だろ」

「………」

「借りはそのままだ、賭場はもう嫌いだ、で鼬《いたち》の道ってえのは、世の中それじゃ通らねえぜ。それぐらいの道理は、子供だって知ってら」

「しかし、あんた方は……」

若旦那と呼ばれた男が、青ざめた顔を挙げて決心したように口をはさんだ。

「この前、あたしを手目《てめし》に掛けたじゃないか。あたしが欺《だま》されて知らないと思ってるんですか」

「保太郎さん」

鍬蔵は優しい声で呼んだ。

「あんたなア、俺の前だからよかった。な、そんなことを兄貴の前で言ってみなよ。半殺しのもんだぜ、ほんと」

「………」

「そんな恐ろしいことを口にするもんじゃねえって。あんたを手目にかけた？　馬鹿言っちゃいけねえや。大事な賭場の客だ。それも昨日《きのう》、今日《きょう》のつき合いじゃあるめえし。そりゃあんたの思い過しよ」

「………」

「大負けに負けると、誰しもそんな風に悪く勘ぐりたくなるもんさ、うん。その気持は解る。解るから、兄貴もなあーんにも無理なことは言ってねえ。貸しのことなんざ、これっぽっちも言ってねえぜ。ただまたいらっしゃいというわけだ。今度は儲けさして上げましょうと、な、な」

「しかし賭場に行くにも、あたしは金を持ってないんだ。親父はすっかりうるさくなっているし」

「品物を少し流しゃ金なんざ、すぐ出来るじゃねえか。いや無理しなくともいいんだ、保太郎さん。少しぐらいの遊ぶ金は貸すって、兄貴は言ってなさる。有難え話じゃねえか。兄貴は、つまりはあんたという馴染《なじ》みのお客さんが顔をみせねえと淋《さび》しいのよ」

「………」

「そうまでしてもらってだな、それでももう賭け事とは縁を切ると言うんなら、ここから引返して、親父さんから貸しを取立てるが、それでもいいのかい」

とどめを刺すように、鍬蔵は言った。

大柄な肩をすぼめるようにして、保太郎が猿江橋を渡って行くのを、二人は黙って見送った。

「意気地のねえ野郎だぜ」

と竹二郎が言った。

「いい鴨《かも》だ。しかし、もちっと肥らせないとな」
と鍬蔵が言った。

四

善九郎が、保太郎を手目にかけているのが、竹二郎には解った。中盆に坐っているのは鍬蔵で、壺振りは四十過ぎの、竹二郎の見たことのない男だった。善九郎は盆から少し離れたところで、時時盆の様子を眺めながら莨《たばこ》を喫《す》っている。善九郎は自分では勝負をしない。テラ銭をとり、負け込んだ者に、金を融通するだけである。

もう明け方近い筈《はず》だったが、北松代町表町続きの永井飛騨守《ひだのかみ》下屋敷うち、足軽長屋の一角。襖《ふすま》を取りはずして十二畳に拵えた賭場には、まだ夜の光が立ち籠《こ》めている。

集まっている人数は十人程だったが、どれも商家の旦那風の身装《みなり》の良い男達である。保太郎のように、眼を血走らせている者はほかにもいたが、座はほとんど無言だった。無言の中で驚くほどの大金が賭けられていた。

壺振りが、また微妙な壺の上げ方をしたのを竹二郎は見た。壺振りのその動きは、保太郎が負けはじめた時から始まっている。毛返しを使っているな、と竹二郎はみている。毛返しは壺の中に髪の毛を仕掛けてある。その毛で、賽《さい》を瞬間に転がし、壺の中で丁、半を作るのである。鋭い眼とそれをさらに補う勘と、仕掛けをさとらせない腕が必要だった。

四十男の壺振りは、面白くもない顔で、それを鮮やかにやってのけていた。

保太郎は勝負の中にのめり込んでいた。負けはじめてから、漸くその夜の勝負が面白くなったような感じだった。すでに善九郎から二百両借りている。

小名木川の岸で鍬蔵に嚇《おど》かされてから、ひと月余り経っている。その間に、保太郎は二度この賭場に顔を出し、二度とも幾らか前の負けを取返している。今夜が三度目だった。

最後の賭け金を擦《す》ると、保太郎は不意に立ち上った。少しふらついたが、善九郎の前にきて坐ると、

「善九郎さん、もうこれだけ頼みますよ」

と言って、指を二本立てた。保太郎の眼は赤く充血して、左眼は下瞼《まぶた》まで腫《は》れ上っている。それでいて、いつもは青白い頬が桃いろに上気して、いきいきと光っている。

善九郎は煙管《きせる》を口から離して、灰ふきに音を立てながら、保太郎をみてにやにや

笑った。善九郎のその笑いほど得体が知れないものはない。

善九郎はこの下屋敷で、中間頭《ちゆうげんがしら》を勤めている。だが夜になると歴《れっき》とした胴元だった。ほかの中間、小者から門番まで、そのことを知らない者はいないが、それをとやかく言う者は誰もいない。善九郎からふだん洩れなく小遣いをもらっているし、何よりも男達自身が時おり加わる博奕に夢中だったからである。

善九郎は三十半ばになっているが、まだ独り身だった。賭場の客に金を融通し、次第に金がたまると、手を廻してひそかに上質の客を呼び、一勝負何百両という金が動く派手な賭場も開くようになっている。

金と女だけが好きな、冷酷な男だった。竹二郎は、賭場の借金を返せなくなった深川西町の薬種屋《やくしゆ》を、家族もろとも家から叩き出すのを手伝ったことがある。どこで雇ったのか、竹二郎が顔をみたこともないような兇悪な人相をした連中が、手馴れたふうにてきぱきとその仕事をすすめていた。主人はともかく、まだ若い女房と小さな子供たちが泣き叫ぶのが哀れだったが、その時も善九郎は声を立てない笑いを、反芻《はんすう》するように、幾度も唇に上らせてみていたのである。

「竹、若旦那にお茶を運んでくれ」

善九郎は、入口のそばに坐って見張り役をしている竹二郎に言うと、立ち上って、

「若旦那、こちらへ」

と言った。

善九郎は、賭場を開く夜は必ず竹二郎か、いま盆についている幸助という男を入口に配り、時時外を覗《のぞ》かせるのである。用心深い男だった。

善九郎が保太郎を引き入れた三畳に、竹二郎が茶を運んで行くと、善九郎は、入口はもういいからここにいろ、と言った。仄暗《ほのぐら》い行燈《あんどん》の光が漂っている部屋の入口に、竹二郎は番犬のように蹲った。暗く狭い三畳は、負けた客に因果を含めたり、借金の返済を迫ったりする場所なのである。

「二百などという金は、もうお貸しできません」

と善九郎は言った。冷ややかな眼が、罠《わな》にかかった獲物をみるように、残忍に光っている。

保太郎の顔色は褪《さ》めて、青白くむくみ、眼だけが惨めに赤い。

「もうひと息なんだ、善九郎さん。ひと息でつきがこっちにまわってくるのがあたしには解ってる」

血走った眼を挙げて、保太郎は言った。

「ここで断わられちゃ、あたしは立つ瀬がない。このままじゃ帰れませんよ。ここで首を吊《つ》らせてもらいます」

善九郎はにやにや笑いながら、ゆっくり首を振った。

「若旦那、嚇かさないでくださいよ。もうおやめになった方がいい。あたしはずーっとみていたが、今夜はあんたついていなかった。どんどんつきが離れるばかりでね。だからおやめなさいと言ってるんです」

善九郎は立ち上ると、隅に置いてある手文庫から、算盤《そろばん》と帳面を持ってきた。膝の上に帳面をひろげると、善九郎は商人のように器用な指で算盤を入れた。

「今日までの貸しが五百四十両、こうです。それにあなた三月もほったらかしだから、その間の利息が四十両二分。〆《しめ》て五百八十両二分。五百四十両のうち二百六十両は、その前の月からのもので、これの日に均《なら》した利息が十四両加算されます。これで五百九十四両二分、これだけになっている」

善九郎は算盤をつき出してみせたが、保太郎はそれを見なかった。眼を瞠《みは》って善九郎の顔を見つめているだけである。

「これに今夜用立てした二百両を加えると、こうですよ、七百九十四両と二分。もう大金ですな。ここらがあたしの限度で、これ以上はちょっとお貸しするわけに参りません」

「………」

「そこでご相談です。元はともかく、このあたりで利息だけでも頂かないとね。どうしてくれます？」

「三月で利息が五十四両だなんて……」

保太郎は眼を瞠ったまま呟いた。

「まるで高利貸しだ」

「五十四両二分ですよ、若旦那。それも前月からのを加算してね」

「そんな高い利息があるもんか」

「冗談じゃありませんよ、若旦那。十両一分は相場ですぜ。いまどき二十五両一分なんてことは通りません。あたしは人並みに頂くだけで、高利貸し扱いは困りますな。ところで、その利息だが、どうしてくれます？」

「あたしには、そんな金はない」

「そう開き直られても、こちらは困るんだが。結城屋の若旦那が、五、六十両の金が何とかならないものですかね」

「そんなことを言うけど、あたしはこのところ親父に睨まれているんだ。店の金を持ち出したりすればすぐに勘当になる」

「じゃこうしようか、保太郎さん」

善九郎の声は優しくなった。

「元金は、ここに証文を預ってることだ、ゆるゆる頂くとして、利息の方だが……」

「……………」

「あんたの女の方から引き出せないもんですかね」

「女？　誰のことを言ってるんですか」

「あんたの許婚《いいなずけ》だよ。名前までは知りませんがね」

「何でそんなことを知ってるんだ、あんた」

保太郎は激しく眼を瞬いたが、その表情には恐怖のいろがあった。

「あんたのことは、大概調べてありますよ」

善九郎は冷たく言った。

「やめてくれ、あの人が、そんな大金をどうできるというんです？　第一これはあの人には係わりがない」

「係わりはあるよ、若旦那、来春には祝言《しゅうげん》を挙げようというひとだ。係わりなくはないさ。それに近頃よく会ってるようじゃないですか」

「……………」

「そうだなア……」

善九郎は高い腕組みの上から、保太郎の青ざめた顔をにやにや笑いながら見下した。

「ほかに手がなけりゃ、どうです？　あの人の躰で払ってもらってもいいですがね」

「やめてくれ」

保太郎は顔をひき吊らせて立ち上ろうとしたが、竹二郎が後から肩を押えて坐らせた。

「そんなことはさせない」

「あたしだって、そんなことはしたくないさ。五十四両二分と引換えなんてことは気がすすみませんよ。高い買物だ」

「もうその話は、いい加減にしてくれ、善九郎さん」

「いいですよ、ほかに手があるならうかがいましょ」

「五十両でいい。ひと勝負させてくれ、な、善九郎さん、頼む」

善九郎の女のように白い顔が不機嫌に笑いを引込めた。荒荒しく行燈を引き寄せると、ふっと灯を吹き消した。

青白い朝の光が格子窓から射し込み、膝を摑み、悄然《しょうぜん》と肩をすくめた保太郎を浮かび上らせた。それは蜘蛛《くも》の巣に引っかかって、ひとしきり足掻《あが》いたあと、諦《あきら》めて死を待っている虫のようにみえた。

奥の方は、すでに人の気配もなくひっそりしている。丁半を争っていた人数は、とっくに引揚げたようだった。その静けさの中に、善九郎の酷薄な声が響いた。

「夜が明けたのも解らんようになったらしい。おい竹、このしようもない若旦那を、家までお送りしろ。途中で身投げでもされると困る」

五

「おい」

鍬蔵が尻をついた。

「あれは、おめえんとこのナニじゃねえか」

竹二郎が鍬蔵の視線を追って振り返ると、後五、六間のところを、浮かない顔で歩いて来る女がおたかだった。

材木蔵の横を通って寺の角を曲り、土井大炊頭《おおいのかみ》下屋敷の長塀と、猿江町の間から行徳街道に出て間もなくである。

すぐそばまで来て、おたかは漸く竹二郎に気づいたようだった。

「おや、竹二郎じゃないか」

「なんだい、その恰好は」

おたかは旅支度をしていた。褄《つま》をたくし上げ、手甲《てっこう》、脚絆《きゃはん》をつけて、姉さん被《かぶ》りに髪を手拭いで包んでいる。

おたかは、前よりも頬に肉がつき、少し肥ったようにみえた。歩いてきたためだろうか、浅黒いが肌理《きめ》の細かい額から頬のあたりに、うっすらと汗が光っている。この前のことが、咄嗟《とっさ》に頭に浮かび、竹二郎はバツ悪く眼を逸らした。

「日和《ひより》がいいんで、どっかお詣《まい》りかい」

「そんなのんきなんじゃないよ」

おたかはそっけなく言ったが、ちらと鍬蔵の方をみて、

「話があるけど、少しいいかい」

と言った。

鍬蔵に合図してから、竹二郎がうなずくと、おたかは竹二郎を川べりに誘った。

おたかは前置きもなく言った。

「嫁に行くことにしたよ」

思いがけなく重い衝撃が、竹二郎の内部にあった。いきなり襲ってきて、次第に気分を滅入《めい》らせるような、その衝撃に、遠い記憶がある。

おたかは十九の年に、芝の経師屋に嫁に行ったが、その話が決まったとき、竹二郎を物陰に呼んで、やはり「嫁に行くよ」と告げたのだった。その時竹二郎は何も答えられなかったのである。ただ荒荒しく血が騒ぎ、その底に怒りがあった。怒りはおたかにむけられていた。そして怒りが鎮まったあとに虚《むな》しさがやって来、それ

は長く続いたのだった。

短い沈黙の後で、竹二郎は低い声で言った。

「そりゃ結構じゃないか。いつまでも出戻りじゃしようがねえものな」

「……………」

「それで、今日はどこへ行ったんだい」

「嫁入先をみてきたのさ」

おたかは川面に眼を逸らして、やはり浮かない表情をした。

「それが釜ヶ谷の在でね。お寺の後妻なんだよ」

「お寺の後妻だって？　で、坊主に会って来たのかい」

「ああ、会って来たよ」

「どんな奴だ。どうせろくな奴じゃねえだろ？」

「四十ぐらいの大きな男でね。女好きみたいであまり気が進まなかったけど。帰りがけに手を握られたもの」

「手エ握られた？」

竹二郎は、火傷《やけど》したような表情になって言った。

「手エ握られて黙ってたのかい、馬鹿だな」

「黙ってたわけじゃないよ」

「それだけかい」

「それだけ？　あたりまえだよ、何をくだらないことを考えてるんだね」

おたかは顔を赤くした。するとおたかの顔に、不意に生生しい女臭さが滲み出て、竹二郎を息苦しくした。薄暗い格子窓の光に、ひととき喘《あえ》ぎを高めた胸の膨らみを、竹二郎は躰のどこかが痛むような感覚の中で思い出していた。

「やめなよ、姉ちゃん」

竹二郎は叱りつけるような口調になった。

「なにも、そんな遠い川向うの田舎に行くことはねえだろう。後妻の口なら、もっといいところがありそうなものじゃねえか」

「そうもいかないのよ、竹ちゃん」

おたかは、疲れたように蹲った。

「麻吉の嫁が決まってね。あの家にいつまでもいるわけにもいかないんだよ」

「……………」

「田舎のお寺だけど、子供がいないしね」

おたかはぼんやりした口調で言ったが、不意に袂《たもと》で顔を押えた。

「ぜいたくは言えないよ」

道端で、立ったまま莨を喫っていた鍬蔵が「おい」と声をかけて、煙管をしまった。

　手を挙げて鍬蔵に応《こた》えながら、竹二郎は早口に言った。

「そいつは考え直した方がいいぜ。気にいらねえや。ま、どっちみちいそがねえ方がいいな。そのうち俺も一度顔を出すから」

「おまえが来たって、どうにもならないよ」

　おたかは顔を挙げて微笑した。包むような温かい笑顔だった。眼の縁が赤くなっている。

「幾つになっても、何をやってんだか、わけわかりゃしない」

　おたかは、よいしょと呟いて立ち上り、ちらと鍬蔵をみて言った。

「あんなのと早く手を切らないといけないよ。そうでないとおまえ、いまにひどい目に会うよ」

　おたかと別れると、竹二郎と鍬蔵は無言で道をいそいだ。

「だいぶ長え話だったじゃないか」

　やがて鍬蔵が探るように言った。

「わけがありそうだな」

「………」

「色っぽい年増だが、泣いてたじゃねえか。面倒があるんなら、相談にのるぜ」

「内輪の話だ」

竹二郎は険悪な表情で鍬蔵を振り向いた。荒荒しい、やはり怒りとしか言いようのないものが躰の中で荒れている。

「馬鹿な女でよ、くだらねえ愚痴をこぼしやがる。人手を借りるような話じゃねえや」

それをどう受取ったのか、鍬蔵は薄笑いを浮かべた。

結城屋の前まで行くと、鍬蔵は、また網で掬い出したように保太郎ひとりを外に連れ出してきた。

間もなく鍬蔵は、また網で掬い出したように保太郎ひとりを外に連れ出してきた。

日暮れ近い光が町を覆い、道は斜めに通りに射し込む日に赫赫と染まっていたが、軒下や路地にはすでに蒼白い翳《かげ》が漂いはじめている。人通りが混んでいて、店先に立つ三人の姿は目立たなかった。

「決めたか」

と鍬蔵が言った。

「どうしても待ってはもらえないんですか」

と保太郎は囁くように言った。保太郎の顔は、長い間日に当たらなかった人間のように、青白く浮腫《むく》んでいる。その顔の奥から怯えた眼が鍬蔵と竹二郎の表情を交互に探っている。

「まだこんなことを言ってるぜ、この男は」

竹二郎は、刺すような眼を保太郎の顔につきつけて言った。

「若旦那、今日はどうしましょうと相談にきたわけじゃありませんぜ。返事を聞きに来たんだ、返事を」

「大きな声を出さないで下さい。人がみる」

保太郎は、おどおどと人通りをみ、店先を振り向いた。

「竹ちゃんよ、そう恐い顔しなさんな」

竹二郎をなだめると、鍬蔵が優しい声で言った。

「そりゃ若旦那にとっちゃ辛《つら》い話さ、な。だがよ、兄貴はこれ以上は待てねえと言っていなさる」

「だけど。どう考えたってあの人がかわいそうだ」

「そりゃもっともだ若旦那」

鍬蔵はせせら笑った。

「だから兄貴も無理なことは言ってねえ。利息を頂ければそれで結構だと」

「………」

「まさかどっちも待ってくれろ、などと人を舐めたことをおっしゃるんじゃねえでしょうな」

「………」

「はっきりしな」

鍬蔵の眼の中を一瞬走り抜けた、凶暴な光を保太郎は見落とさなかったようである。竦《すく》み上った表情になった。

「二十三日の七ツ半（午後五時）に五百羅漢寺の、栄螺《さざえ》堂裏に」

「よし、わかった」

鍬蔵は短く言って、にやりと笑った。

「何だよう、若旦那、よく解ってんじゃねえか、あんた」

「断わっておくが、あたしはただその日あれをそこへ連れて行くだけだからな」

「解ってるって、心配しなさんな。あとは兄貴にまかせとけばいいのよ」

六

保太郎が若い女を連れて来、半刻（一時間）後にひとりで総門を出て行くのを、三人は門前の茶屋の中から見ていた。

「どれ、ぼつぼつ行くか」

善九郎が盃《さかずき》を置くと、竹二郎と鍬蔵も立ち上った。

薄雲の隙間《すきま》から、心もとなく洩れる日射しの下を、追われるような足どりで、保太郎の姿が遠ざかるのを、竹二郎は見送った。保太郎の後姿は、榊原式部大輔下屋敷の長い塀脇を、脇目もふらず急ぎ、やがて下大島町と司町の間に動いている人混みの中に消えた。

どう言いくるめたものか、若い女が門を出てくる気配はない。

茶屋の脇に駕籠が停めてあり、駕籠舁《か》きが遠慮がちに善九郎に振る舞われた酒を飲んでいる。あとは急病人のふりをして、女を茶屋まで担いでくるだけであった。

総門の前で、中から出てきた商人風の男二人に出会っただけである。うすら寒い空模様と日暮近い時刻のせいで、境内の中にも人影は見えなかった。方丈の裏で焚《た》き火《び》をしているらしく、白っぽい煙が屋根の上まで上り、きな臭い匂いが流れてくる。

三人は無言で栄螺堂裏に進んだ。栄螺堂と呼ぶのは俗称で、三匝《さ》堂《さいどう》が本来の呼び方である。上層、中層、下層と三繞《めぐ》りする間に、西国、坂東《ばんどう》、秩父の札所《ふだしょ》合わせて百カ所を巡礼出来るというので、日頃参詣人《さんけいにん》が絶えない建物である。そこにも人影を見なかった。

裏に廻ったとき、不意に木陰の暗さが三人を包んだ。その仄暗い光の中に、立ち上ってこちらを振り向いた女の姿が見えた。栄螺堂と西羅漢堂の間に、小さな池があり、女はそれまで池のそばに蹲ってていたようだった。

娘の顔をみて、竹二郎の足が停った。いきなり胸を一撃されたような、重い衝撃があった。娘は細かい絣《かすり》の着物を着て、手に巾着《きんちゃく》を下げ、いくらか様子が変わったようにみえたが、履物商備前屋のおそのに間違いなかった。

おそのは竹二郎の顔を憶《おぼ》えていないらしく、三人の姿をみると怯えた表情になり、さりげなく歩き出そうとしていた。

「おっとお嬢さん、そこを動いてもらっちゃ困るんだがなあ」

善九郎はにやにや笑いながら言うと、鍬蔵と竹二郎に「やれ」と鋭く言った。

鍬蔵が出ようとした時、竹二郎が前に出て立ちはだかった。

「何をしやがる」

鍬蔵が低く唸《うな》った。

竹二郎は、それには答えずに、善九郎に向かって叫んだ。

「これは何かの間違いだ。兄貴。この人じゃねえぜ」

「その女さ、何を血迷っていやがる」

善九郎はやはり笑いながら言った。

「教えてやろうか。その女は清住町の備前屋の娘でな、おそのという名前だ。それぐらいのことは先刻調べてある。おい、動くなと言ったぜ」

おしまいの恫《おど》しは、おそのに向けた言葉だった。

おそのは唇のいろまで白くして立ち竦んでいる。眼が瞬きを忘れてみひらかれ、その手から巾着が足もとに落ちた。

竹二郎は、今度はおそのに走り寄るとその前に手をひろげて庇《かば》った。

「このひとには義理がある」

竹二郎は青ざめた顔で言った。

「兄貴、今度だけは見逭してくんねえ」

「どうするね、鍬さん」

善九郎はうす笑いを浮かべて言ったが、鍬蔵が答えないで腕組みをしたのをみると、不意に不機嫌な表情になった。

「竹、どきな」

「………」

「おや、おめえ俺を睨んだりして本気のつもりかい。いい加減にするんだな。おめえの義理ってえのは、そのぐれえで済んだんじゃねえのかい」

「兄貴、お願えだ。かわりにどっかの娘を盗み出して来いっていうなら、俺はそうする。だが、このひとだけは勘弁してくれ」

「竹よ」

善九郎の顔に、また無気味なうす笑いが戻った。

「俺に逆らった奴が、どうなったか、おめえが一番よく知っている筈だぜ」

竹二郎は、総身に顫《ふる》えが来るのが解った。恐怖は口の中まで入り込み、歯が鳴った。竹二郎は、眼を善九郎に据えたまま、後のおそのに向かって囁いた。

「いいかね。お嬢さん。はじまったら、あとは構わずに逃げてくんねえ。茶屋の脇に駕籠屋がいる。金をはずんで、家まで送ってもらうんだ」

「………」

「解ったかい。金をはずまなきゃ駄目だぜ」

「こいつは驚いた。竹は俺とやる気だぜ」

善九郎が冷やかすように言った。

「兄貴がどうしても止《や》めねえというんなら、仕方ねえ。手むかうぜ」

「そうかい。いい度胸だ」

「………」

「手加減はしねえよ」

善九郎はゆっくり近づいてきた。善九郎の顔はまだ薄笑いを刻んでいるが、手はもう匕首《あいくち》を握っている。竹二郎の眼はいそがしく地を這ったが、池の岸には枯れた苔《こけ》が土を覆い隠しているだけで、手頃な石も落ちていない。

「ちょっと待ってくれ」

不意に鍬蔵が声をかけた。

だが鍬蔵はとめに入ったのではなかった。立っている位置から、無造作に鞘《さや》のままの匕首を竹二郎に投げただけである。

「こうしねえと不公平だ」

善九郎の足が止り、立ち止ると躰を捩《ねじ》って鍬蔵をじっとみた。無気味な笑顔のまま、善九郎は鍬蔵のそばまで戻ると、躍り上るように躰をはずませて鍬蔵を殴った。頬が鳴る激しい音がし、小柄な躰は、左右に大きく傾いたが、鍬蔵は両足を踏みしめて踏みとどまった。

竹二郎を振り返ったとき、善九郎の表情は一変していた。生っ白く大ぶりな顔から、拭《ふ》きとったように笑いが消えている。眼は細められて、射竦《いすく》めるように竹二郎の眼に吸いつき、唇は冷酷に歪んでいる。

竹二郎の背後の空気が動いた。善九郎の顔に怯えたおそのが走り出したのである。それを阻もうとして踏み出した善九郎の前に、竹二郎はすばやく動いて匕首を低く構えた。

善九郎が唇を歪めて、何か低く呟いた。次の瞬間善九郎の躰は、滑るように竹二郎に近づき、匕首が繰り出されていた。のけぞってその一撃を躱《かわ》したが、善九郎は間を置かずに二撃、三撃を加えてくる。

躱すのが精一杯だった。善九郎は武術の心得があるらしく、一定の間合いから踏み込んでくる。その間合いでは、こちらの匕首がとどかないのを竹二郎は感じていた。

（殺《や》られる！）

善九郎の匕首が、袖《そで》の先を切り落とし、いま大きく胸前を斬り裂いたのを感じながら、竹二郎は絶望的に思った。

腕に鋭い痛みを感じた。危うく避けて横に飛んだとき、今度は右の頰を冷たい感触が走り抜けた。善九郎の匕首は、肉にとどきはじめている。

相手が構えた匕首に躰をぶつけるように、竹二郎は飛び込んで匕首を突き出したが、善九郎は軽くよけて、空を斬って伸びた竹二郎の肩をまた浅く斬った。右に左に、軽捷《びんしょう》な野生の獣のように動き廻る善九郎の影を追って、竹二郎は滅茶苦茶に匕首を振り廻してみたが、刃先は何も把えなかった。

全身が襤褸《ぼろ》のように刻まれて行くのを、竹二郎は感じていた。逃げたおそののことは、とっくに念頭にない。それはもうどうでもよかった。まだ一矢《いっし》も報いることを許さない、巧妙な眼の前の敵に対する憎悪が、竹二郎の内部で炎をあげている。

善九郎の一撃を遁れて、体勢をたて直すと、竹二郎は大きく息を吸い込んだ。首を振って眼に入る血を振り払ったとき、竹二郎の腹が決まった。

善九郎がまた何か呟き、すぐにするすると近づくのが見えたが、竹二郎は避けなかった。大きな黒い影が視界を塞《ふさ》ぎ、竹二郎は左の脇腹に激しい痛みを感じた。するりと腹の中に冷たい刀身が入り込んできた感触がある。だがそれが、竹二郎が待った、ただ一度の好機だった。歯を喰いしばって、痛みをこらえると、竹二郎は、匕首を握っている善九郎の腕にしがみついた。

恐ろしい力で振り離そうとするその腕をたぐり、ついに善九郎の躰にぴったりと躰を寄せると、竹二郎は全身の力を込めて、相手の胸に匕首を叩き込んでいた。

凄《すさま》じい絶叫が竹二郎の耳を搏《う》ち、ぐらりと傾いてきた善九郎の躰を支えたとき、竹二郎の頸《くび》は相手が吐いた血で、しぶきを浴びたように濡れた。

善九郎の躰が、ずるずると足もとに崩れたあと、竹二郎はよろめいて、なお暫《しばら》く立っていた。空はいつの間にか晴れたらしく、西の方に赤い日没の名残りをみせている。

その血のようないろが、網膜が映した最後の風景だった。竹二郎の視界は急速に暗くなり、躰が斜めに傾いたまま急速に沈んで行くのを感じた。頬にあたる土の冷たさが快い。

「さてと、どうするね」

不意に人の声がした。鍬蔵に違いなかったが、声は異様に遠かった。鍬蔵を呼ぼうと竹二郎は口を開けたが、微《かす》かに呻き声が洩れただけである。やがて足音がした。水底を歩くような足音が、次第に遠ざかるのを聞きながら、竹二郎は躰が氷のように冷たくなっていく感触の中で、不意に闇をみた。

躰を斬り刻まれているような痛みの中で、竹二郎は目を開いた。闇の中に血の匂いと、冷えた土の匂いが立ち籠《こ》めている。幾度か試みては地に這ったあと、竹二郎はどうにか立つことが出来た。よろめきながら歩き出そうとした時、柔らかいものに躓《つまず》いてまた転んだ。手探りで、それが善九郎の屍《しかばね》だと解った。脇腹を押え、時時転んで這ってはまた立ち上り、竹二郎は少しずつ寺から遠ざかった。虫のような歩みだった。

五百羅漢寺の門前から、榊原家下屋敷の横は一面の田圃《たんぼ》で、ただ底冷たい闇がひろがっているばかりだった。通る人は誰もいない。

司町と下大島町の間の道を、竹二郎は半ば這って進み、行徳街道に出た。そこまで行けば人通りがあるかも知れないと思ったのだが、星の耀きの下に、仄白く道がひと筋横たわっているだけだった。時刻は何刻とも知れなかった。

這って道を横切り小名木川の岸にたどりつくと、竹二郎はそこに襤褸をつかねたように横になった。激しい痙攣《けいれん》が襲ってきたのに耐えたあと、竹二郎は脇腹の深傷《ふかで》を庇って、蝦《えび》のように背を曲げた。

「姉ちゃん」

竹二郎は眼をつぶったまま呟いた。半月前にこの岸で泣いたおたかは、そのあと十日も経たないうちに、釜ヶ谷に後添いに行ったと聞いた。

「助けてくれ姉ちゃん」

竹二郎はまた呟いた。すると眼尻から涙が溢《あふ》れ、頬の下の砂を冷たく濡らすのが解った。

竹二郎が行くところは、おたかがいるところしかなかった。子供のときからそうだった。その道は夜の底を縫って、ひと筋仄白く北にのびていたが、釜ヶ谷の方角の空は遥かで、深い闇だった。

あとがき

「又蔵の火」は、私にとって二冊目の作品集である。直木賞受賞後の作品二篇と、受賞前の作品三篇を収めてある。

前後はわかれているものの、全体としてみれば、どの作品にも否定し切れない暗さがあって、一種の基調となって底を流れている。話の主人公たちは、いずれも暗い宿命のようなものに背中を押されて生き、あるいは死ぬ。

これは私の中に、書くことでしか表現できない暗い情念があって、作品は形こそ違え、いずれもその暗い情念が生み落したものだからであろう。読む人に勇気や生きる知恵をあたえたり、快活で明るい世界をひらいてみせる小説が正のロマンだとすれば、ここに集めた小説は負のロマンというしかない。この頑固な暗さのために、私はある時期、賞には縁がないものと諦めたことがある。今年直木賞を頂けたのは幸運としか思えない。

だがこの暗い色調を、私自身好ましいものとは思わないし、固執するつもりは毛頭ない。まして殊更深刻ぶった気分のものを書こうなどという気持は全くないのである。ただ、作品の中の主人公たちのように、背を押されてそういう色調のものを書いてきたわけだが、その暗い部分を書き切ったら、別の明るい絵も書けるのではないかという気がしている。

第一作品集「暗殺の年輪」で、私は初めて一冊の本が創られる過程をつぶさにみた。同時にそこに多数の人の非常な努力が加えられることもみた。この機会に、非才を励まして下さった文藝春秋の方、とりわけ作品集を担当された出版部の萬玉邦夫氏、終始惜しみなく助言を下さった文學界の阿部達児氏に心から感謝申し上げたい。

また表題作の「又蔵の火」は、郷里の旧友後藤永士氏の父君、故原寅一先生の労作に負うところ大きかったことを付記し、これも心から感謝申しあげる次第である。

昭和四八年十二月

藤沢周平

解説

常盤新平

はじめて読んだ藤沢周平氏の小説は『用心棒日月抄』だった。それも、文庫になったのを人からすすめられて読んだのである。一昨年の春のことで、新幹線で神戸に行くとき、沿線の風景も眼中にないまま、二十六歳の用心棒、青江又八郎の物語十編を夢中で読んだ。

その読後感をある編集者に話すと、その人は、藤沢さんは絶対に手を抜かない作家ですよと教えてくれた。『用心棒日月抄』にしても、一話一話が二重にも三重にも趣向を凝らした、厚みのある短編だったし、「月代《さかやき》がのび、衣服また少々垢《あか》じみて、浪人暮らしに幾分人体が悴《やつ》れてきた感じ」の主人公、又八郎に魅力がある。彼は江戸元禄の若きサム・スペードかフィリップ・マーロウかといった趣であった。鳥越の寿松院裏にある長屋でその日暮らしの、うらぶれた感じもよかった。

藤沢周平氏の小説を読んでいると、江戸時代の風景が目に見えてくるようだ。『用心棒日月抄』でも元禄時代の江戸の町が私の眼前にうかんできた。これは藤沢さんの小説の魅力の一つだろう。場景描写が的確であり、じつに美しい。

恥ずかしいことに、藤沢周平氏の小説については、私はかなり遅れてやってきた読者である。『暗殺の年輪』も『一茶』も文庫（文春文庫）になってから読んだ。『一茶』も人にすすめられて読んだのであるが、この傑作をもっと早く読まなかったことを悔やんだ。しかし、一読者としては、これもやむをえないのではないかと思う。もしも『用心棒日月抄』を読まなかったら、藤沢周平氏というすぐれた作家を知る機会がなかったかもしれないのである。新作の『海鳴り』を読むこともなかっただろう。

『又蔵の火』は藤沢氏の初期の作品集である。直木賞受賞（昭和四十八年）前後に発表された、『暗殺の年輪』につづく二冊目の短編集だ。中編小説といってもいい「又蔵の火」をはじめとして、ここに収められた五編はいずれも暗い物語である。

「又蔵の火」の主人公は、家の面汚《つらよご》しとして死んだ兄万次郎の仇を討つために鶴ヶ岡の町へ帰ってくる。又蔵は、兄の死を悲しんだ者が一人もいなかったから、兄の仇を討とうと決意したのである。

「土屋家の放蕩《ほうとう》者が死んだことで、人人はむしろ安堵《あんど》し、その死はすばやく忘れさられつつあるだろう。兄が落ちた地獄の深みを測るものもなく、ましてその中で兄が傷つき、罰されていたなどと僅かでも思わず、たまに思い出しても、つかみどころもない遊び者だったと顔を顰《しか》めて噂をするだけなのだ」

それで、又蔵は「兄にかわって、ひと言言うべきことがある」という気持を強くした。「一矢酬《むく》いたい、と言い直してもいいと思った。兄がしたことを、いいことだとは思わない。だが、放蕩《ほうとう》の悦楽の中に首まで浸って満ち足りていたという人人の見方も、正鵠《せいこく》を射てはいないのだ。兄は時に悲惨で、傷ましくさえみえた。人人はそのことに気づこうともしなかったのである」

それは俗に言えば、「盗人にも三分の理」であるが、又蔵はそれでもいいと思っているし、作者もまたこれを肯定しているように思われる。それ故に、「又蔵の火」その他の四編が作者の言う「負のロマン」になっている。藤沢さんは五編の物語の成立事情を「あとがき」に書いておられていて、小説の「暗さのために、私はある時期、賞には縁がないものと諦めたことがある」という。

又蔵も、また「帰郷」の宇之吉や「賽子無宿《さいころむしゅく》」の喜之助、「割れた月」の鶴吉、「恐喝」の竹二郎も「暗い宿命のようなものに背中を押されて生き、あるいは死ぬ」負の主人公たちである。これこそ藤沢周平の世界だという気がする。小説のなかの悪役でしかなかった脇役たちを藤沢さんは小説のヒーローにしたのである。

宇之吉や喜之助や鶴吉や竹二郎はみなやくざであるが、私は彼等に共感を抱くことができた。たぶん、作者は読者のなかにもある「暗い情念」をよびおこしているのだろう。私はとくに「帰郷」に感動した。五編とも「暗い情念」にあふれた小説であるが、しかし、何か言葉にならない、熱いものも感じられる主人公たちは不思議に生き生きと読者に迫ってくるのである。

藤沢さんが五人の主人公を見る眼はあくまでも暖い。『一茶』の文庫の解説で、藤田昌司氏はそれを「人肌のぬくもり」と書かれていた。藤沢さんの小説はみんな、この「人肌のぬくもり」があって、『又蔵の火』も例外ではない。小説が暗ければ暗いほど、そこにぬくもりや仄《ほの》かな光が感じられてくる。これは小説の魅力そのものであろう。

最新作の長編『海鳴り』をこの春に読んだとき、ある出版社の編集者が、心ある編集者たちは早くから藤沢さんに注目してきた、と私に教えてくれた。その理由が私にもわかるような気がした。藤沢周平の一編でも読めば、その豊かな内容に瞠目《どうもく》するはずである。凄《すご》い作家であることがすぐにわかるだろう。

好みをいえば、私は天下国家を論じた小説よりも、江戸の名もない人たちを丹念に書いた小説のほうが好きである。藤沢さんの小説は、時代が昔なのに、現在であるかのような印象をあたえる。たとえば『一茶』のように、作者が主人公のこころに棲《す》みこんでいるような迫力を感じさせるのだが、その迫力は静かな性質のものである。それは、一つにはディテールが私のような読者にも、目に見えるように書きこまれているからだろう。

私の周囲には藤沢ファンが多い。彼等は藤沢さんの熱心な、忠実な読者である。私がその一人が、『海鳴り』が発売されてまもなく、もう読んだかときいてきた。私が読まないでいると、何人もの人が私の前で『海鳴り』を話題にした。それが、この小説の素晴しさを話さないではいられないというような口調だった。藤沢さんのファンとはそういう読者ではないかと私は思ったものである。私も『海鳴り』を読んだあとで、この小説をしばしば話題にした。

『又蔵の火』もまた吹聴したい作品集である。又蔵や宇之吉や喜之助のような人間を書くのが小説ではないか、これこそ小説のなかの小説ではないかと、まだ読んでいない人たちに言ってみたい。

仕事に疲れたとき、あるいは、一仕事終ったときなど、私は藤沢さんを読んでいる。おそらく、藤沢さんの小説に私は「人肌のぬくもり」を求めているのだろう。『又蔵の火』もまた、それが得られる作品集である。一編一編が奥深いのである。そして、藤沢さんの小説は、こころにくいこんでくる。ひたひたと小さな波が打ちよせるように、こころを満たしてくれる。

（昭和五十九年記）

初出誌一覧

又蔵《またぞう》の火　「別冊文藝春秋」　昭和48年秋季号
帰　郷　「オール讀物」　昭和47年12月号
賽子無宿《さいころむしゅく》　「オール讀物」　昭和47年6月号
割れた月　「問題小説」　昭和48年10月号
恐　喝　「別冊小説現代」　昭和48年3月号

単行本　昭和49年1月　文藝春秋刊

この本は昭和59年に小社より刊行された文庫の新装版です。

文春文庫

又《また》蔵《ぞう》の火《ひ》

定価はカバーに
表示してあります

2006年4月10日　新装版第1刷
2014年3月25日　第10刷

著　者　藤《ふじ》沢《さわ》周《しゅう》平《へい》
発行者　羽鳥好之
発行所　株式会社 文藝春秋

東京都千代田区紀尾井町3-23　〒102-8008
TEL 03・3265・1211
文藝春秋ホームページ　http://www.bunshun.co.jp

落丁、乱丁本は、お手数ですが小社製作部宛お送り下さい。送料小社負担でお取替致します。

印刷・凸版印刷　製本・加藤製本　Printed in Japan
ISBN978-4-16-719240-2

（　）内は解説者。品切の節はご容赦下さい。

藤沢周平
雲奔《くもはし》る
小説・雲井龍雄

薩摩討つべし。奥羽列藩を襲った、幕末狂乱の嵐のなかを、討薩ただひとすじに奔走し倒れた、悲憤の志士雲井龍雄。その短く激しい生涯を、熱気のこもった筆で描く異色の長篇歴史小説。

ふ-1-4

藤沢周平
逆軍の旗

戦国武将のなかにあり、ひときわ異彩を放つ不可解な男・明智光秀。その性格と行動は、いまだ多くの謎につつまれている。時代小説の第一人者が初めててがけた歴史小説の異色作品。

ふ-1-11

藤沢周平
回天の門

山師、策士と呼ばれ、いまなお誤解のなかにある清河八郎。しかし八郎は官途へ一片の野心さえ持たぬ草莽の志士でありつづけた。維新回天の夢を一途に追うて生きた清冽な男の生涯。

ふ-1-16

藤沢周平
海鳴り
（上下）

身を粉にしてむかえた四十代半ば、放蕩息子と疲れた妻、懸命に支えた家庭にしのびこむ隙間風。老いを自覚する日々、紙屋新兵衛の心の翳りを軸に、人生の陰影を描く長篇。（丸元淑生）

ふ-1-18

藤沢周平
花のあと

娘盛りを剣の道に生きたお以登にも、ひそかに想う相手がいた。手合せしてあえなく打ち負かされた孫四郎という部屋住みの剣士である。表題作のほか時代小説の佳品を精選。（桶谷秀昭）

ふ-1-23

藤沢周平
小説の周辺

小説の第一人者である著者が、取材のこぼれ話から自作の背景、転機となった作品について吐露した滋味溢れる最新随筆集。郷里の風景や人情、教え子との交流などを端正につづる。

ふ-1-24

藤沢周平
蟬しぐれ

清流と木立にかこまれた城下組屋敷。淡い恋、友情、そして忍苦。苛烈な運命に翻弄されながら成長してゆく少年藩士の姿をゆたかな光の中に描いて、愛惜をさそう傑作長篇。（秋山　駿）

ふ-1-25

藤沢周平
麦屋町昼下がり

藩中一、二を競い合う剣の遣い手が、奇しき運命の縁に結ばれて対峙する。男の闘いを緊密な構成と乾いた抒情で描きだす表題名品など全四篇。この作家、円熟期えりぬきの秀作集である。

ふ-1-26

藤沢周平
三屋清左衛門残日録

家督をゆずり隠居の身となった清左衛門の日記「残日録」。悔いと寂寥感にさいなまれつつ、なお命をいとおしみ、力尽くす男の残された日々の輝きを描き共感をよぶ連作長篇。（丸元淑生）

ふ-1-27

藤沢周平
玄鳥

武家の妻の淡い恋心をかえらぬ燕に託してえがく「玄鳥」をはじめ、円熟期の最上の果実と称賛された名品集である。他に「浦島」「三月の鮠《はや》」「闇討ち」「鷦鷯《みそさざい》」を収める。（中野孝次）

ふ-1-28

藤沢周平
夜消える

酒びたりの父をかかえる娘と母、市井のどこにでもある小さな不幸と厄介ごと。表題作の他「にがい再会」「永代橋」「踊る手」「消息」「初つばめ」「遠ざかる声」など市井短篇小説集。（駒田信二）

ふ-1-29

藤沢周平
秘太刀馬の骨

北国の藩、筆頭家老暗殺につかわれた幻の剣「馬の骨」。下手人不明のまま六年過ぎ、密命をおびた藩士と剣士は連れだって謎の秘剣をさがし歩く。オムニバスによる異色作。（出久根達郎）

ふ-1-30

藤沢周平
半生の記

自身を語ること稀だった含羞の作家が、初めて筆をとった来しかたの記。郷里山形、生家と家族、学校と恩師、戦中戦後、そして闘病。詳細な年譜も付した藤沢文学の源泉を語る一冊。

ふ-1-31

藤沢周平
漆《うるし》の実のみのる国（上下）

貧窮のどん底にあえぐ米沢藩。鷹山は自ら一汁一菜をもちい、藩政改革に心血をそそぐ。無私に殉じた人々の類なくうつくしいこの物語は、作者が最後の命をもやした名篇。（関川夏央）

ふ-1-32

鶴岡市立 藤沢周平記念館 のご案内

藤沢周平のふるさと、鶴岡・庄内。
その豊かな自然と歴史ある文化にふれ、作品を深く味わう拠点です。
数多くの作品を執筆した自宅書斎の再現、愛用品や自筆原稿、
創作資料を展示し、藤沢周平の作品世界と生涯を紹介します。

利用案内

所在地　〒997-0035 山形県鶴岡市馬場町4番6号（鶴岡公園内）
TEL/FAX　0235-29-1880/0235-29-2997
入館時間　午前9時～午後4時30分（受付終了時間）
休館日　水曜日（休日の場合は翌日以降の平日）
　年末年始（12月29日から翌年の1月3日まで）
　※平成25年4月より、休館日を月曜日から水曜日に変更しました。
　※臨時に休館する場合もあります。
入館料　大人300円［240円］高校生・大学生200円［160円］
　※中学生以下無料。［ ］内は20名以上の団体料金。
　年間入館券1,000円（1年間有効、本人及び同伴者1名まで）

交通案内

・JR鶴岡駅からバス約10分、「市役所前」下車、徒歩3分
・庄内空港から車で約25分
・山形自動車道鶴岡I.C.から車で約10分

車でお越しの際は鶴岡公園周辺の公設駐車場をご利用ください。（右図「P」無料）

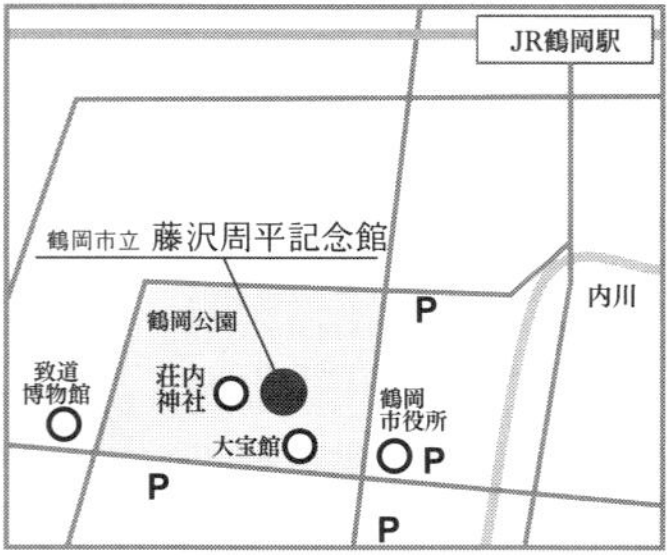

皆様のご来館を心よりお待ちしております

鶴岡市立 藤沢周平記念館

http://www.city.tsuruoka.yamagata.jp/fujisawa_shuhei_memorial_museum/